V

12861.

L'ART DE LEVER LES PLANS.

L'ART

DE

LEVER LES PLANS,

ANALYSE RAISONNÉE ET DÉMONSTRATION PRATIQUE DES FORMULES ET DES OPÉRATIONS
TRIGONOMÉTRIQUES LES PLUS USITÉES ;
LES TABLES DES LOGARITHMES , CELLES DES SINUS ; LA TRIANGULATION ,
L'OBSERVATION SUR LE TERRAIN ET LE CALCUL DES ANGLES PAR UN PROCÉDÉ SIMPLE ET FACILE ,
LE TRACÉ DE LA MÉRIDIENNE , LA FORMATION DU CANEVAS TRIGONOMÉTRIQUE ,
ET LES RÈGLES DES DIVERS MODES D'ARPENTAGE ,

AVEC PLUSIEURS PLANCHES,

PAR

CAMILLE BONNARD ,

Contrôleur principal des Contributions directes.

A NIORT ,
CHEZ Mme CLOUZOT , LIBRAIRE , RUE DES HALLES.

1845.

PRÉFACE.

L'étude des sciences mathématiques s'est ralentie de nos jours. On prépare la jeunesse des écoles à former des littérateurs, des avocats et des médecins; on concentre tous ses efforts, toute son application, à bien comprendre, à bien analyser les beautés des auteurs grecs et latins, et, lorsque les huit ou neuf années de ces patients labeurs touchent à leur terme, on complète l'instruction scolastique par une teinture superficielle des hautes sciences dont la démonstration approfondie et l'application semblent exclusivement réservées aux écoles spéciales. A l'époque glorieuse où le génie de la guerre surexcitait la nation française et confondait toutes les vocations en une seule, la carrière militaire, on donna, dans les lycées, un large développement à l'enseignement qui paraissait alors indispensable à des jeunes gens appelés à occuper les hauts grades de l'armée. Mais lorsque la paix eut fait rentrer notre pays dans cet état de calme où toutes les passions, toutes les pensées généreuses ont dû se tourner avidement vers l'amélioration sociale; lorsque la France, si grande par les armes, eut enfin savouré les bienfaits d'une ère nouvelle et non moins glorieuse, la génération qu'elle enfanta, éblouie par l'éclat et l'importance des succès qu'obtenaient le talent de la parole et l'art d'écrire, dédaigna un peu trop les études qui lui semblaient appartenir encore aux durs travaux de la guerre. On pensa qu'il suffisait de quelques institutions privilégiées pour recruter les hommes précieux destinés à remplir les cadres de nos armées, ou à diriger les travaux d'utilité publique. Les succès de la tribune, les triomphes littéraires devinrent dès-lors le point de mire d'une jeunesse ambitieuse et ardente autant que studieuse. Mais dans cet immense concours la foule s'encombra, s'entassa aux abords du temple, dont l'accès hérissé de trop d'obstacles rebuta et découragea le plus grand nombre.

Il fallait cependant un débouché, un moyen d'utiliser tant d'âmes exaltées par des efforts impuissans ; il fallait une pâture à ces espérances déchues. Dès-lors commença une lutte acharnée pour s'emparer des fonctions publiques, afin de pouvoir consumer dans un travail réglé cette activité dévorante qui se refusait à toute autre direction. Les administrations s'encombrèrent de postulans, d'aspirans, de surnuméraires, et tel qui, dans les rêves dorés de son adolescence, s'était promis la carrière la plus brillante et la plus glorieuse, se trouva fort heureux en quittant les bancs du collége, d'être admis à figurer pendant plusieurs années comme aspirant, puis comme surnuméraire dans les bureaux de quelque chef d'administration départementale. Là, pour toute pâture à l'esprit, pour complément à une instruction à peine ébauchée, des circulaires à copier et quelques travaux monotones à refaire machinalement. Enfin le dur apprentissage arrive à son terme et l'heureux surnuméraire reçoit le brevet si désiré qui, le confine dans quelque obscur chef-lieu de canton. Dans cette résidence éloignée de tout foyer de lumière, ne verra-t-il pas s'affaiblir journellement les facultés intellectuelles qu'il n'a eu ni l'occasion, ni le loisir de développer ? Pourra-t-il devenir par la suite autre chose qu'un employé laborieux et zélé ? Tandis qu'il reste stationnaire, c'est ce qu'il peut y avoir de moins défavorable pour lui, tout marche, tout progresse en France : la lutte, la concurrence pour obtenir des places, se déchaînent avec plus d'acharnement : l'émulation, les rivalités rendent les choix plus difficiles et imposent des conditions d'admission plus rigoureuses. Enfin les besoins nouveaux qu'enfantent les développemens de l'organisation sociale imposent de nouveaux devoirs, de nouvelles études, de nouvelles connaissances aux agens du gouvernement. Comment satisfaire à des prescriptions imprévues ; comment fournir les preuves justificatives de capacité et de savoir, lorsqu'on ignore les premiers élémens des connaissances dont les débutans peuvent étaler orgueilleusement les trophées aux regards éblouis, à l'âme découragée de ceux qui, depuis nombre d'années, suivaient avec quiétude la marche méthodique qui leur avait été imprimée ?

Si le regard se porte sur les innombrables débouchés ouverts aux jeunes intelligences par les mouvemens rapides de l'industrie humaine, le même inconvénient se fait sentir et déconcerte la plupart de ceux qui aspirent à se créer une carrière honorable par leur travail. Tous se sont épuisés en généreux efforts pour obtenir ce diplôme de bachelier ès-lettres, qui devait servir de marche-pied à leur fortune future, et dès la première application pratique des sciences qu'ils n'ont eu le temps que d'effleurer, ils se voient frappés d'impuissance.

La loi sur la conservation du cadastre doit nécessairement provoquer la réorganisation du service de la partie d'art, aussi l'administration supérieure, dans sa prévoyance, dans le but de trouver parmi les agens des contributions directes d'utiles auxiliaires pour compléter cette œuvre gigantesque, l'une des gloires de la France, a-t-elle exigé d'eux des études et des preuves répétées de leurs progrès dans l'art de lever les plans. Cependant l'expérience a prouvé qu'il n'était pas possible d'improviser ces nouvelles connaissances chez des hommes dont le plus grand nombre se trouvaient étrangers par la nature de leurs travaux aux sciences mathématiques.

J'ose donc croire rendre un véritable service, tant à plusieurs de mes collègues, qu'aux jeunes aspirans aux fonctions de contrôleurs des contributions directes, en leur présentant une méthode facile pour suppléer dans la pratique, à l'absence des théories qu'ils ont légèrement étudiées ou dont leur mémoire n'a conservé que de faibles lueurs. Je leur offre ici une analyse complète de tous les procédés en usage pour opérer avec la plus rigoureuse exactitude le levé et le calcul des plans. J'ai résumé et analysé toutes les formules trigonométriques avec de nombreuses applications pour familiariser avec les tables des logarithmes et tous les calculs que nécessitent les travaux d'arpentage. Je n'ai pas reculé devant l'inconvénient d'entrer dans les plus minutieux détails, afin de ne laisser aucun doute, aucune incertitude dans l'esprit de ceux qui ne peuvent dès leur début avoir pour auxiliaire l'appui de la puissance démonstrative. La triangulation, la formation du canevas trigonométrique, le tracé de la méridienne pour l'orientement du plan et son rattachement à ceux des territoires environnans; le calcul des distances des points trigonométriques à cette méridienne et à sa perpendiculaire passant par un point donné, afin d'établir avec exactitude les divers points trigonométriques sur les feuilles destinées au rapport du plan; la formation des croquis d'opération; la manière de se servir des divers instrumens mis en usage pour lever les détails des plans parcellaires; le rapport de ces plans; le calcul des contenances des parcelles et la vérification de ces calculs par celui des masses; des exemples nombreux et variés pour ne jamais hésiter dans l'emploi des procédés et des formules trigonométriques en opérant sur le terrain; tels sont les élémens généraux dont se compose une œuvre conçue entièrement dans le but d'aider l'inexpérience de ceux qui n'ont encore pu parvenir, malgré leur zèle et leurs efforts, à remplir complètement le vœu de l'administration.

Enfin comme un ouvrage qui cache, sous la forme d'une simple application pratique, des principes et des formules trigonométriques, les démonstrations de la science, peut devenir utile, tant aux géomètres du cadastre et aux experts, qu'à la classe nombreuse que l'industrie, dans ses développemens progressifs, appelle sans cesse vers elle, j'ai cru devoir le clore par des notions sur les partages ou divisions de propriétés, sous quelques formes et sous quelques conditions qu'ils se présentent.

A défaut de démonstration, j'ai donné la formule trigonométrique avec des exemples d'application que j'ai tâché de rendre assez clairs et intelligibles, pour que l'homme qui ne possède qu'à peine les premiers élémens de géométrie, puisse, sans incertitude, sans tâtonnemens, en faire utilement usage quel que soit le cas qui se présente dans la pratique, mais j'ai cru devoir placer, en forme de notes, l'analyse des principales démonstrations des théorèmes qui servent de base à l'art de lever les plans. Ces notes qui ne détournent pas l'attention du simple praticien, qui ne confondent pas ses idées par leur logique un peu abstraite, peuvent servir à lui faciliter l'intelligence des grandes vérités qui le guident, tandis qu'elles ne seront pas sans intérêt pour ceux qui ne sont pas étrangers aux sciences mathématiques.

Tout en me proposant de venir en aide à l'inexpérience d'un grand nombre de mes collègues, j'ai eu aussi pour but de contribuer à rendre sérieuse l'exécution des conditions exigées par l'administration supérieure. Je serai dignement récompensé si mon travail concourait à aplanir les difficultés qui les arrêtent, et les mettait à même de justifier avec succès la confiance qu'inspirent à tant de titres leur zèle et leur dévouement.

EXPLICATION DES SIGNES ALGÉBRIQUES USITÉS DANS LES FORMULES.

$+$ Signifie *plus*, et placé entre deux quantités, indique qu'elles doivent être ajoutées. $A + B$ représente la somme de ces deux quantités.

$-$ Signifie *moins*, et placé entre deux quantités, indique que la seconde doit être retranchée de la première. $A - B$ exprime le reste de A après en avoir retranché la quantité B. $A - B + C$ ou $A + C - B$, signifie que A et C doivent être ajoutés ensemble, et que B doit être retranché de leur somme.

$\times$ Exprime *multiplié par*, et placé entre deux quantités, il représente le produit de ces deux quantités; ainsi $A \times B$ indique le produit de A multiplié par B. On indique aussi ce produit par AB seulement, mais on n'emploie cette expression que lorsque A et B expriment des quantités bien distinctes et que cette désignation ne pourrait pas se confondre avec des lignes indiquées par les lettres placées à leurs extrémités.

L'expression $A \times (B \times C - D)$ représente le produit de A par la quantité formée par la somme de $B \times C$ dont on a retranché D. S'il fallait multiplier $A \times B$ par $A - B \times C$, on indiquerait ainsi le produit $(A \times B) \times (A - B \times C)$; tout ce qui est renfermé entre parenthèses est considéré comme une seule quantité. Un nombre placé avant une ligne ou une quantité, sert de multiplicateur à cette quantité; ainsi pour exprimer que la ligne AB est prise trois fois, on écrit 3 AB; pour désigner la moitié de l'angle A, on écrit $\frac{1}{2}$ A.

$\overline{\qquad}$ Ce trait horizontal séparant deux quantités placées l'une au-dessus, l'autre au-dessous, exprime le quotient de la première divisée par la seconde. Ainsi $\frac{B}{A}$ indique le quotient de A divisé par B. $\frac{A - B}{C + D}$ exprime le quotient du reste de A dont on a retranché B divisé par la somme des deux quantités C et D.

$<$ Placé entre deux quantités, exprime que la première est moindre que la seconde, ainsi $A < B$ signifie que A est moindre que B.

$>$ Placé entre deux quantités, exprime au contraire que la première est plus grande que la seconde. $A > B$ indique que la quantité A est plus grande que la quantité B.

Le carré de la ligne AB se désigne par $\overline{AB}^2$; son cube par $\overline{AB}^3$. Ainsi le degré ou la puissance s'exprime par le chiffre de cette puissance.

$\sqrt{}$ Indique une racine à extraire, ainsi $\sqrt{A}$, est la racine carrée de la quantité A; $\sqrt{A \times B}$ est la racine carrée du produit de A multiplié par B, ou la moyenne proportionnelle entre A et B. $\sqrt[3]{A \times C \times D}$ est l'expression de la racine cubique du produit de A multiplié par C, multiplié par D.

$=$ Est le signe d'égalité, et placé entre deux quantités exprime que la première est égale à la seconde; $A + B = C + D$ indique que la somme des deux quantités A et B est égale à la somme des deux quantités C et D. $A = C + D - B$, exprime que la quantité A est égale à la somme des deux quantités C et D dont on a retranché B.

$\div$ Ce signe en tête d'une progression indique une progression arithmétique.

$\div\div$ Ce signe indique qu'il précède une proportion géométrique.

Une proportion s'écrit ainsi :

$$AB : BC :: AC : BC.$$

C'est-à-dire AB est à BC comme AC est à BC.

Dans toute proportion le produit des deux termes extrêmes est égal au produit des moyens. C'est-à-dire que

$$AB \times BC = BC \times AC.$$

L'un d'eux étant inconnu, on l'obtient en multipliant les deux termes moyens ou extrêmes connus, et en divisant le produit par le troisième terme connu. Le quotient est le quatrième terme cherché.

Dans la proportion ci-dessus, soit AB qui est l'inconnu, on écrit ainsi la formule :

$$AB = \frac{AC \times BC}{CD}$$

Et ainsi des autres.

L'ART DE LEVER LES PLANS.

1. Un plan est la représentation graphique, établie avec la plus grande précision, de la situation et de la configuration d'un territoire donné, dont la superficie est toujours ramenée à une surface plane horizontale, et dont chacune des lignes, qui correspondent aux lignes imaginaires qui relient les points du territoire, sont proportionnelles à ces dernières; c'est-à-dire que chacune d'elles contient autant de parties, dans un rapport donné avec le mètre pris pour unité de mesure, que les dernières contiennent elles-mêmes de mètres.

2. Lever le plan d'un terrain, c'est déterminer sur une feuille de papier les positions respectives de tous les points qui forment sur ce terrain, soit des limites de propriétés, soit les sinuosités des chemins et des cours d'eau, soit enfin les détails apparens, et tous supposés ramenés au niveau de l'horizon.

3. Le *polygone* est une surface plane terminée par un assemblage quelconque de lignes droites (*).

Ces lignes se nomment les côtés du polygone, et prises ensemble elles forment ce qu'on nomme le *périmètre* du polygone.

_____

(*) Je dois supposer que mes lecteurs possèdent déjà les premiers élémens de géométrie et j'ai pensé qu'il était superflu de reproduire ici les définitions qui servent d'introduction à cette science.

Le plus simple des polygones est le *triangle*, car on ne peut renfermer un espace dans moins de trois lignes droites.

4. La rencontre des trois côtés du triangle forme les trois sommets du triangle.

Il y a par conséquent dans tout triangle trois choses à considérer ; savoir : trois angles et trois côtés.

5. Tout polygone peut être divisé en triangles en joignant les sommets des angles opposés par des diagonales, et l'on obtient toujours par cette division, autant de triangles qu'il y a de côtés moins deux. Car si dans le polygone ABCDFGH, fig. 1, on tire du point A, les diagonales AC, AD, AE, AF, AG et AH, on voit qu'il y a deux triangles GAH et BAC qui ont un seul côté commun avec les autres qui s'appuient sur un seul côté du polygone, or dans cette division deux triangles prenant toujours chacun deux côtés du polygone et les autres triangles un seul, il en résulte qu'il y a toujours autant de triangles que le polygone a de côtés moins deux.

6. Dans le levé du plan on considère tous les points épars sur la superficie du terrain sur lequel on opère, comme reliés entre eux par des lignes imaginaires dont les directions et les intersections forment les périmètres d'un réseau de polygones qui embrasse intégralement et dans tous ses détails, toute l'étendue du territoire. On subdivise fictivement ces polygones en triangles et par l'observation, soit de la valeur de leurs angles, soit de la longueur de leurs côtés, on parvient à reproduire ensuite des figures entièrement semblables.

7. Un triangle se compose de six parties, trois angles et trois côtés : connaissant trois de ces six parties dont au moins un côté, on peut toujours déterminer les trois autres, ou reproduire un triangle égal ou absolument semblable au premier. La démonstration en est tellement simple et si évidente, que je crois devoir la placer comme base essentielle de tout ce qui va suivre.

8. Soit le triangle ABC (fig. 2) : les trois côtés étant connus, on peut déterminer le triangle, c'est-à-dire ayant établi AB, l'un des trois côtés, on peut déterminer la position du point C. En effet, ce point C doit se trouver à une distance égale à AC du point A, c'est-à-dire sur un arc de cercle dont A est le centre et AC le rayon ; pareillement ce même point C doit se trouver à une distance égale à BC du point B, c'est-à-dire sur un arc de cercle dont B est le centre et BC le rayon : or il se trouvera évidemment au point commun de ces deux arcs, c'est-à-dire à leur intersection qui reproduit la position du point C.

9. On connait dans le triangle ABC le côté AB et la valeur des deux angles A et B. Ces trois données suffisent encore pour déterminer le triangle ; en effet, si au point A on forme avec une ligne égale ou proportionnelle à AB un angle d'une valeur égale à l'angle donné A, le point C se trouvera sur l'un des points de la ligne indéfinie AC qui forme cet angle. Pareillement si l'on forme à l'autre extrémité B un autre angle d'une valeur égale à l'angle donné B, le point C se trouvera également sur l'un des points de la ligne indéfinie BC ; or, il ne peut se trouver qu'en un point commun à ces deux lignes, c'est-à-dire leur intersection, qui reproduit encore la position du point C.

10. On connait dans le triangle ABC l'angle A et les deux côtés AB et AC qui comprennent cet angle. Il est encore évident qu'à l'aide de ces données on peut déterminer le côté BC ; car si sur une droite égale ou proportionnelle au côté AB, on tire du point A une seconde ligne qui forme avec la première un angle exactement égal à l'angle A, et que l'on fasse cette ligne égale ou proportionnelle au côté connu

AC, son extrémité déterminera la position du point C, et par conséquent celle du côté BC, puisque les points B et C étant déterminés, il n'est possible de tirer qu'une seule ligne droite d'un point à un autre.

11. Enfin dans le même triangle les côtés AC et AB et l'angle B opposé au côté AC sont connus. On peut encore reconstruire le triangle, c'est-à-dire déterminer la position du point C. En effet, le point C doit se rencontrer sur l'un des points de la ligne indéfinie BC dont la situation est déterminée par la valeur de l'angle connu B; il doit également se trouver à une distance du point A égale au côté connu AC, c'est-à-dire sur un arc d'un cercle dont le rayon serait égal à AC. Or, pour se trouver à la fois sur cet arc et sur la ligne BC, il ne peut se rencontrer qu'à leur intersection qui détermine le point C.

12. On voit d'après ces diverses démonstrations que, connaissant trois des six choses qui composent un triangle, pourvu que, parmi les trois choses connues, il se trouve au moins un côté, on peut toujours construire un triangle égal ou semblable au triangle donné. C'est sur ce principe fondamental que repose tout l'art de lever les plans. Mais pour ne rien laisser à désirer sur l'exécution des opérations graphiques, il faut pouvoir appliquer le calcul aux constructions géométriques, parce que l'exactitude de ces dernières est limitée par l'imperfection des instrumens, tandis que rien n'arrête le calcul, qu'on peut toujours pousser jusqu'à tel degré de précision que l'on veut. Tel est le but de la trigonométrie rectiligne dont je vais analyser les principes et les formules après quelques observations préliminaires sur quelques autres propriétés des triangles.

13. La rencontre des trois côtés d'un triangle donne lieu, par leur position respective, à deux sortes de triangles; savoir: le triangle *rectangle*, dont l'un des angles est droit, c'est-à-dire a pour mesure un arc de 90°; (1) et le triangle *obliquangle* dont aucun des trois angles n'est un angle droit.

14. La mesure d'un angle est la valeur de l'arc compris entre ses côtés et qui a son sommet pour centre.

15. La somme des trois angles d'un triangle équivaut toujours à 180° ou à deux angles droits.

Il a été démontré en géométrie que l'angle inscrit dans un cercle, c'est-à-dire dont le sommet est placé à la circonférence, avait pour mesure la moitié de l'arc compris entre ses côtés. En effet, il est toujours possible d'inscrire un triangle dans un cercle, c'est-à-dire de faire passer la circonférence par les trois sommets, et les trois angles comprendront alors, entre leurs côtés, la totalité de la circonférence ou 360°; mais comme chacun de ces angles a pour mesure la moitié de l'arc compris, la somme réunie de ces valeurs est évidemment égale à la moitié de la circonférence ou 180° (2).

(1) Je ferai usage de la division de la circonférence en 360°, qui est la plus usitée et qui a servi à la formation des tables trigonométriques.

(2) L'évidence de cette proportion est facile à démontrer. Soit en effet l'angle BAC, fig. 3. Si du point D pris sur le côté AB et avec un rayon égal à DA, on décrit une circonférence de cercle passant par le point A sommet de l'angle, et que du point D on mène en E une ligne parallèle au côté AC, qui partagera l'arc GF en deux parties égales au point E, on aura l'angle BDE qui a son sommet au centre D et a pour mesure l'arc EF compris entre ses côtés. Mais l'angle BAC est égal à l'angle BDE, comme formé par l'intersection de la ligne BA avec les deux parallèles ED, CA; par conséquent l'angle BAC a également pour mesure l'arc EF ou la moitié de l'arc GF compris entre ses côtés.

On peut toujours faire passer une circonférence par les trois angles d'un triangle et il suffit pour cela de déterminer le point qui se trouvant également éloigné de chacun de ces angles, soit le centre du cercle demandé. Dans le triangle ABC, fig. 4, le centre D de la circonférence qui doit passer par les points A, B, C se trouvera également éloigné du point C et du point D, c'est-à-dire sur une perpendiculaire au côté BC et passant par le milieu de cette ligne. Il se trouvera également

16. Dans tout triangle , le plus grand côté est toujours opposé au plus grand angle. Si les côtés sont égaux , les angles opposés sont égaux.

Le côté opposé à l'angle droit d'un triangle rectangle se nomme l'*hypoténuse*.

Dans un triangle rectangle, connaissant la valeur de l'un des angles aigus, il suffit de la retrancher de 90° pour avoir la valeur du second.

Dans un triangle obliquangle quelconque , connaissant la valeur de deux de ses angles , on détermine celle du troisième en retranchant la somme des deux angles connus de 180°, valeur des trois angles du triangle.

Dans tout triangle obliquangle, connaissant la valeur d'un angle, on détermine celle de la somme des deux autres en retranchant la valeur de l'angle connu de 180°.

17. Le *complément* d'un angle est la différence qui existe entre la valeur de cet angle et un angle droit ou 90°.

Le supplément d'un angle est la différence entre la valeur de cet angle et 180° ou deux angles droits. Ainsi un ~~arc~~ angle de 43° 27' a pour complément un angle de 46°,33' et pour supplément un angle de 136°33'.

TRIGONOMÉTRIE RECTILIGNE.

18. L'art de lever les plans est entièrement basé sur les principes de la trigonométrie rectiligne.

L'étymologie de cette branche des sciences mathématiques en indique suffisamment l'objet , qui est *la mesure ou le calcul des triangles*.

19. Résoudre un triangle c'est , à l'aide des conditions connues et observées, déterminer avec précision à l'aide du calcul celles qui ne le sont pas, pourvu que dans les trois des six parties qui constituent le triangle, on connaisse toujours un côté.

20. Le *sinus* d'un angle est la perpendiculaire abaissée de l'extrémité de l'arc qui mesure cet angle , sur le côté opposé. DF est le sinus de l'angle LCM, fig. 5.

Le *cosinus* est la partie comprise entre le pied du sinus et le sommet de l'angle. FC est le cosinus de l'angle LCM.

En élevant la perpendiculaire CH sur le côté LC, du sommet C, l'angle MCH sera le complément de l'angle LCM avec lequel il forme l'angle droit BCH. DI, sinus de cet angle complémentaire est égal à FC cosinus de l'angle LCM comme portion de parallèles comprises entre deux parallèles, d'où il résulte que le cosinus de tout angle est en même temps le sinus de l'angle qui lui sert de complément.

21. La *tangente* d'un angle est une perpendiculaire élevée par l'une des extrémités de l'arc qui le mesure , sur le côté qui passe par cette extrémité de l'arc, et prolongée jusqu'à la rencontre de l'autre

éloigné des points A et C , c'est-à-dire sur une perpendiculaire au côté AC, passant par le milieu de cette ligne : or, il sera déterminé par l'intersection de ces deux perpendiculaires , et si de ce point, comme centre, avec un rayon égal à DA ou DC ou DB , on décrit une circonférence, elle passera par les points A , C , B, et le triangle sera inscrit dans le cercle. Mais l'angle A a pour mesure la moitié de l'arc BC ; l'angle B la moitié de l'arc AC et l'angle C la moitié de l'arc AB ; donc la somme des trois angles a pour mesure la moitié de la circonférence ou 180°.

côté, dont la partie comprise entre le sommet de l'angle et le point de rencontre de la tangente se nomme la *sécante* de l'angle.

BE est la tangente de l'angle LCM dont CE est la sécante.

22. On nomme *cotangente* et *cosécante* d'un angle, la tangente et la sécante de son complément.

GH est la cotangente de l'angle LCM et CG en est la cosécante.

23. C'est à l'aide du rapport et des relations qui existent entre les sinus, cosinus, tangentes et cotangentes des angles et le rayon de l'arc qui mesure ces angles, qu'on a formé les tables trigonométriques qui servent à la résolution de tous les triangles. Je vais en indiquer et en analyser successivement les applications les plus usitées, mais comme l'emploi des diverses formules qui se présenteront, nécessite celui du calcul des logarithmes, je dois préalablement donner quelques explications sur les tables des logarithmes et sur celles des sinus, ainsi que sur la manière de s'en servir.

TABLE DES LOGARITHMES.

24. La *progression arithmétique* est une suite de termes dont chacun surpasse celui qui le précède, ou en est surpassé de la même quantité.

÷ 1. 3. 5. 7. 9. 11. 13. 15. 17. 19. 21. 23. etc.

÷ 1. 5. 9. 13. 17. 21. 25. 29. 33. 37. 41. etc.

÷ 65. 60. 55. 50. 45. 40. 35. 30. 25. 20. 15. 10. 5. 1.

Sont des progressions arithmétiques.

Les deux premières sont des progressions dites *croissantes* parce que tous les termes vont en augmentant. La dernière est dite *décroissante* parce que ses termes vont en diminuant (1).

25. La *progression géométrique* est une suite de termes dont chacun contient celui qui le précède ou est contenu en lui, le même nombre de fois ; ainsi :

$\div\div$ 1 : 3 : 9 : 27 : 81 : 243 : 729 etc.

$\div\div$ 1 : 4 : 16 : 64 : 256 : 1024 etc.

$\div\div$ 128 : 64 : 32 : 16 : 8 : 4 : 2 : 1

(1) Il est facile de voir qu'avec le premier terme et la différence commune, ou la raison de la progression, on peut former tous les autres termes en ajoutant ou retranchant consécutivement cette raison. Le second terme est composé du premier plus la raison : soit la première des progressions données pour exemple. Le second terme = 1 + 2 qui est la ' raison. Le troisième = 1 + 2 + 2. Le quatrième = 1 + 2 + 2 + 2 et ainsi de suite. D'où l'on voit clairement *qu'un terme quelconque d'une progression arithmétique est composé du premier plus autant de fois la raison qu'il y a de termes avant lui :* ainsi l'on peut facilement trouver un terme quelconque d'une progression sans être obligé de calculer ceux qui le précèdent.

Ce même principe sert à lier deux nombres quelconques, par une suite de tant d'autres nombres qu'on voudra, de manière que le tout forme une progression arithmétique : ce qu'on appelle *insérer* entre deux nombres donnés plusieurs *moyens arithmétiques.*

Pour cela : *il faut retrancher le plus petit de ces deux nombres du plus grand et diviser le reste par le nombre des moyens augmentés d'une unité.*

Par exemple, si entre 3 et 12 on demande d'insérer 9 moyens arithmétiques. Je retranche 3 de 12, il me reste 9 que je divise par 10, nombre de moyens augmenté d'une unité. Le quotient $\frac{9}{10}$ est la différence qui doit régner dans la progression, qui sera par conséquent :

÷ 3. $3\frac{9}{10}$. $4\frac{8}{10}$. $5\frac{7}{10}$. $6\frac{6}{10}$. $7\frac{5}{10}$. $8\frac{4}{10}$. $9\frac{3}{10}$. $10\frac{2}{10}$. $11\frac{1}{10}$. 12.

sont des progressions géométriques. Les deux premières sont des progressions géométriques *croissantes* et la dernière une progression géométrique *décroissante* (1).

26. Les *logarithmes* sont des nombres en progression arithmétique qui répondent, terme pour terme, à une pareille suite de termes en progression géométrique.

Un même nombre pourrait avoir une infinité de logarithmes différens, puisqu'à la même progression géométrique on peut faire correspondre une infinité de progressions arithmétiques différentes; mais pour former les tables, qui sont d'un usage si précieux dans les calculs trigonométriques, on a choisi pour progression géométrique la progression décuple, et pour progression arithmétique la suite naturelle des nombres. Savoir :

÷ 1 : 10 : 100 : 1000 : 10000 : 100000 : 1000000 etc.

÷ 0 . 1 . 2 . 3 . 4 . 5 . 6 etc.

10, 100, 1000, etc. sont les logarithmes de 1, 2, 3, etc.

Ayant inséré 10,000000 de moyens géométriques entre 1 et 10, pareil nombre entre 10 et 100, pareil nombre entre 100 et 1000, etc., on a inséré un pareil nombre de moyens arithmétiques entre 0 et 1 ; pareil nombre entre 1 et 2, entre 2 et 3, etc. Puis ayant rangé tous les premiers sur une même ligne et tous les seconds au-dessous, on a cherché, dans la première, le nombre le plus approchant de 2, et on a pris dans la suite inférieure le nombre correspondant. On a cherché de même dans la première ligne le nombre le plus approchant de 3, et on a pris dans la suite le nombre correspondant, et ainsi de suite pour tous les autres. Enfin ayant transporté dans une même colonne les nombres 1. 2. 3. 4. 5. 6. etc., on a écrit dans une seconde colonne, et en regard de chacun de ces nombres, les termes correspondans de la progression arithmétique qu'on a trouvés se rapprochant le plus de ceux-là. Telle est la formation et la disposition des logarithmes dans les tables, dont je joins ici un exemple pour préparer à se familiariser avec leur usage (2).

(1) Dans la progression géométrique, le second terme contient le premier autant de fois qu'il y a d'unités dans la raison ; il est donc composé du premier multiplié par la raison. Dans la première progression, citée ci-dessus pour exemple, le second terme est 1×3, par trois qui est la raison. Le troisième est $1 \times 3 \times 3$. Le quatrième, $1 \times 3 \times 3 \times 3$, et ainsi de suite ; d'où il est facile de conclure qu'un *terme quelconque d'une progression géométrique est composé du premier multiplié par la raison élevée à une puissance marquée par le nombre des termes qui précèdent le terme quelconque.*

D'après ce principe, on voit que pour calculer tel terme qu'on voudra d'une progression géométrique, il n'est pas nécessaire de calculer tous ceux qui le précèdent ; ainsi dans la 1re progression on veut connaître le 10e terme, par exemple. Ce 10e terme sera composé du premier multiplié par la raison élevée à la puissance marquée par le nombre de termes qui précèdent le 10e, c'est-à-dire par 3 élevé à la 9e puissance. Pour former cette puissance, je cube 3 ce qui me donne 27 ; je cube encore 27 ce qui me donne 19683 ou le 10e terme demandé de la progression géométrique ÷ 1 : 3 : 9 : 27 etc.

Et réciproquement pour *insérer* entre deux nombres donnés autant de moyens géométriques qu'on voudra, *il faut diviser le plus grand par le plus petit de ces deux nombres, ce qui donnera un quotient. Puis on extraira de ce quotient une racine du degré marqué par le nombre des moyens augmenté de l'unité.*

Les logarithmes fourniront un moyen aussi simple que facile d'extraire d'un nombre quelconque une racine de quelque degré que ce soit.

On veut insérer cinq moyens géométriques entre 3 et 9. Je divise 9 par 3 ce qui me donne 3, j'en extrais la racine sixième qui me donne 0,4204 pour raison de la progression, et j'obtiens ainsi :

÷ 3 : 3,60 : 4,32 : 5,19 : 6,23 : 7,48 : 9.

(2) Les tables des logarithmes sont indispensables à tous ceux qui veulent appliquer à l'art de lever les plans les formules trigonométriques. On peut se les procurer très-facilement et à peu de frais.

TABLES DES LOGARITHMES DES NOMBRES NATURELS DEPUIS 1 JUSQU'A 100.

NOMBRES.	LOGARITHMES	NOMBRES.	LOGARITHMES	NOMBRES.	LOGARITHMES	NOMBRES.	LOGARITHMES	NOMBRES.	LOGARITHMES	NOMBRES.	LOGARITHMES	NOMBRES.	LOGARITHMES
0	Infini négatif.	15	1,176091	30	1,477121	45	1,653243	60	1,778151	75	1,875061	90	1,954243
1	0,000000	16	1,204120	31	1,491362	46	1,662758	61	1,785330	76	1,880814	91	1,959041
2	0,301030	17	1,230449	32	1,505150	47	1,672098	62	1,792392	77	1,886491	92	1,963788
3	0,477121	18	1,255273	33	1,518514	48	1,681241	63	1,799341	78	1,892095	93	1,968483
4	0,602060	19	1,278754	34	1,531479	49	1,690196	64	1,806180	79	1,897627	94	1,973128
5	0,698970	20	1,301030	35	1,544068	50	1,698970	65	1,812913	80	1,903090	95	1,977724
6	0,778151	21	1,322219	36	1,556303	51	1,707570	66	1,819544	81	1,908485	96	1,982271
7	0,845098	22	1,342423	37	1,568202	52	1,716003	67	1,826075	82	1,913814	97	1,986772
8	0,903090	23	1,361728	38	1,579784	53	1,724276	68	1,832509	83	1,919078	98	1,991226
9	0,954243	24	1,380211	39	1,591065	54	1,732394	69	1,838849	84	1,924279	99	1,995635
10	1,000000	25	1,397940	40	1,602060	55	1,740363	70	1,845098	85	1,929419	100	2,000000
11	1,041393	26	1,414973	41	1,612784	56	1,748188	71	1,851258	86	1,934498		
12	1,079181	27	1,431364	42	1,623249	57	1,755875	72	1,857332	87	1,939519		
13	1,113943	28	1,447158	43	1,633468	58	1,763428	73	1,863323	88	1,944483		
14	1,146128	29	1,462398	44	1,643453	59	1,770852	74	1,869232	89	1,949390		

26. Le premier chiffre, à la gauche de chaque logarithme, se nomme *caractéristique*, parce qu'il sert à faire connaître à quelle décade appartient le nombre qu'il représente. Ainsi lorsqu'un nombre a 3 pour caractéristique, on sait qu'il appartient à la série des nombres *mille*, parce que le logarithme de 1000 est 3, et ainsi des autres.

USAGE DES LOGARITHMES.

27. Les opérations de calcul se simplifient d'une manière admirable avec le secours des logarithmes.

Pour faire une multiplication il suffit d'ajouter les logarithmes des deux facteurs, et leur somme sera le logarithme du produit (1).

(1) Il suit de la nature et de la correspondance des deux progressions qui servent de base à la formation de la table des logarithmes, qu'autant de fois la raison de la progression géométrique est facteur dans l'un quelconque des termes de cette progression, autant de fois la raison de la progression arithmétique est contenue dans le terme correspondant de celle-ci. Par exemple soit les deux progressions :
÷÷ 1 : 3 : 9 : 27 : 81 : 243 : 729 : 2187 : 6561 etc.
÷ 0 . 4 . 8 . 12 . 16 . 20 . 24 . 28 . 32 etc.

Soit par exemple 7 à multiplier par 14.

On cherchera dans la table precédente le logarithme qui correspond au nombre 7. On prendra ensuite celui correspondant au chiffre 14. On en fera la somme.

$$
\begin{aligned}
\text{Logarithme } 7 \dots \dots \dots \; & 0,845098 \\
\text{Logarithme } 14 \dots \dots \dots \; & 1,146128 \\
\text{TOTAL} \dots \dots \dots \dots \; & 1,991226
\end{aligned}
$$

On cherchera de nouveau dans la table à quel nombre correspond le logarithme 1,991326, et l'on trouvera 98 qui est effectivement le produit de 14 multiplié par 7. Cet exemple peut suffire pour indiquer le procédé pour faire des multiplications avec des facteurs plus considérables au moyen de tables plus étendues.

28. Pour carrer un nombre il suffira donc de doubler son logarithme, puisqu'il faudrait ajouter ce logarithme à lui-même, pour multiplier ce nombre par lui-même.

29. Par une raison semblable, pour cuber un nombre, il faut tripler son logarithme; et en général pour élever un logarithme à une puissance quelconque, il faut prendre ce logarithme autant de fois qu'il y a d'unités dans le nombre qui marque cette puissance. Ainsi :

Le logarithme de 3 est 0,477121.

Multiplié par 2 on a   0,954242 qui est le logarithme de 9 son carré.

Multiplié par 3 on a   1,431363 qui est le logarithme de 27 son cube.

Multiplié par 4 on a   1,908484 qui est le logarithme de 81, 4e puissance de 3, et ainsi de suite.

30. On concevra sans peine que, réciproquement, pour extraire la racine carrée d'un nombre, il suffit de prendre la moitié du logarithme de ce nombre; d'en prendre le tiers pour en avoir la racine cubique, et généralement de diviser ce logarithme par le chiffre qui marque le degré de la racine que l'on veut extraire, le quotient donnera le logarithme du nombre exprimant la racine cherchée. Exemple : quelle est la racine sixième du nombre 64 ? Je cherche son logarithme à la table et je trouve

$$\text{Logarithme de } 64 \dots \dots \dots \; 1,806180.$$

Je le divise par 6 et j'ai pour quotient log. 0,301030. Je cherche à la table à quel nombre correspond ce logarithme et je trouve 2, qui est effectivement la racine sixième du nombre 64.

31. La division d'un nombre, par un autre, s'opère en retranchant le logarithme du diviseur, du

Prenons le terme 2187, la raison 3 est sept fois facteur, et dans le terme 28, terme correspondant de la progression arithmétique, la raison 4 est contenue sept fois.

On conclura de là qu'un terme quelconque de la progression géométrique aura pour correspondant, dans la progression arithmétique, un terme qui contiendra la raison de celle-ci autant de fois que la raison de la première est facteur dans le terme dont il s'agit.

Donc, *si l'on multiplie, l'un par l'autre, deux termes de la progression géométrique, et si l'on ajoute en même temps les termes correspondans de la progression arithmétique, le produit et la somme seront deux termes qui se correspondront dans ces progressions.*

Ajoutons par exemple les deux termes 8 et 16 qui répondent à 9 et 81, j'ai 24 qui répond à 729, qui est effectivement le produit de 81 par 9.

Or, comme les nombres naturels qui composent la première colonne des tables des logarithmes, ont été tirés d'une progression géométrique qui commence par l'unité, et que leurs logarithmes sont les termes correspondans d'une progression arithmétique qui commence par zéro, on peut en conclure qu'*en ajoutant les logarithmes des deux nombres, on a le logarithme de leur produit.*

logarithme du dividende. On cherche dans la table à quel nombre répond le logarithme restant, et ce nombre est le quotient. Ainsi, l'on veut diviser 98 par 14 on a :

Log. 98 ou 1.991226 — log. 14 ou 1.146128 = 0.854998 *0,845098*

Logarithme de 7 qui est le quotient demandé. (1)

32. Ainsi, une règle de trois se borne, au moyen des logarithmes, à une simple addition et à une soustraction. Il faut ajouter le logarithme du second terme au logarithme du troisième, et de la somme retrancher le logarithme du premier. Le reste est le logarithme du quatrième terme. On verra un peu plus loin comment, à l'aide des complémens arithmétiques, ces deux opérations peuvent se réduire à une seule addition. (2)

33. Les fractions et les nombres entiers joints à des fractions, n'ont pas leurs logarithmes dans les tables. Il en est de même des racines carrées ou cubiques, ou de tout autre degré, qui ne sont pas des puissances parfaites du degré de ces racines.

Si l'on cherche le logarithme d'un nombre entier joint à une fraction, il faut réduire le tout en fraction, et ensuite retrancher le logarithme du dénominateur de celui du numérateur et le reste donne le logarithme cherché.

Quel est le logarithme de $8 \frac{3}{11}$? Réduit en fraction, on a $\frac{91}{11}$

Logarithme 91 . . . . . . 1.959041
Log.   11 . . . . . . 1.041393
                          ―――――――――
Reste . . . . 0.917648 logarithme cherché.

34. Il arrive assez ordinairement qu'en convertissant en fraction, l'entier et la fraction dont on cherche le logarithme, le numérateur devient un nombre qui dépasse les limites des tables (3). Voici la règle à suivre dans ce cas; elle est suffisante pour tous les usages ordinaires.

Il faut observer d'abord qu'en ajoutant 1, 2, 3, etc., unités à la caractéristique du logarithme d'un nombre, on multiplie ce nombre par 10, par 100, par 1,000, etc., et que si l'on retranche 1, 2, 3, etc., unités de la caractéristique d'un logarithme, c'est diviser le nombre correspondant par 10, par 100, par 1,000, etc.

35. Ainsi, il s'agit de trouver le logarithme du nombre 823683, par exemple.

On sépare, par une virgule, sur la droite de ce nombre, autant de chiffres qu'il est nécessaire pour que le reste puisse se trouver dans les tables. Dans ce cas, en supposant qu'on se serve des tables de la

---

(1). La raison de cette règle est fondée sur ce que le quotient multiplié par le diviseur, devant reproduire le dividende, le logarithme du quotient ajouté au logarithme du diviseur, doit aussi composer le logarithme du dividende, et que par conséquent, le logarithme du quotient vaut le logarithme du dividende moins le logarithme du diviseur.

(2) La règle de trois est fondée sur cette propriété fondamentale de la progression géométrique, *le produit des extrêmes est égal au produit des moyens*. Par exemple. 2 : 8 :: 6 : 24. Le produit de 2 par 24 est égal à celui de 8 multiplié par 6. Or, il est évident que connaissant trois de ces termes, il suffit de multiplier les deux termes qui établissent le rapport ou la progression de la proportion, et qu'en divisant ce produit par le troisième terme, le quotient donnera le terme inconnu, puisque ce quotient multiplié par le troisième terme produira la même valeur que le produit des deux autres termes. Ainsi on

a $8 = \frac{2 \times 24}{6}$ ou $2 = \frac{8 \times 6}{24}$ ou $24 = \frac{8 \times 6}{2}$ ou $6 = \frac{24 \times 2}{8}$

(3) Les tables des logarithmes dont on fait usage ne contiennent ordinairement la suite des nombres naturels que depuis 1 jusqu'à 10,000 ou jusqu'à 20,000.

3

Caille, qui contiennent les nombres naturels de 1 à 20,000, on en devra séparer deux, ce qui donnera 8236,83, nombre cent fois plus petit que le nombre proposé.

On cherche dans la table le logarithme de 8236 qui se trouve 3.915716, on prend ensuite à côté de ce logarithme, la différence 53 entre ce même logarithme et celui de 8237. Les différences sont indiquées dans les tables à côté des logarithmes même; l'on pourrait autrement les obtenir en retranchant le logarithme sur lequel on opère, de celui qui le suit. Ayant cette différence 53, on fait la règle de trois suivante :

Si pour 1, unité de différence entre 8236 et 8237 on a 53 de différence, combien pour 0,83 différence entre les deux nombres 8336 et 8236,83, àura-t-on de différence entre leurs logarithmes? c'est-à-dire :

$$1 : 53 :: 0,83 : x.$$

Ce quatrième terme est 43,99 ou simplement 44 en négligeant les décimales. On ajoute 44 au logarithme 3.915716 de 8236 et l'on a 3.915760 pour logarithme de 8236,83. Il ne s'agit plus que d'ajouter deux unités à la caractéristique du logarithme qu'on vient de trouver, et l'on aura 5.915760 pour logarithme de 823683, puisqu'on l'aura ainsi rendu cent fois plus grand que celui de 8236,83.

Un second exemple appliqué avec l'emploi de la petite table qui précède (26), en rendra peut-être la démonstration plus claire et facilitera l'intelligence des tables plus étendues. Soit le nombre 7839 dont je veux avoir le logarithme. Je sépare deux chiffres par une virgule, et je le rends cent fois plus petit, afin de pouvoir le trouver dans la table, et j'ai 78,39. Je cherche le logarithme de 78 qui est 1.892095. Je cherche ensuite la différence entre le logarithme de 78 et celui de 79; elle est 5532, et je fais la règle de trois comme ci-dessus.

$$1 : 5532 :: 0,39 : x.$$

Ce quatrième terme est 2157,48 ou 2157 en négligeant les décimales, je l'ajoute au logarithme 1.892095 et j'obtiens 1.894252 pour logarithme de 78,39. J'ajoute deux unités à la caractéristique pour le rendre cent fois plus grand, et j'ai 3.894252 qui est le logarithme cherché. On voit donc qu'avec le secours de cette simple table des nombres naturels de 1 à 100, il est possible d'obtenir les logarithmes de tous les nombres compris dans les quatre premières décades des tables ordinaires.

36. La recherche des logarithmes des nombres qui ne se trouvent point dans les tables n'est pas moins importante que les précédentes, car pour la division, pour l'extraction des racines, il arrive rarement qu'on obtienne pour résultat un nombre entier.

Supposons qu'il s'agisse de trouver à quel nombre répond un logarithme qui excède les limites des tables; 7.149972 par exemple.

On retranchera de la caractéristique autant d'unités qu'il est nécessaire pour le trouver dans les tables. Si tous les chiffres s'y rencontrent exactement, le nombre cherché sera le même nombre qu'on a trouvé à côté dans les tables, mais en mettant à sa suite autant de zéros qu'on a ôté d'unités à la caractéristique.

Mais le logarithme donné 7.149972 n'est pas dans ces conditions, après avoir retranché trois unités à sa caractéristique, j'ai trouvé qu'il tombait entre les nombres 14124 et 14125. Le nombre correspondant est donc 14124 et une fraction.

Afin d'obtenir cette fraction, je prends la différence 31 entre le logarithme de 14124 et le logarithme de 14125. Je prends également la différence entre le logarithme 4.149972 et le logarithme de 14124, je trouve qu'elle est de 14, et je fais la règle de trois suivante :

31 : 1 :: 14 : x. Le quatrième terme étant $\frac{14}{31}$, le logarithme 4.149972 appartient au nombre 14124 $\frac{14}{31}$ ou en réduisant la fraction en décimales, à 14124,4513 à très-peu de chose près. Mais comme l'on a retranché trois unités à la caractéristique, on a rendu le nombre cent fois plus petit, et pour avoir le nombre cherché il suffit maintenant de reculer la virgule de deux chiffres vers la droite et l'on trouve 1412445,13 pour nombre correspondant au logarithme proposé.

37. Lorsque le logarithme proposé tombe entre ceux qui figurent dans les tables, il n'y a pas d'unités à retrancher à la caractéristique, et point de zéro à ajouter à la fin de l'opération qui se fait du reste de la même manière.

38. Le même procédé s'applique en sens inverse pour obtenir, avec une grande approximation, le nombre auquel appartient un logarithme d'un nombre moins élevé. Quel est, par exemple, le nombre correspondant au logarithme 0.543272 ? On ajoute trois unités à la caractéristique de ce logarithme qui devient 3.543272, on cherche, dans les tables, le nombre correspondant à ce logarithme, et l'on trouve qu'il tombe entre les logarithmes de 3493 et de 3494; mais ce nombre est mille fois plus grand que le nombre demandé, ainsi donc en séparant trois chiffres sur la droite pour le rendre mille fois plus petit, on a 3,493 qui est le nombre cherché, à moins d'un millième près.

Si cette approximation était insuffisante, on prendrait la différence entre le logarithme 3.543272 et celui de 3493, c'est-à-dire 73. On prendrait également la différence entre les logarithmes de 3493 et de 3494, qui est 124, et l'on ferait la même règle de trois que précédemment :

124 : 1 :: 73 : x. Le quatrième terme donne en décimales 0,588. Ainsi le nombre demandé serait 3,493588, à un millionième près.

APPLICATIONS.

On demande le quotient de 18397 divisé par 13758 approché à moins d'un millième près.

Log. 18397. . . . . 4.264747
Log, 13758. . . . . 4.138755
Reste. 0.125992

Ce reste, cherché dans les tables, avec une caractéristique plus forte de quatre unités, répond au nombre 13365 et une fraction. Donc le quotient cherché est 1,3365.

On demande la racine cubique de 67 à moins d'un millième près.

Log. 67. . . . . 1.826075
Le tiers 0.608692

Ce dernier logarithme, qui représente la racine cubique, cherché dans les tables avec trois unités à la caractéristique, répond au nombre 4061 et une fraction. Donc la racine demandée est 4,061.

39. *Le complément arithmétique* est le reste provenant d'un nombre quelconque opéré sur un autre,

qui est l'unité suivie d'autant de zéros qu'il y a de chiffres dans le premier. Ainsi, soit 537836 à retrancher de 1000000. On retranche successivement les chiffres 5. 3. 7. 8. 3 de 9, et le dernier chiffre 6 de 10 et l'on a 462164 pour reste, qui est ce que l'on nomme le complément arithmétique de 537836.

Soit le nombre 3876 dont je veux retrancher 2635; si au lieu de soustraire ce dernier nombre, j'ajoutais au premier le complément arithmétique du second, c'est-à-dire 10000 moins 2635, je ferais en même temps la soustraction proposée, avec une augmentation de 10000, c'est-à-dire d'une dixaine à l'égard du premier chiffre du résultat +1241 et en supprimant cette dixaine, j'ai 1241 qui est le reste cherché.

S'il s'agissait de retrancher du nombre 7457 le nombre 5346, puis d'ajouter au reste le nombre 2743, et enfin de retrancher de cette somme le nombre 3855, on voit qu'on aurait à opérer successivement une soustraction, puis une addition, et enfin une soustraction. Tous ces calculs peuvent se réduire à une simple addition au moyen des complémens arithmétiques, ainsi qu'il suit :

$$7457$$

Complément arithmétique de 5346. 4654

$$2743$$

Complément arithmétique de 3855. 6145

Somme. . . . . 0999 avec deux dixaines d'augmentation à l'égard du premier chiffre et que j'ai supprimées pour avoir 999 qui est le résultat demandé.

40. L'application des complémens arithmétiques aux logarithmes servira donc à simplifier d'une manière admirable les calculs, puisque la division qui s'opère par la soustraction du logarithme du diviseur, du logarithme du dividende, sera remplacée par l'addition au dividende, du complément arithmétique du diviseur.

Qu'il soit question de diviser 13589 par 8396, il faudrait retrancher le logarithme 8396 du logarithme de 13589 et le reste donnerait le quotient cherché. On obtient le même résultat par les complémens arithmétiques.

Log. 13589. . . . . . 4.133188

Comp. arith. 8396. . . . . . 6.075928

Somme. 0.209116

Ainsi 0,209116 est le logarithme du quotient qui, cherché avec quatre unités à la caractéristique, correspond à 1,6185, à moins d'un dix millième près.

Pareillement soit $\frac{937}{549}$ multiplié par $\frac{875}{384}$. Il faudrait multiplier 937 par 875; multiplier encore 549 par 384, puis diviser le premier de ces produits par le second. Au moyen des logarithmes et des complémens arithmétiques, l'opération se réduit à une simple addition.

Log. 937. . . . . 2.971740

Log. 875. . . . . 2.942008

Comp. arith. 549. . . . . . . 7.260428

Comp. arith. 384. . . . . . . 7.415669

Somme. 0.589845

0.589845 logarithme du produit demandé, cherché dans les tables avec trois unités de plus à la caractéristique, correspond au nombre 3546 et une fraction ; ainsi 3,546 est le produit demandé à moins d'un millième près.

41. On fait également usage des complémens arithmétiques pour mettre les logarithmes des fractions sous la même forme que ceux des nombres entiers, et pour les employer de même dans le calcul ; par là on évite la distinction des logarithmes négatifs. Il suffit alors de se rappeler que la caractéristique du logarithme est trop forte de 10 unités.

Par exemple, pour avoir le logarithme de $\frac{5}{7}$, qui n'est autre chose que 5 divisé par 7, au lieu de retrancher le logarithme de 7 de celui de 5 et de donner au reste le signe négatif, on ajoute le complément arithmétique de 7 au logarithme de 5.

Log. 5.	0.698970
Complém. arith. 7.	9.154912
Somme.	9.853882

Cette somme est le logarithme de $\frac{5}{7}$ dont la caractéristique est trop forte de 10 unités. Mais on peut rejeter à la fin des opérations dans lesquelles on emploie ce logarithme, la réduction de la caractéristique.

TABLES TRIGONOMÉTRIQUES.

42. Les tables des sinus, cosinus, tangentes et cotangentes qui accompagnent les tables des logarithmes des nombres, donnent les logarithmes du rapport qui existe entre les sinus, cosinus, tangentes et cotangentes de chaque angle et le rayon pris pour unité.

D'un rayon d'une grandeur quelconque divisé en 10 billions de parties égales, on a décrit un quart de circonférence de cercle, que l'on a divisé en arcs d'une minute, c'est-à-dire en 5400 parties égales, et de chacun des points de division de ce quart de circonférence, on a abaissé des perpendiculaires sur le rayon, ce qui a donné tous les sinus, minute par minute, des arcs ou des angles jusqu'à 90°. Puis on a calculé le nombre des parties du rayon contenues dans chacune de ces perpendiculaires, c'est-à-dire la longueur numérique du sinus de tous les arcs depuis une minute jusqu'à 90°. On a exprimé cette longueur numérique par son logarithme et l'on a construit une table au moyen de laquelle, connaissant un angle, on peut savoir quelle est la longueur de son sinus et réciproquement.

Il a été facile d'obtenir les cosinus en prenant pour leur expression le sinus de l'arc qui leur sert de complément.

On a calculé ensuite les tangentes de tous les arcs depuis une minute jusqu'à 90°, en multipliant successivement le rayon par le sinus de chacun de ces mêmes arcs, et divisant le produit par le cosinus correspondant.

Les tangentes des arcs servant de complément ont donné les cotangentes.

43. C'est au moyen des tables des logarithmes et des tables trigonométriques que l'on parvient à résoudre avec autant de précision que de facilité la plupart des problèmes trigonométriques, en les appliquant à des formules que je vais successivement analyser et expliquer de manière à en familiariser l'usage dans tous les cas que peuvent présenter les opérations sur le terrain.

L'ART DE LEVER LES PLANS.

TABLE DE LOGARITHMES POUR LES SINUS ET TANG[

VALEUR DES ANGLES.		LOGARITHMES du SINUS.	DIFFÉRENCE pour obtenir le sinus à 45' et 45', en plus.	TANGENTES.	COTANGENTES.	DIFFÉRENCE pour obtenir les cosinus à 45' et à 45', en moins.	LOGARITHMES des COSINUS.	VALEUR DES ANGLES	
Degrés.	Minutes.							Minutes.	De
0	0	Infini négatif.	»	Infini négatif.	Infini négatif.	»	0.000000	0	
	30	.7.940842	0.176084	7.940858	2.059142	20	9.999983	30	
1	0	8.241855	86898	8.241924	1.758079	37	9.999934	0	
	30	8.447949	66929		»	54	9.999851	30	
2	0	8.542819	54129	8.543084	1.456946	90	9.999753	0	
	30	8.639680	41363		»	86	9.999586	30	
3	0	8.718800	34728	8,719396	1.280604	103	9.999404	0	
	30	8.785675	29924		»	120	9.999189	30	
4	0	8.843585	26283	8.844644	1.153356	137	9.998941	0	
	30	8.894643	23430		»	153	9.998659	30	
5	0	8.940296	21133	8.941952	1.058048	160	9.998344	0	
	30	8.981573	18243		»	187	9.997996	30	
6	0	9.019235	17661	9.021620	0.978380	203	9.997614	0	
	30	9.053859	16217		»	220	9.997199	30	
7	0	9.085894	15162	9.089144	0.910856	237	9.996754	0	
	30	9.115698	14156		»	254	9.996269	30	
8	0	9.143355	13275	9.147803	0.852197	271	9.995733	0	
	30	9.169702	12494		»	287	9.995203	30	
9	0	9.194332	11799	9.199713	0.800287	304	9.994620	0	
	30	9.217609	11175		»	322	9.994003	30	
10	0	9.239670	10612	9.246319	0.753681	338	9.993351	0	
	30	9.260633	10102		»	355	9.992666	30	
11	0	9.280599	9637	9.288652	0.711348	373	9.991947	0	
	30	0.299655	9212		»	390	9.991193	30	
12	0	9.317879	8821	9.327475	0.672525	407	9.990404	0	
	30	9.335337	8460		»	425	9.989582	30	
13	0	9.352088	8127	9.363364	0.636636	442	9.988724	0	
	30	9.368185	7848		»	460	9.987832	30	
14	0	9.383675	7531	9.396771	0.603229	477	9.986904	0	
	30	9.398600	7262		»	495	9.985942	30	
15	0	9.412996	7011	9.428052	0.571948	512	9.984944	0	
	30	9.426899	6776		»	530	9.983911	30	
16	0	9.440338	6555	9.457496	0.542504	548	9.182842	0	
	30	9.453342	6346		»	566	9.984737	30	
17	0	9.465935	6151	9.485339	0.514661	584	9.980596	0	
	30	9.478142	5865		»	603	9.979420	30	
18	0	9.489982	5790	9.514776	0.488224	620	9.978206	0	
	30	9.501476	5623		»	639	9.976937	30	
19	0	9.512642	5465	9.536972	0.463028	637	9.975670	0	
	30	9.523495	5315		»	676	9.974347	30	
20	0	9.534052	5174	9.561066	0.438934	695	9.972986	0	
	30	9.544325	5035		»	714	9.974588	30	
21	0	9.554329	4905	9.584177	0.415823	732	9.970452	0	
	30	9.564075	4784		»	754	9.968678	30	
22	0	9.573575	4661	9.606440	0.393590	774	9.967466	0	
	30	9.582840	4546		»	789	9.965645	30	
	0	9.594878	4437		»	809	9.964026	0	
Degrés.	Minutes.	LOGARITHMES des COSINUS.	DIFFÉRENCE pour obtenir les cosinus à 45' et à 45', en moins.	COTANGENTES.	TANGENTES.	DIFFÉRENCE pour obtenir les sinus à 45' et à 45', en plus.	LOGARITHMES des SINUS.	Minutes.	D
VALEUR DES ANGLES.								VALEUR DES ANGLES	

DE TOUS LES ARCS DE 15 MINUTES DU QUART DE CERCLE.

VALEUR DES ANGLES.		LOGARITHMES des SINUS.	DIFFÉRENCE pour obtenir les sinus de 15' et 45', en plus.	TANGENTES.	COTANGENTES.	DIFFÉRENCE pour obtenir les cosinus de 15' et 45', en moins.	LOGARITHMES des COSINUS.	VALEUR DES ANGLES.	
Degrés.	Minutes.							Minutes.	Degrés.
23	0	9.594878	4437	9.627852	0.372148	809	9.964026	0	67
	30	9.600700	4332	»	»	829	9.962398	30	
24	0	9.609313	4232	9.648583	0.351417	848	9.960730	0	66
	30	9.617727	4134	»	»	869	9.959023	30	
25	0	9.625948	4044	9.668673	0.331327	889	9.957276	0	65
	30	9.633984	3954	»	»	909	9.955488	30	
26	0	9.641842	3864	9.688182	0.311818	929	9.953660	0	64
	30	9.649527	3784	»	»	950	9.951794	30	
27	0	9.657047	3699	9.707166	0.292834	971	9.949884	0	63
	30	9.664406	3621	»	»	992	9.947929	30	
28	0	9.671609	3546	9.725674	0.274326	1013	9.945933	0	62
	30	9.678663	3472	»	»	1035	9.943899	30	
29	0	9.685571	3401	9.743752	0.256248	1056	9.941819	0	61
	30	9.692339	3332	»	»	1078	9.939697	30	
30	0	9.698970	3266	9.761439	0.238561	1100	9.937531	0	60
	30	9.705469	3201	»	»	1121	9.935320	30	
31	0	9.711839	3439	9.778774	0.221226	1145	9.933066	0	59
	30	9.718085	3077	»	»	1167	9.930766	30	
32	0	9.724210	3008	9.795789	0.204211	1189	9.928420	0	58
	30	9.730217	2960	»	»	1213	9.926029	30	
33	0	9.736109	2904	9.812517	0.187483	1236	9.923591	0	57
	30	9.741889	2850	»	»	1261	9.921107	30	
34	0	9.747562	2796	9.828987	0.171013	1284	9.918574	0	56
	30	9.753128	2744	»	»	1309	9.915994	30	
35	0	9.758591	2694	9.845227	0.154773	1334	9.913365	0	55
	30	9.763954	2644	»	»	1358	9.910686	30	
36	0	9.769219	2596	9.861261	0.138739	1383	9.907958	0	54
	30	9.774388	2549	»	»	1409	9.905179	30	
37	0	9.779463	2503	9.877114	0.122886	1435	9.902349	0	53
	30	9.784447	2459	»	»	1461	9.899467	30	
38	0	9.789342	2415	9.892810	0.107190	1487	9.896532	0	52
	30	9.794150	2371	»	»	1514	9.893544	30	
39	0	9.798872	2329	9.908369	0.091631	1542	9.890503	0	51
	30	9.803511	2288	»	»	1569	9.887406	30	
40	0	9.808067	2249	9.923814	0.076186	1597	9.884254	0	50
	30	9.812544	2209	»	»	1626	9.881046	30	
41	0	9.816943	2170	9.939163	0.060837	1655	9.877780	0	49
	30	9.821265	2132	»	»	1684	9.874456	30	
42	0	9.825511	2095	9.954437	0.045563	1713	9.871073	0	48
	30	9.829683	2059	»	»	1744	9.867631	30	
43	0	9.833783	2024	9.969656	0.030344	1774	9.864127	0	47
	30	9.837812	1988	»	»	1806	9.860562	30	
44	0	9.841771	1954	9.984837	0.015263	1838	9.856934	0	46
	30	9.845662	1920	»	»	1870	9.853242	30	
	0	9.849485	1903	0.000000	0.000000	1887	9.849485	0	45
Degrés.	Minutes	LOGARITHMES des COSINUS.	DIFFÉRENCE pour obtenir les cosinus de 15' et 45', en moins.	COTANGENTES.	TANGENTES.	DIFFÉRENCE pour obtenir les sinus de 15' et 45', en plus.	LOGARITHMES des SINUS.	Minutes.	Degrés.
		VALEUR DES ANGLES.						VALEUR DES ANGLES.	

Je donne ici une table réduite des sinus et cosinus de tous les arcs de quinze minutes en quinze minutes du quart de cercle, afin que l'on puisse, avec le secours de la table des logarithmes qui précède, se livrer à quelques exercices pour bien comprendre l'emploi de ces tables. On a déja vu (35) qu'au moyen de la petite table des logarithmes des nombres naturels depuis 1 jusqu'à 100, on pouvait trouver les logarithmes des nombres jusqu'à 10,000. J'indiquerai un peu plus loin le moyen de déterminer les sinus et cosinus de tous les arcs du quart de cercle de minute en minute au moyen de la table précédente, de sorte que ceux qui ne sont pas pourvus des tables des logarithmes complètes pourront néanmoins opérer tous les calculs des formules trigonométriques quelle que soit la valeur des angles. Il est rare qu'on pousse l'exactitude des opérations d'arpentage jusqu'à relever les secondes. Des instrumens assez perfectionnés pour marquer ces subdivisions du degré ne s'emploient ordinairement que pour les calculs astronomiques ou pour des triangulations extrêmement développées, et je pense qu'il est superflu de s'en occuper dans un traité pratique qui doit être dégagé de toute complication inutile.

44. On conçoit que plus l'arc qui sert de mesure à un angle augmente, plus le sinus de cet angle augmente, jusqu'au point où, formant un angle droit, ce sinus devient égal au rayon. Que l'on suppose le côté MC de l'angle LCM, fig. 5, parcourant successivement tous les points du quart de circonférence BDH, plus le point D s'éloignera du point B, plus le sinus DF augmentera, jusqu'à ce qu'enfin, arrivant au point H, le sinus DF se confondra avec le rayon CH. S'il dépasse le point H et continue sa révolution sur l'autre quart de la circonférence, il diminuera progressivement jusqu'à ce qu'enfin il se réduise à zéro en atteignant 180° ou la demi-circonférence. Mais dans cette révolution, on voit que le sinus D'F' de l'angle M'CL, plus grand qu'un angle droit, est en même temps le sinus de l'angle M'CL' qui est son supplément; d'où l'on déduit que, pour avoir le sinus d'un angle obtus, il faut chercher le sinus de l'angle qui sert de supplément à cet angle.

45. Dans la révolution du côté MC de B en H, à mesure que l'angle MCL augmente, son cosinus diminue jusqu'à ce que, lorsqu'il atteint le point H et que l'angle est droit ou vaut 90°, le cosinus n'existe plus ou est égal à zéro; mais dès qu'il a dépassé le point H et que l'angle devient obtus, le cosinus augmente progressivement et devient enfin égal au rayon, lorsque le côté MC vient se confondre avec L'C.

Ici encore pour avoir le cosinus d'un angle obtus, il suffit de chercher le sinus de l'angle qui lui sert de supplément.

46. Il est facile de comprendre, par le même raisonnement, que ce principe est également commun aux tangentes et aux cotangentes des angles.

47. Le carré du sinus d'un arc, plus le carré de son cosinus, est égal au carré du rayon (1). Car le sinus et le cosinus d'un arc forment avec le rayon un triangle rectangle dont le rayon est l'hypoténuse.

---

(1) Cette proposition est basée sur le célèbre théorème que dans tout triangle rectangle le carré de l'hypoténuse est égal à la somme des carrés construits sur les deux autres côtés. Je crois devoir en reproduire ici la démonstration, pour familiariser de plus en plus mes lecteurs avec les importantes applications qui en sont la conséquence, et leur en bien faire apprécier l'évidence.

Soit le triangle ABE (fig. 7), sur chacun des côtés duquel on suppose construits les carrés ABCD, BEFG et AEHL. Il s'agit de prouver que AEHL = ABCD + BEFG.

RÉSOLUTION DES TRIANGLES RECTANGLES.

48. Dans le triangle rectangle ABC (fig. 7), AC et AB étant connus, on obtient l'hypoténuse par cette formule :

$$BC = \sqrt{\overline{AC}^2 + \overline{AB}^2}.$$

APPLICATION DU CALCUL DES LOGARITHMES.

Soit AC = 357 mètres.   AB = 428 mètres.

On a BC $= \sqrt{\overline{357}^2 + \overline{428}^2}$

Log. 357. . . . 2.552668 $\times$ 2 pour avoir le carré 5.105336 = 127447

Log. 428. . . . 2.631444 $\times$ 2 . . . . 5.262888 = 183184

TOTAL. 310631

Log. 5.492259 dont moitié pour la racine carrée 2.746129 qui représente le nombre 557 m. 35 c., valeur du côté BC.

49. Dans le triangle ABC, connaissant l'hypoténuse BC et l'un des angles aigus C (1), on obtient les deux autres côtés par les deux formules suivantes :

AB = BC. Sin. C   .   AC = BC. Cos. C.

Soit BC = 187 m.   C = 32° 20' (2).

Si du point B on abaisse la perpendiculaire BI sur le côté AE, hypoténuse du triangle rectangle, et qu'on la prolonge jusqu'en I du côté du carré AEHL, ce carré sera divisé en deux rectangles AKIL et EKIH. Si du point D, on mène une diagonale DE au point E, et que du point B, on en mène une autre au point L; on aura deux triangles DAE et BAL qui offrent les propriétés suivantes :

D'abord BAL = DAE parce que ces deux triangles ont deux côtés égaux entre eux, savoir : DA = BA comme côtés du même carré, et AL = AE par la même raison. De plus les angles compris entre ces côtés égaux sont aussi égaux entre eux, car ils sont tous les deux composés d'un angle droit plus le même angle BAE.

En second lieu, l'aire du triangle DAE = la moitié de l'aire du carré ABCD, comme ayant la même base AD et la même hauteur CD.

Mais le triangle BAL = la moitié du rectangle AKIL, comme ayant la même base AL et la même hauteur LI.

Donc 2 DAE = ABCD = AKIL donc ABCD = AKIL.

On démontrera de la même manière que le carré BEFG est égal au rectangle EKIH et que par conséquent ABCD + BEFG = AKIL + EKIH = AEHL. *(Cette démonstration se rapporte à la figure n° 6).*

Ainsi connaissant les côtés AB et BE du triangle rectangle BAE on a

$$\overline{AE}^2 = \overline{AB}^2 + \overline{BE}^2 \text{ ou } AE = \sqrt{\overline{AB}^2 + \overline{BE}^2}.$$

Pour le côté BE on a :

$$BE = \sqrt{\overline{AE}^2 - \overline{AB}^2}.$$

Enfin pour AB on a :

$$AB = \sqrt{\overline{AE}^2 - \overline{BE}^2}.$$

(1) On désigne ordinairement, pour plus de brièveté, les angles par la lettre placée à leur sommet.

(2) La démonstration du principe qui sert de base à cette formule est facile à concevoir, et je la place ici pour ceux qui ont étudié les premiers élémens de géométrie. Ils se rappelleront qu'on nomme figures semblables, celles qui ont les angles égaux chacun à chacun, et les côtés *homologues* proportionnels. On entend par côtés homologues ceux qui ont la même position dans les deux figures, ou qui sont adjacens à des angles égaux. Ces angles eux-mêmes s'appellent angles homologues. Deux lignes sont proportionnelles, lorsque l'une contient autant de parties dans un rapport donné d'une ligne prise pour mesure comparative, que l'autre contient de parties d'une autre ligne plus grande ou plus petite, divisée en un nombre égal de parties prises également pour unité de mesure de cette seconde ligne.

APPLICATION DU CALCUL DES LOGARITHMES.

On cherchera dans la table qui précède (page 22) le sinus de 32°, qui est 9.724210 , et en y ajoutant 3008, différence portée en regard à la 4ᵉ colonne , on aura 9.727218 sinus de 32°,15'. Pour avoir 32°20' , on prendra la différence entre le logarithme de 32°,30' et celui de 32°15'; elle est de 2999. Cette différence divisée par 15 donne 199', et ce quotient multiplié par 5 donne 999 , qu'il faut ajouter au logarithme 9.727218 pour avoir le logarithme de 32°.20'. On obtient ainsi 9.728217. Pareillement, du cosinus 9.928420 de 32°, on retranchera la différence 1189, portée à la 7ᵉ colonne et l'on aura 9.927231, cosinus de 32°,15. On prendra la différence entre ce dernier logarithme et celui du cosinus 32°.30, qui est 1202, ou 80 par minute , ou enfin 400 à retrancher du logarithme de 32°.15' pour avoir celui de 32°20', qui sera 9.926831. Ces résultats présentent une légère différence avec ceux des tables complètes , mais elle ne porte que sur la dernière décimale. On a donc :

$$AB = \begin{cases} \text{Log. } 187 \ldots\ldots\ldots & 2.271842 \\ \text{Log. sin. } 32°.20' \ldots\ldots & 9.728217 \\ \hline \text{TOTAL pour produit} \ldots & 2.000059 \end{cases} = 100^m.$$

$$AC = \begin{cases} \text{Log. } 187 \ldots\ldots\ldots & 2.271842 \\ \text{Log. cos. } 32°.20' \ldots\ldots & 9.926831 \\ \hline \text{TOTAL pour produit.} \ldots & 2.198673 \end{cases} = 158.$$

Il est très-important de se bien pénétrer de ces deux formules, si simples , et de se les rendre bien familières par des applications répétées, car elles servent de base à tous les calculs pour déterminer la distance des points trigonométriques à la méridienne et à sa perpendiculaire, ainsi qu'on le verra plus loin.

Dans les tables ordinaires des sinus on n'a porté que la moitié du quart de cercle. L'indication des angles plus grands que 45° est en bas des pages, et l'on trouve leur valeur avec les minutes en remontant. J'ai suivi la même disposition pour la table réduite que j'ai jointe ici, mais au lieu de donner toutes les minutes de chaque degré, je me suis borné à les indiquer de 30 en 30 minutes. Dans les 4ᵉ et 7ᵉ colonnes j'ai indiqué la différence qu'il faut ajouter ou retrancher pour obtenir le quart du degré ou quinze minutes. Au moyen de ces données, on trouvera facilement les logarithmes des sinus et cosinus pour chaque minute , en divisant la différence par quinze. Le quotient sera la différence pour chaque minute et en le

---

Soit le triangle rectangle ABC fig. 7. Si du point B , comme centre et d'un rayon quelconque BG , supposé égal au rayon des tables, on décrit l'arc de cercle DG , que du point G on abaisse la perpendiculaire GE sur le côté AB , et qu'au point D , on élève la perpendiculaire DE , on aura GE qui sera le sinus de l'angle B. BE en sera le cosinus et FD en sera la tangente. Mais il résulte de la construction de ces diverses lignes qu'on a formé un nouveau triangle GEB , qui est semblable au triangle ABC , car ils ont l'angle B commun et les côtés BC et AB sont coupés dans le même rapport aux points G et au point E par la ligne GE parallèle à AC. Or , en comparant ces deux triangles on peut en déduire les proportions suivantes :

BG : GE :: BC : CA.   BG : BE :: BC : AB.

Mais BG est le rayon ; GE est le sinus de l'angle B ; BE en est le cosinus, et l'on a par conséquent en substituant leur expression dans ces proportions

R : sin. B :: BC : CA.   R : cos. B :: BC : AB d'où l'on déduit :

$$CA = \frac{\text{sin. B} \times \text{BC}}{R}, \qquad AB = \frac{\text{cos. B} \times \text{BC}}{R} \text{ ; mais comme le rayon est pris pour unité on a simplement}$$

$$CA = \text{sin. B} \times \text{BC}. \qquad AB = \text{cos. B} \times \text{BC}.$$

multipliant par le nombre de minutes excédant le nombre déjà connu, et ajoutant ce produit à ce loga-rithme, on aura, ainsi que j'en ai donné deux exemples ci-dessus, les sinus et cosinus pour toutes les valeurs des angles avec leurs subdivisions en minutes. Ces résultats présenteront une légère différence avec ceux des tables, mais elle ne porte généralement que sur la dernière décimale, et ne peut altérer sensiblement l'exactitude des opérations. Je me suis borné à donner seulement l'expression des tangentes et des cotangentes de degré en degré, parce qu'il est facile de les déterminer au moyen des sinus et des cosinus. Pour avoir la tangente, il suffit d'ajouter au sinus le complément arithmétique du cosinus; et pour avoir la cotangente, d'ajouter au cosinus le complément arithmétique du sinus.

50. Connaissant dans le triangle rectangle ABC fig. 7, l'angle aigu B et le côté adjacent AB, on obtient la valeur du côté opposé AC par la formule suivante :

$$AC = \text{tang. } B \times AB \quad (1).$$

APPLICATION DU CALCUL DES LOGARITHMES.

AB $= 100^{m}$ log. . . . 2.000000

Tang. B ou 57°40'. . . . 0.198604

TOTAL pour produit tang. B × AB. . . . 2.198604 $= 158^{m}$

Si c'était l'angle C opposé au côté AB qui fût connu, la formule serait encore la même, puisqu'il est toujours facile de déterminer la valeur de l'angle B qui est le complément de l'angle C.

51. Connaissant dans le triangle rectangle ABC, le côté AB et l'angle adjacent B, on obtient la valeur de l'hypoténuse BC par cette formule :

$$BC = \frac{AB}{\text{Cos. } B} \quad (2).$$

APPLICATION DU CALCUL DES LOGARITHMES.

AB $= 100^{m}$ log. 2.000000

Cos. B ou 57°40' comp. arith. 271773

TOTAL. . . . . 2.271773 $= 187^{m}$

(1) Par suite de la construction opérée dans le triangle rectangle ABC, ainsi qu'elle a été expliquée dans la note précédente, la perpendiculaire DF est la tangente de l'angle B et forme en même temps un nouveau triangle BDF qui est semblable au triangle ABC. Il résulte de la similitude de ces deux triangles qu'on peut établir la proportion suivante :

BD : DF :: AB : AC.

Mais BD est le rayon; DF est la tangente de l'angle B, or, en substituant ces expressions à BD et à DF on aura :

R : tang. B :: AB : AC.

D'où l'on déduit . . . $AC = \frac{\text{tang. } B \times AB}{R}$ ou AC = tang. B × AB.

(2) Dans le même triangle rectangle ABC le sinus GE de l'angle B forme les deux triangles semblables ABC et EBG dont on peut déduire la proportion suivante :

BG : BC :: BE : AB or, BE est le cosinus de l'angle B et BG est le rayon, en substituant ces expressions on a R : cos. B :: BE : AB.

D'où l'on déduira $BE = \frac{R \times AB}{\cos. B}$ ou simplement $BE = \frac{AB}{\cos. B}$.

RÉSOLUTION DES TRIANGLES OBLIQUANGLES.

52. On vient de voir (48. 49. 50. 51.) les diverses formules au moyen desquelles on peut résoudre par le calcul tous les triangles rectangles, soit que l'on connaisse les deux côtés qui comprennent l'angle droit, ou l'un des côtés et l'angle adjacent, ou l'un des angles aigus et l'un des côtés opposés, ou enfin l'hypoténuse et l'un des angles aigus. Je vais passer à l'analyse des formules qui servent également à résoudre par le calcul tous les triangles obliquangles, toutes les fois qu'on connaît trois des six choses qui les composent, dont au moins un côté.

53. Dans le triangle ABC, fig. 8, on connaît l'angle A, l'angle C et le côté AB opposé à l'angle C. On cherche la valeur du côté BC, qui s'obtient par la formule suivante : $BC = \dfrac{\sin. A \times AB}{\sin. C}$.

La solution de ce problème est fondée sur ce principe que *dans tout triangle le sinus d'un angle est au côté qui lui est opposé, comme le sinus de l'un des deux autres angles est au côté opposé à cet angle* (1).

Ainsi dans le cas proposé on a sin. A : BC :: sin. C ; AB d'où l'on a déduit $BC = \dfrac{\sin. A \times AB}{\sin. C}$.

APPLICATION DU CALCUL DES LOGARITHMES.

Soit A = 43°29'. C = 57°37'. AB = 378 mètres.

On cherchera à la table des sinus le logarithme de 43°15' qui est 9.832783 auquel il faut ajouter la différence 2095 pour avoir le logarithme de 43°15 et l'on trouve 9.835878. La différence entre ce logarithme et celui de 45°20' est 1934 qui donne 1804 à ajouter au logarithme de 43°15' pour avoir le logarithme de 43°29' qui est 9.837682. On trouvera de la même manière pour le logarithme du sinus 57°37' 9.926659. On passe ensuite à la table des nombres et on prend le logarithme de 378, qui est 2.577492. Il s'agit maintenant de multiplier le sinus 43°29' par 378 et de diviser ce produit par le sinus de 57°37'. Cette opération au moyen des logarithmes se réduit à une simple addition.

(1) *Démonstration.* Soit le triangle ABC, fig. 8. Si, du sommet de l'angle C, on abaisse une perpendiculaire CD sur le côté AB, ce triangle se trouvera divisé en deux triangles rectangles CDA et CDB, or, il a été démontré à la note du n° 49 que par suite des propriétés du triangle rectangle on pouvait établir dans chacun de ces triangles les proportions suivantes :

$$R : \sin. A :: AC : CD. \qquad R : \sin. B :: BC : CD.$$

D'où l'on déduit : $R \times CD = \sin. A \times AC$ et $R \times CD = \sin. B \times BC$

Et par conséquent $\sin. A \times AC = \sin. B \times BC$, équation qui donne l'expression de la proportion

$$\text{Sin. A} : \sin. B :: BC : AC \text{ ou sin. A} : BC :: \sin. B : AC.$$

Donc $\qquad BC = \dfrac{\sin. A \times AC}{\sin. B} \qquad AC = \dfrac{\sin. B \times BC}{\sin. A}$

Et $\qquad \sin. A = \dfrac{BC \times \sin. B}{AC} \qquad \text{Sin. B} = \dfrac{\sin. A \times AC}{BC}$

Lorsque la perpendiculaire tombe en dehors du triangle, comme dans ABC, fig. 9, l'angle C n'est pas commun aux deux triangles ABC et BCG, mais l'angle CBG est supplément de l'angle CBA et a par conséquent le même sinus, ainsi la proportion reste la même. Il résulte donc de cette démonstration le principe général, *que dans tout triangle les sinus des angles sont entre eux comme les côtés opposés à ces angles.*

Log. sin. 43°29. . . . 9.837682

Log. 378. . . . . . . 2.577492

Comp. arith. log. sin, 57°37'. . . . 0.073341

TOTAL. . . . . . . 2.488515 qui correspond à 308 mètres, valeur cherchée.

On calculerait le troisième côté AC par le même procédé. Deux angles étant connus, il est facile de déterminer le troisième en retranchant leur somme de 180° et l'on a alors la proportion.

$$\text{Sin. } C : AB :: \text{sin. } B : AC,$$

$$\text{Ou } AC = \frac{AB \times \text{sin. } B}{\text{Sin. } C}.$$

54. Réciproquement l'angle A et les côtés AB et BC étant connus, pour déterminer l'angle C on déduira de la proportion sin. C ; AB :: sin. A : BC :

$$\text{Sin. } C = \frac{AB \times \text{sin. } A}{BC}.$$

APPLICATION DU CALCUL DES LOGARITHMES.

Log. sin. A. 9.837682

Log. AB 2.577492

Comp. arith. BC. 7.511420

TOTAL. 9.926594

Comme ce logarithme représente la valeur du sinus d'un angle, il faut le chercher à la table des sinus et l'on trouvera qu'il correspond à 57°37'.

55. En principe général, connaissant dans un triangle quelconque deux angles et un côté opposé à l'un de ces angles, pour obtenir la valeur du côté opposé au second angle, *on prendra le logarithme du sinus de l'angle adjacent au côté connu, on ajoutera le logarithme de ce côté, on y ajoutera encore le complément arithmétique du logarithme du sinus du second angle, et la somme totale, après avoir retranché dix unités à la caractéristique à cause du complément arithmétique, sera l'expression du logarithme du côté cherché.*

Réciproquement, connaissant dans un triangle quelconque, deux côtés et un angle opposé à l'un de ces côtés, pour obtenir l'angle opposé à l'autre côté, *on prendra le logarithme du côté adjacent à l'angle connu, on ajoutera à ce logarithme celui du sinus de l'angle connu, on ajoutera encore le complément arithmétique du logarithme du second côté connu, et la somme totale, avec dix unités de moins à la caractéristique, sera l'expression du sinus de l'angle cherché.*

56. Connaissant dans un triangle quelconque, deux côtés et l'angle compris entre ces deux côtés, on pourra déterminer la valeur de chacun des deux autres angles, si l'on calcule la différence à ajouter ou à retrancher à la moitié de leur somme. Or, la somme de ces deux angles est le reste de 180° après en avoir retranché l'angle connu. Si à la moitié de ce reste on ajoute la moitié de la différence des deux angles inconnus on aura le plus grand de ces deux angles. Si de cette demi-somme on retranche la même demi-

différence on aura le plus petit. Cette formule se déduit de la proportion *la somme des deux côtés connus est à leur différence, comme la tangente de la demi-somme des deux angles inconnus est à la tangente de leur demi-différence* (1).

Soit le triangle ABC, fig. 8, les côtés AC et AB sont connus ainsi que l'angle compris A. De la proportion AC + AB : AC — AB :: tang. $\frac{4}{2}$ (C + B) : tang. $\frac{4}{2}$ (C — B)

on déduit tang. $\frac{4}{2}$ (C—B) $= \dfrac{(\text{AC} - \text{AB}) \times \text{tang.} \frac{4}{2}(\text{C} + \text{B})}{\text{AC} + \text{AB}}$.

L'application du calcul des logarithmes à cette formule en rendra l'intelligence plus facile :

Soit A = 41° 20'   .   AC = 138 mètres et AB = 165 m.

B + C = 138° 40', $\frac{4}{2}$ (B + C) = 69° 20'.

On a tang. $\frac{4}{2}$ (C — B) $= \dfrac{165 - 138}{165 + 138} \times$ tang. 69° 20'   ou $= \dfrac{27}{303} \times$ tang. 69°20'.

Logarithme 27.	1.431364
Complém. arith. 303. . .	7.518557
Tang. 59°20'.	0.422424
Total	9.373345 = 13°18'.

L'angle C opposé au côté AB = 69°20' + 13°18' = 82°38'. L'angle B = 69°20' — 13°18' = 56°02'.

Les angles d'un même triangle étant entre eux comme les côtés opposés à ces angles, il est facile de reconnaître quel est celui des deux angles auquel on doit ajouter la différence, et quel est au contraire celui auquel il faut la retrancher.

(1) La démonstration de cette formule repose sur ce principe que *la somme des deux arcs est à leur différence, comme la tangente de la demi-somme de ces deux arcs est à la tangente de leur demi-différence*.

Nous représenterons par a' et par b' les deux arcs AM et AN, fig. 44 ; MP sinus de l'arc AM par sin. a' et NQ sinus de l'arc AN par sin. b'. Menant NC parallèle au diamètre AB, prolongeant MP, jusqu'en M', il résultera de cette construction qu'on aura MR = MP — NQ ou MR = sin. a' — sin. b' et M'R = M'P + NQ ou M'R = sin. a' + sin. b'.

Après cela si du point C comme centre et d'un rayon égal à celui du cercle AMCBM' on décrit l'arc EDG, que l'on mène au point G de cet arc une tangente terminée par les deux droites CM, CM', il est évident que DF et DH seront les tangentes des arcs DE et DG qui mesurent les angles MCN et NCM' et comme ces angles ont leur sommet à la circonférence du cercle AMCBM' ils auront pour mesure la moitié des arcs de cette circonférence compris entre leurs côtés. Or , comme on a :

NM = a' — b' et NM' = a' + b' on pourra en déduire :
DF = tang. $\frac{4}{2}$ (a' — b') ;   DH = tang. $\frac{4}{2}$ (a' + b').

Mais à cause des parallèles MM' et FH on a la proposition MR : M'R :: DF : DH, et remplaçant ces valeurs par les expressions que nous avons déduites ci-dessus, on a :

Sin. a' — sin. b' : sin. a' + sin. b' :: tang. $\frac{4}{2}$ (a' — b') : tang. $\frac{4}{2}$ (a' + b').

Ce qui revient à l'équation proposée.

Or , supposons que dans le triangle ABC , fig. 8, on connaisse les deux côtés *a* et *b* et l'angle compris C , on a vu que les sinus des angles étaient entre eux comme les côtés opposés à ces angles. On aura donc les deux équations $\frac{c}{a} = \frac{\text{sin. C}}{\text{sin. A}}$, $\frac{c}{b} = \frac{\text{sin. C}}{\text{sin. A}}$;

on a sin. C = c. sin. A ; b sin. C = c sin. B. Si l'on ajoute ces deux équations membre à membre et qu'on les retranche ensuite , on les reproduit sous cette forme : (a + b) . sin. C = c (sin. A + sin. B)

        (a — b) sin. C = c (sin. A — sin. B) ; divisant le dernier résultat par le premier , le côté inconnu c disparaît et on a $\frac{a - b}{a + b} = \frac{\text{sin. A} - \text{sin. B}}{\text{sin. A} + \text{sin. B}}$ ou a — b : sin. A — sin. B :: a + b : sin. A + sin. B , mais on vient de voir que sin. A — sin. B : sin. A + B : tang. $\frac{4}{2}$ (A—B) : tang. $\frac{4}{2}$ (A + B) ; (A + B) en substituant cette dernière expression , on aura donc a — b : a + b :: tang. $\frac{4}{2}$ (A — B) : tang. $\frac{4}{2}$ (A + B) ; ou tang. $\frac{4}{2}$ (A — B) $= \dfrac{(a - b \times \text{tang.}) \frac{4}{2}(\text{A} + \text{B})}{a + b}$.

qui est la formule qui a servi à la solution du problème ci-dessus (n° 56).

Il ne reste plus qu'à calculer le troisième côté du triangle, et comme on en connaît les trois angles, on n'a plus qu'à se servir de la formule (n° 53) pour obtenir la valeur de ce troisième côté, qui sera :

$$BC = \frac{\sin. A \times AB}{\sin. C} \quad ou \quad BC = \frac{\sin. B \times AC}{\sin. C}.$$

57. Les points A, E, D, C, B, fig. 10, ont été déterminés. On connaît la valeur des côtés AE, DE, DC et BC, ainsi que les angles E, D et C. On peut à l'aide de la formule précédente résoudre le triangle ADB dont on ne connaît ni les angles, ni les côtés, et par conséquent calculer la distance AB des deux points inaccessibles A et B.

Dans le triangle AED on connaît les côtés AE, ED et l'angle compris E. On déduira les deux autres angles A et D de la formule tang. $\frac{1}{2}(A-B) = \frac{DE-DA}{DE+DA} \times$ tang. $\frac{1}{2}(A+B)$ et l'on déterminera ensuite le côté AB par la formule $AD = \frac{\sin. D \times AE}{\sin. E}$ ou $\frac{\sin. A \times DE}{\sin. E}$.

La même opération donnera dans le triangle BCD la valeur des angles B et D et du côté BD. On connaîtra donc déjà dans le triangle ADB la valeur des deux côtés AD et DB, celle de l'angle compris en D est facile à déterminer, puisqu'il suffit de retrancher de la valeur de l'angle connu EDC, celle des deux angles en D compris dans les triangles ADE et BCD que l'on vient d'obtenir. Cette valeur est BDA = EDC − ADE − CDB. Soit D' cette valeur on trouvera la valeur des deux angles en A et en B par la formule tang. $\frac{1}{2}(A-B) = \frac{DB-AD}{DB+AD} \times$ tang. $\frac{1}{2}(A+B)$ et enfin la distance AB par la formule $AB = \frac{\sin. B \times AD}{\sin. D'}$ ou $\frac{\sin. A \times BD}{\sin. D'}$. En assignant des valeurs à ces diverses expressions, on pourra y appliquer le calcul des logarithmes et se familiariser avec l'emploi de ces formules dont on aura fréquemment l'occasion de reconnaître l'utilité, tant pour calculer des triangles dont les sommets étaient inaccessibles, ou plus souvent encore pour vérifier l'exactitude des opérations trigonométriques qui s'y rattachent.

58. Pour trouver un angle d'un triangle, lorsque les trois côtés sont connus, *de la demi-somme des trois côtés, il faut retrancher successivement chacun des côtés qui comprennent l'angle cherché, multiplier ces deux restes entre eux, diviser ce produit par celui des côtés qui comprennent l'angle cherché, et prendre la racine carrée du quotient, qui donnera le sinus de la moitié de l'angle cherché.*

Soit le triangle ABC et AB + AC + BC = S.

On aura sin. $\frac{1}{2} A = \sqrt{\frac{(\frac{1}{2} s. - AC) \times (\frac{1}{2} s. - AB)}{AC \times AB}}$; sin. $\frac{1}{2} C = \sqrt{\frac{(\frac{1}{2} s. - AC) \times (\frac{1}{2} s. - BC)}{AC \times BC}}$,

Et sin. $\frac{1}{2} B = \sqrt{\frac{(\frac{1}{2} s. - BC) \times (\frac{1}{2} s. - AB)}{BC \times AB}}$.

APPLICATION DU CALCUL A CETTE FORMULE.

Soit AC = 223 m. AB = 378 m. BC = 534 m. AC + AB + BC = S. = 1135 m. $\frac{1}{2}$ S. = 567 m. 50 c.

Sin. $\frac{1}{2} C = \sqrt{\frac{(567.50 - 223) \times (567.50 - 534)}{223 \times 534.}} = \sqrt{\frac{344\ 50 \times 33.50}{223 \times 534.}}$

Au moyen des logarithmes, cette opération se simplifie ainsi qu'il suit :

$$\text{Logar. } 344.50 \ldots \ldots \ldots 2.537189$$
$$\text{Log. } 33.50 \ldots \ldots \ldots 1.525045$$
$$\text{Complém. arith. du log. } 223 \times 534 \ldots \ldots 4.923341$$

Total avec 10 unités pour le comp. arith. . . . 18.985575

Dont la moitié pour la racine carrée . . . . . . 9.497787 $=$ sin. 18°07' $=$ sin. $\frac{1}{2}$ C.

$$C = 36°.15'. \quad (1)$$

59. Il y a encore plusieurs autres formules pour parvenir à la résolution des triangles, mais j'ai cru devoir me borner à celles qui sont d'une application plus facile et qui comprennent tous les cas qui peuvent se présenter dans le cours des opérations d'arpentage. Je les ai résumées dans le tableau suivant

(1) La démonstration de cette formule est un peu compliquée, je la place cependant ici en tâchant de la rendre aussi intelligible que possible.

Soit a le côté BC opposé à l'angle A, fig. 8, b le côté AC opposé à l'angle B, et c le côté AB opposé à l'angle C, le triangle ACD donne $\overset{2}{CD} = \overset{2}{b} - \overset{2}{AD}$ et le second triangle rectangle CDB donne $\overset{2}{CD} = \overset{2}{a} - \overset{2}{DB}$ d'où l'on déduit $\overset{2}{b} - \overset{2}{AD} = \overset{2}{a} - \overset{2}{DB}$, mais par suite d'une des propriétés du triangle rectangle on a dans le triangle ACD. R : sin. C :: b : AD ou puisque l'angle A est le complément de l'angle C, R : cos. A :: b : AD, d'où l'on déduit $AD = \frac{\cos. A \times b}{R}$ par conséquent $\overset{2}{AD} = \frac{\cos. \overset{2}{A} \times \overset{2}{b}}{\overset{2}{R}}$.

En second lieu, $BD = AB - AD = C - \frac{\cos. A \times b}{R}$ et par conséquent $\overset{2}{BD} = \left(C - \frac{\cos. A \times b}{R}\right) = \overset{2}{C} + \frac{\cos. \overset{2}{A} \times \overset{2}{b}}{\overset{2}{R}} - 2 c \times \frac{\cos. A \times b}{R}$, ainsi l'expression $\overset{2}{b} - \overset{2}{AD} = \overset{2}{a} - \overset{2}{DB}$ peut se transformer ainsi : $\overset{2}{b} - \frac{(\cos. A \times b)^2}{\overset{2}{R}} = \overset{2}{a} - \left(\overset{2}{c} + \frac{\cos. \overset{2}{A} \times \overset{2}{b}}{\overset{2}{R}} - 2 c \times \frac{\cos. A \times b}{R}\right)$.

Si l'on fait disparaître les dénominateurs on aura $\overset{2}{b} \times \overset{2}{R} = \overset{2}{a} \times \overset{2}{R} - \overset{2}{c} \times \overset{2}{R} + 2 c \times \cos. A \times b$. Et faisant passer dans le premier membre de l'équation tous les termes qui renferment les carrés des côtés du triangle on a : $\overset{2}{b} \times \overset{2}{R} + \overset{2}{c} \times \overset{2}{R} - \overset{2}{a} \times \overset{2}{R} = 2 c \times \cos. A \times b$ ou enfin cos. C $= \frac{(\overset{2}{b} + \overset{2}{c} - \overset{2}{a}) R}{2 c \times b}$.

Si du sommet de l'angle a et d'un rayon r égal au rayon des tables, on décrit un arc de cercle EK et que sur le milieu de la corde EK on abaisse du sommet A un rayon perpendiculaire qui divisera également l'arc en deux parties égales, les deux triangles ANK et EFK donnent FK : NK :: EK : AK, or, FK est le rayon r moins le cosinus de l'angle A qui est AF. NK est le sinus de la moitié de l'angle A. AK est le rayon r de l'arc qui mesure cet angle, on peut donc transformer ainsi cette proportion : r—cos. A : sin. $\frac{1}{2}$ A :: 2 sin. $\frac{1}{2}$ A : r. D'où on déduit $r (r - \cos. A) = 2 \overset{2}{\sin.} \frac{1}{2} A$, ou $r - r \cos. A = 2 \overset{2}{\sin.} \frac{1}{2} A$, et enfin cos. A $= \frac{r - 2 \overset{2}{\sin.} \frac{1}{2} A}{r}$ ou $r - \frac{2 \overset{2}{\sin.} A}{r}$.

Mais on a déjà trouvé cos. A $= \frac{(\overset{2}{b} + \overset{2}{c} - \overset{2}{a}) R}{2 c \times b}$ par conséquent on peut mettre $r - \frac{2 \overset{2}{\sin.} A}{r} = \frac{(\overset{2}{b} + \overset{2}{c} - \overset{2}{a}) R}{2 c \times b}$, et en chassant les dénominateurs on aura :

$$2 c \times b \times \overset{2}{R} - 4 c \times b \times \overset{2}{\sin.} A = (\overset{2}{b} + \overset{2}{c} - \overset{2}{a}) \overset{2}{R}. \text{ D'où l'on peut tirer :}$$

$4 \overset{2}{\sin.} \frac{1}{2} A \times c \times b = 2 c \times b \times \overset{2}{R} - (\overset{2}{b} + \overset{2}{c} - \overset{2}{a}) \overset{2}{R} = (2 c \times b + \overset{2}{c} - \overset{2}{a} - \overset{2}{c}) \overset{2}{R} = (a + b - c)(a - c - b) \overset{2}{R} = (a + b - c)(a - b + c) \times \overset{2}{R} = (b + a - c)(a - b + c) \times \overset{2}{R} = (a + b + c - 2 c) \overset{2}{R}.$

Si l'on désigne $a + b + c$ par S on aura :

$4 \overset{2}{\sin.} \frac{1}{2} A = \frac{\left(\frac{1}{2} S - a\right)\left(\frac{1}{2} S - b\right)}{a \times b} \times \overset{2}{R}$ ou enfin $\frac{1}{2} \sin. A = \sqrt{\frac{\left(\frac{1}{2} S - a\right)\left(\frac{1}{2} S - b\right)}{a \times b}}$ qui est l'expression de la formule ci-dessus.

afin qu'elles puissent se classer plus naturellement dans la mémoire, et qu'on puisse les consulter sans être forcé de faire des recherches dans tout ce qui précède :

INDICATION		INCONNUS à DÉTERMINER.	FORMULES TRIGONOMÉTRIQUES.
DES ANGLES connus.	DES CÔTÉS connus.		

RÉSOLUTION DES TRIANGLES OBLIQUANGLES.
(TRIANGLE ABC) (1).

A . B	BC	AC	$AC = \dfrac{\sin. \ B \times BC}{\sin. \ A}$ $\left.\begin{array}{c} \\ \\ \end{array}\right\}$ (53).
A . B	AC	BC	$BC = \dfrac{\sin. \ A \times AC}{\sin. \ B}$
A	AC.BC	B	$\sin. B = \dfrac{\sin. \ A \times BC}{AC}$ $\left.\begin{array}{c} \\ \\ \end{array}\right\}$ (54).
B	AC.BC	A	$\sin. A = \dfrac{\sin. \ B \times AC}{BC}$
C	AC.BC	A . B	$\text{Tang.} \ \frac{1}{2}(A—B) = \dfrac{AC — BC}{AC + BC} \times \text{tang.} \ \frac{1}{2}(A + B)$ (55).
"	AB.AC.BC	A	$\sin. \frac{1}{2} A = \sqrt{\dfrac{(\frac{1}{2} \ s. \ — \ AC \ ) \ (\frac{1}{2} \ s.—AB)}{AC \times AB}}$ $\left.\begin{array}{c} \\ \\ \\ \end{array}\right\}$ (58).
"	AB.AC.BC	B	$\sin. \frac{1}{2} B = \sqrt{\dfrac{(\frac{1}{2} \ s. \ — \ BC \ ) \ (\frac{1}{2} \ s.—AB)}{BC \times AB}}$
"	AB.AC.BC	C	$\sin. \frac{1}{2} C = \sqrt{\dfrac{(\frac{1}{2} \ s. \ — \ AC \ ) \ (\frac{1}{2} \ s.—BC)}{AC \times BC}}$

RÉSOLUTION DES TRIANGLES RECTANGLES.
TRIANGLE ABC. A L'ANGLE DROIT, BC L'HYPOTHÉNUSE.

"	AC.BC	B	$\sin. B = \dfrac{AC}{BC}$ $\left.\begin{array}{c} \\ \\ \end{array}\right\}$ (54).
"	AB.BC	C	$\sin. C = \dfrac{AB}{BC}$
"	AC.AB	BC	$BC = \sqrt{\overline{AC}^2 + \overline{AB}^2}$. (48).
B	AB	BC	$BC = \dfrac{AB}{\cos. \ C}$ (51).
C	BC	AC . AB	$AC = BC \times \sin. C. \quad AB = BC \times \cos. C.$ (49).
B	AB	AC	$AC = \text{tang.} \ B \times AB$ (50).

(1) On n'oubliera pas que les lettres A, B, C indiquent les angles du triangle qui ont leur sommet à chacun de ces points. Le côté désigné par les lettres où ne figurent pas celles indiquant les angles, sont les côtés opposés à ces angles, et les côtés où se retrouvent les lettres indicatives des angles, sont les côtés adjacens à ces angles. Ainsi dans le triangle ABC, BC est le côté opposé à l'angle A et AC et AB sont les deux côtés adjacens.

5

DÉFINITIONS GÉNÉRALES ET TRIGONOMÉTRIE SPHÉRIQUE.

60. *Le plan* est une surface sur laquelle prenant deux points à volonté, et joignant ces deux points par une ligne droite, cette dernière est toute entière dans la surface.

Toute surface qui n'est ni plane ni composée de surfaces planes est une surface courbe.

61. L'intersection de deux plans est une ligne droite.

62. Deux lignes droites qui se rencontrent sont dans le même plan, et il suffit de trois points pour déterminer un plan. Par trois points quelconques on ne peut faire passer qu'un seul plan. Les parallèles sont toujours dans un même plan. Une ligne droite est parallèle à un plan lorsqu'elle ne peut le rencontrer à quelque distance qu'ils soient prolongés l'un et l'autre.

63. Une ligne droite perpendiculaire à deux autres lignes prises dans un plan et passant par le point où elle rencontre ce plan, est en même temps perpendiculaire à toutes celles qu'on ferait passer par ce point : elle est perpendiculaire au plan, et le point où elle le rencontre, se nomme *le pied de la perpendiculaire*.

64. Les angles qui ont les côtés parallèles et l'ouverture tournée dans le même sens, sont égaux quoique situés dans des plans différens.

65. L'inclinaison de deux plans qui se rencontrent se nomme *angle dièdre*, ou angle *à deux faces*. L'angle dièdre a pour mesure l'angle formé par deux droites menées dans chacune de ses faces, perpendiculairement à leur commune section, et par un même point de cette droite.

66. La perpendiculaire est la plus courte ligne qu'on puisse mener d'un point pris hors du plan à ce plan. Les obliques qui s'écartent également de cette perpendiculaire sont égales; celles qui s'en écartent le plus sont les plus longues. Chaque point de la perpendiculaire à un plan peut être employé à décrire sur ce plan des cercles dont le centre se trouvera au pied de cette perpendiculaire.

67. Lorsque plusieurs plans qui passent par un même point se rencontrent deux à deux, l'espace indéfini, compris entre eux dans le sens opposé au point où ils se rencontrent, se nomme *angle polyèdre* ou angle à plusieurs faces.

68. Le plus simple de ces angles est celui qui a trois faces; il se nomme *angle trièdre*.

69. *La sphère* est un corps engendré par un demi-cercle tournant autour de son diamètre. La demi-circonférence qui l'enveloppe décrit la surface sphérique. Le diamètre autour duquel tourne le demi-cercle générateur est *l'axe* de la sphère, et ses extrémités sont désignées par le nom de *pôles*.

70. La surface sphérique a tous ses points également éloignés du centre du cercle générateur, qui est en même temps *le centre de la sphère*.

71. La section de la sphère par un plan quelconque est toujours un cercle. Les cercles dont le plan passe par le centre de la sphère sont tous égaux entre eux et se nomment *les grands cercles*. Les autres sont désignés par le nom *de petits cercles*. Deux grands cercles se coupent toujours en deux parties égales.

72. Trois cercles se coupant deux à deux sur la surface de la sphère, forment un *triangle sphérique*.

On ne considère dans les élémens de trigonométrie sphérique que les triangles formés par trois arcs de grands cercles. Ces arcs reçoivent le nom de *côtés du triangle sphérique*. La somme de deux côtés quelconques d'un triangle sphérique est toujours plus grande que le troisième ; la somme des trois côtés est toujours moindre que la circonférence d'un grand cercle.

73. Le plus court chemin d'un point à un autre de la surface sphérique est l'arc du grand cercle déterminé par le plan passant par ces deux points et le centre de la sphère.

74. Les plans des grands cercles qui forment un triangle sphérique donnent lieu, par leur rencontre au centre de la sphère, à un angle trièdre (1).

(1). Il n'entre pas dans le but de cet ouvrage de pousser au-delà de ces simples définitions les questions qui se rapportent à la trigonométrie sphérique. Leur analyse entraînerait des démonstrations abstraites et compliquées, et nécessiterait un résumé trop développé des élémens de géométrie.

LIVRE II.

TRIANGULATION.

75. La première opération qui doit précéder le levé du plan du territoire ou d'une portion du territoire d'une commune, consiste à déterminer, avec la plus rigoureuse précision, les positions respectives des points les plus remarquables. On les considère comme liés entre eux trois à trois, par des lignes imaginaires, qui forment ainsi des triangles dont ils occupent les sommets. Cette série de triangles que l'on doit multiplier assez pour avoir sur toutes les parties du périmètre un nombre suffisant de points pour y rattacher, plus tard, les travaux de détail, prend le nom de *réseau* ou *canevas trigonométrique*. L'opération au moyen de laquelle on parvient à former ce canevas, se nomme *triangulation* (1).

(1) S'il ne s'agissait généralement que de lever des plans d'une superficie de 40 à 50 hectares; si le territoire devait être placé dans des conditions aussi favorables que celui qui est toujours choisi pour les plans d'épreuve, les opérations trigonométriques deviendraient superflues, et l'on pourrait se borner à ces sortes de constructions méthodiques, qui sont d'un usage si commun parmi les arpenteurs, et qui ont prévalu, jusqu'à présent, dans les essais dont l'administration s'est contentée. Mais que le terrain sur lequel on aura à opérer, cesse d'être dégagé de tout accident, de tout obstacle; qu'il soit au contraire coupé, inégal ou boisé; que son périmètre s'étende au-delà des bornes accoutumées, les procédés dont l'application avait paru d'abord si facile qu'on s'était fait un jeu de l'arpentage, vont faire défaut, les erreurs se multiplieront et l'on s'arrêtera découragé en présence des difficultés qui surgiront de toutes parts. Ces longues lignes qu'on s'était habitué à jeter hardiment dans les premiers plans d'épreuve, qui se développaient dans des parcours de 1,500, de 2,000 mètres même, formant un immense triangle encadrant le territoire, et servant à rattacher sur leur alignement de longues lignes secondaires sur lesquelles on avait coutume de relier les détails du parcellaire, deviendront totalement impossibles. Ces grandes lignes qu'il est même toujours si difficile de mettre en pratique sur le terrain, présentent dans tous les cas quelque chose de douteux et de suspect, qui porte à supposer qu'elles ont été simplement tracées et mesurées sur la minute d'un plan cadastral, et qu'elles ont servi à transporter à une autre échelle une copie réduite de ce plan. Le mesurage de ces longues lignes au moyen de la chaîne ou décamètre, quels que soient le soin et l'expérience qu'on y apporte, donnera inévitablement lieu à des erreurs telles que la position des points les plus importants se trouvera sensiblement déplacée et que les rapports des détails intermédiaires manqueront d'exactitude. La science a fourni des méthodes simples où les données, relevées à l'aide d'instrumens ou de procédés d'une précision qui ne laisse rien à désirer, sont combinées avec le calcul de manière à pousser l'exactitude jusqu'à tel degré d'approximation que l'on voudra. Ainsi une ligne de 2,000 mètres, mesurée à la chaîne et en supposant seulement une erreur de deux centimètres par chaque décamètre, présenterait une erreur de 4 mètres, tandis que par le calcul cette différence peut être réduite à un millième, un cent millième, un millionième de mètre et moins encore s'il est nécessaire.

76. Ainsi, la triangulation est l'assemblage de ces divers triangles dont les angles ne doivent être ni trop aigus, ni trop obtus, et qui, partant d'une base avantageusement placée, couvrent tout le territoire dont on veut lever le plan et s'étendent même aux principaux points extérieurs les plus rapprochés de son périmètre. Ces divers points, qui forment les sommets des angles, reçoivent le nom *de points trigonométriques*.

77. Le but de la triangulation est de donner au géomètre les moyens de se diriger avec certitude et précision dans le levé du plan parcellaire; elle a cet avantage qu'elle peut se vérifier par elle-même et qu'elle fait connaître au géomètre les fautes qu'il a commises et le met à même de les rectifier.

78. La triangulation réunit les opérations suivantes :

1° Choisir et mesurer une base;

2° Choisir sur le terrain les points trigonométriques disposés le plus convenablement pour la formation des triangles;

3° Observer les trois angles de chaque triangle;

4° Opérer la réduction des angles au centre de la station ou à l'horizon;

5° Tracer la méridienne;

6° Calculer les côtés des triangles;

7° Calculer la distance des sommets des triangles à la méridienne passant par l'un des points trigonométriques et à sa perpendiculaire passant par le même point;

8° Former avec les résultats des calculs précédens le registre des opérations trigonométriques;

9° Construire le canevas trigonométrique.

DE LA CHAINE OU DÉCAMÈTRE.

79. La chaîne dont on se sert pour mesurer les lignes sur le terrain, dans les opérations d'arpentage, a dix mètres de longueur et se nomme *décamètre*. Chaque mètre est subdivisé en cinq chaînons de deux décimètres. Les deux extrémités sont terminées par des poignées.

80. Comme l'exactitude des opérations d'arpentage dépend surtout de la précision du mesurage des lignes, les grands théoriciens se sont ingéniés à remédier aux altérations qu'éprouve la chaîne par suite d'un long usage et de la traction fréquente qui en allonge les anneaux. Ils ont imaginé des systèmes de poignées qui permettent d'obvier à ces inconvéniens; mais les praticiens ont peu goûté ces innovations et se contentent de chaînes ordinaires, qu'ils ont le soin de vérifier fréquemment, et dont ils savent corriger les déviations, sans recourir à des moyens compliqués qui ralentissent leurs travaux, et qui pourraient par suite de la moindre distraction occasionner de graves erreurs.

81. Deux personnes sont nécessaires pour se servir de la chaîne, dont elles saisissent chacune une extrémité par l'une des poignées. On part de l'une des extrémités de la ligne à mesurer; le premier chaîneur pose la poignée sur cette extrémité et l'autre se dirige dans l'alignement de l'autre extrémité, il tend bien la chaîne et, en la tenant bien horizontalement, en marque la longueur par une *fiche* qu'il

plante en terre, puis il continue sa marche. Le premier porte-chaîne vient s'arrêter à cette fiche et la relève aussitôt que son aide a planté une seconde fiche à la longueur de la chaîne, et ainsi de suite jusqu'à ce qu'ils aient parcouru toute la ligne à mesurer. *Le nombre de fiches relevées* par le chaîneur de derrière, indique le nombre de décamètres que contient la ligne, et, lorsqu'il y a un excédant, on compte sur la chaîne le nombre de mètres et de décimètres qu'il faut ajouter au résultat indiqué par les fiches.

82. Le nombre de fiches que l'on emploie, le plus généralement, est de dix. Aussitôt que le second chaîneur a planté sa dixième fiche, le premier porte-chaîne vient se placer au point où se trouve cette fiche, la lui remet avec les neuf autres, et de ce point commence une nouvelle *levée* ou un nouveau mesurage de cent mètres.

Quand le premier chaîneur s'avance vers son compagnon pour lui rendre les fiches, il doit toujours lâcher la chaîne et attendre, pour en reprendre la poignée, que celui-ci ait marché de huit à neuf mètres. C'est le moyen d'éviter que la chaîne se *noue* et par conséquent qu'elle se raccourcisse.

DE LA BASE.

83. Avant de procéder aux opérations trigonométriques qui constituent la triangulation, le choix de la base est de la plus haute importance. Cette base sur laquelle doit reposer l'un, ou plusieurs des triangles du réseau trigonométrique, étant la donnée à l'aide de laquelle on déterminera par le calcul la longueur des côtés de tous les triangles, il est indispensable d'apporter autant de soin dans le choix de sa position, que de précision dans la mesure de sa longueur, car la plus légère erreur aurait pour effet de réagir d'une manière toujours croissante sur les positions respectives des divers points trigonométriques. On doit chercher un emplacement dégagé de tout accident de terrain et présentant une surface horizontale. S'il ne s'en trouve pas de convenable dans le périmètre du territoire où l'on opère, il faut le prendre en dehors et de manière à pouvoir reconnaître un certain nombre des points que l'on veut observer.

On arrêtera les deux extrémités de la base par deux piquets solidement plantés dans la terre, afin que ces extrémités puissent toujours se retrouver pendant le cours de l'opération, et servir à toute vérification.

84. La base étant choisie et bien arrêtée à ses extrémités, avant de procéder au mesurage de sa longueur, il faudra la jaloner pour éviter toute déviation de la part des chaîneurs. Le *jalonage* a pour objet de déterminer des alignemens ou des directions sur le terrain par la plantation des jalons en divers points, placés à la suite les uns des autres de manière que l'observateur, posté devant le premier, et fermant un œil, couvre de ce premier jalon toute la file des autres.

85. Il faudra mesurer la base au moins deux fois, et en sens contraire, avec la plus grande précision. Si les mesurages ne présentent qu'un *deux millième de différence*, on pourra prendre *la moyenne* de ces chaînages, et la considérer comme la longueur absolue de la base. Ce résultat laisserait beaucoup à désirer dans de grandes opérations géodésiques, mais il est d'une exactitude suffisante pour les plans du cadastre.

Dans le cas où les deux premiers mesurages différeraient de plus d'un *deux-millième*, il faudrait, de nouveau, chaîner la base deux fois et en sens contraire; écrire ces nouveaux résultats, à la suite des premiers; mettre de côté celui qui s'écarterait le plus des autres, et prendre la moyenne des trois qui resteraient. Si l'on a opéré avec soin, si la chaîne a été constamment également tendue, si les chaîneurs n'ont pas commis la moindre déviation en suivant la ligne, il ne doit pas y avoir plus des deux millièmes de différence entre les trois chaînages conservés.

CROQUIS D'OPÉRATIONS.

86. La base une fois bien arrêtée et sa longueur bien exactement déterminée, on en tracera l'indication sur une feuille de papier destinée à recevoir le croquis des opérations trigonométriques. Désignant par les lettres A et B les deux extrémités, soit AB (fig. 17, pl. 2), la base qu'on a indiquée et dont on a coté la longueur, comme dans la figure. On procèdera ensuite au parcours général du territoire, on en étudiera la configuration et l'on choisira les points les plus apparens, les plus favorablement situés pour y relier les opérations de détails, pour y rattacher les lignes de construction qui doivent assurer l'exactitude des points intermédiaires, et pour former enfin les sommets des triangles du canevas trigonométrique. On distribuera ces divers points, à vue d'œil, dans une position analogue sur le croquis, tâchant de se rapprocher autant que possible de leur véritable situation respective. Il faut un peu d'habitude du dessin et surtout un peu d'expérience pour donner à ces croquis visuels une conformité satisfaisante avec la disposition du terrain. Soient donc les points C, D, E, F, G, H qui ont été reconnus aptes à devenir les points trigonométriques du plan qu'on veut lever et dont l'indication a été portée sur le croquis. On reviendra à la base et l'on se placera à l'une de ses extrémités, en A par exemple. L'on y observera quels sont les points choisis que l'on peut apercevoir. Trois sont visibles : D, H, C. On joindra alors sur le croquis les trois points D, H, C par trois lignes AD, AH et AC avec l'extrémité A de la base. Passant ensuite à l'autre extrémité B on trouvera que les points C, F, H sont seuls visibles de ce point, et on les joindra pareillement sur le croquis par les lignes BC, BF et BH avec l'extrémité B de la base AB. Les deux points H et C sont seuls visibles à la fois des deux extrémités de la base et les lignes qui les relient forment deux triangles ABH et ABC dont le côté commun AB est connu.

Le point D visible de l'extrémité A de la base ne l'est pas du point B; il faut se transporter en C pour l'apercevoir. On joindra sur le croquis le point D avec le point C et l'on aura un nouveau triangle qui aura un côté commun avec le triangle ABC, précédemment déterminé. Il en sera de même du triangle BFH qui aura le côté BH commun avec le triangle ABH; puis BEF qui aura le côté BF commun avec BFH; et enfin FGH qui aura le côté FH commun avec le même triangle BFH.

Or, si l'on détermine la valeur de chacun des angles de ces triangles, on comprendra facilement qu'avec l'aide de la base AB dont la longueur a été mesurée, on pourra en déduire par le calcul celle de tous les côtés de ces divers triangles, car on connaîtra successivement dans chacun d'eux un côté et les trois angles. Il serait impossible ou presque toujours impraticable de déterminer la valeur de ces côtés au moyen du chaînage et, voulut-on même le tenter, on tomberait dans les plus graves erreurs. Avant de procéder à la résolution de ces triangles, je dois expliquer la manière de relever la valeur de leurs angles, pour passer ensuite à l'explication des formules dont j'ai donné précédemment l'analyse et la démonstration (1).

DU GRAPHOMÈTRE.

87. Le *graphomètre* est un instrument qui a été combiné de manière à donner avec précision la mesure des angles sur le terrain. Il se compose ordinairement d'un demi-cercle en cuivre divisé en 180°, avec des sous-divisions de demi-degrés. La partie occupée par ces divisions se nomme *limbe*. Le diamètre est fixe et porte à chacune de ses extrémités une *pinnule* perpendiculaire au plan du cercle, et sur le centre pivote une règle ou *alidade* mobile, qui peut, à volonté, parcourir toute l'étendue du limbe. Cette alidade dont le mouvement circulaire est horizontal, est également terminée par des pinnules, et porte sur ses extrémités des divisions dont la combinaison avec celles du limbe, facilite l'appréciation ou *la lecture* de la valeur des angles. La partie de l'alidade qui contient ces divisions se nomme *Vernier* ou *Nonius*, du nom de son inventeur.

Le graphomètre porte encore assez généralement, dans l'espace compris entre le limbe et le diamètre, une boussole graduée dont l'indication polaire est dans une situation parallèle au diamètre de l'instrument (2). Il est supporté sur un fort trépied en bois, par une genouillère armée d'une vis, qui permet de le mouvoir dans tous les sens et de lui donner la situation que l'on désire.

On le place sur le terrain, au sommet de l'angle formé par les deux lignes droites imaginaires qui vont aboutir aux deux points opposés et qui marquent les côtés de cet angle. Il faut que le centre du graphomètre corresponde bien exactement avec le point qui forme le sommet de l'angle; ce dont il est facile de s'assurer au moyen d'un fil à plomb. On dispose ensuite le limbe bien horizontalement de manière que son diamètre soit parallèle à l'un des côtés de l'angle, de sorte qu'en regardant par les pinnules, le fil de soie qui sert de mire, partage le signal situé à l'extrémité du côté. Un niveau à bulle d'air, lorsque le graphomètre n'en est pas pourvu, est nécessaire pour le rendre bien horizontal. Lorsque les pinnules du diamètre sont dirigées vers le signal opposé du côté auquel il est parallèle, on fait mouvoir l'alidade jusqu'à ce que l'objet qui signale l'extrémité du second côté soit parfaitement dans la direction des

(1) Cette démonstration se rapporte à la fig. 20 et non à la fig. 17.

(2) Le graphomètre, tel que je viens de le décrire succinctement, peut suffire non-seulement pour toutes les opérations d'arpentage qu'on exige des agens des contributions directes, mais encore pour toutes celles de tracé et de nivellement. Cependant lorsqu'il s'agit de travaux géodésiques plus développés, de la triangulation d'une vaste commune par exemple, on se sert d'un instrument plus compliqué et qui donne avec une plus rigoureuse précision la valeur des angles. Cet instrument, indispensable aux géomètres triangulateurs du cadastre, se nomme *théodolite*. Il est composé d'un cercle entier, les pinnules sont remplacées par des longues-vues au moyen desquelles on peut observer des points qu'il serait impossible d'apercevoir sans leur secours. Du reste, comme l'usage du théodolite ne diffère en rien de celui du graphomètre ordinaire, je me bornerai à expliquer aussi clairement que possible l'emploi de ce dernier.

Comme le graphomètre et le théodolite surtout sont des instrumens d'un prix très-élevé; comme ils sont sujets à se déranger au moindre choc, et qu'ils sont peu faciles à transporter, j'ai pensé que l'on me saura gré d'indiquer un moyen facile d'y suppléer dans les opérations sur le terrain. Un procédé pour déterminer sans leur concours la valeur exacte des angles, et pour parvenir ainsi dans les calculs trigonométriques au même degré de précision que si l'on faisait usage des instrumens les plus parfaits, sera pour le plus grand nombre de mes lecteurs un enseignement dont ils apprécieront l'avantage et l'utilité. J'en ferai le sujet d'un chapitre à la suite de l'explication de l'emploi du graphomètre.

6

pinnules et soit partagé par le fil de soie qui sert de mire. L'alidade se trouve alors dans une direction parallèle au second côté de l'angle , et l'on concevra facilement que l'angle, formé par l'intersection de l'alidade et du diamètre au centre de l'instrument, se trouve égal à celui qui résulterait de la rencontre de deux lignes droites tirées des points observés à celui sur lequel est placé le graphomètre. La portion du limbe comprise entre la direction de ces deux lignes indique, au moyen des divisions qui y sont figurées, le nombre de degrés et de minutes qui exprime la valeur de l'arc de l'angle observé. Le diamètre est marqué par une ligne qui correspond aux points de mire des pinnules. Le nonius qui termine l'alidade porte également une ligne, qui correspond à ses pinnules, et qui est marqué 0 à ses extrémités. On la nomme *ligne de foi*. A côté de cette ligne se trouvent des divisions qui correspondent avec celles du limbe. Ce dernier n'étant divisé qu'en demi-degrés, par exemple, l'observation ne pourrait donner la valeur des angles qu'à un demi-degré près; mais le nonius permet d'obtenir un plus grand degré de précision sans qu'il ait été nécessaire de multiplier les divisions du limbe.

Pour avoir la valeur des angles à moins d'une minute près, on a tracé sur chacune des extrémités de l'alidade un arc de 15°, dont le centre est le même que celui du limbe. Cet arc a été divisé en autant de parties-égales plus une que l'arc de 15° sur le limbe, c'est-à-dire en 31 parties, et le premier trait, marqué 0, correspond avec l'extrémité de la ligne de foi. Chacune des divisions du nonius se trouve ainsi d'un trentième plus petite que celles du limbe, et lorsque la ligne de foi coïncide exactement avec une division du limbe, la première division du nonius sera distante de $\frac{1}{30}$ de la division correspondante du limbe ; la suivante de $\frac{2}{30}$; la troisième de $\frac{3}{30}$, et ainsi de suite jusqu'à la dernière qui sera éloignée de $\frac{30}{30}$ ou d'une division entière, c'est-à-dire qu'elle coïncidera avec la 29ᵉ division du limbe à partir de la ligne de foi du nonius.

Lorsqu'on prend la mesure des angles, il est rare que la ligne de foi ou le zéro du nonius coïncide exactement avec l'une des divisions du limbe ; supposant donc que ce dernier soit divisé en demi-degrés et que le nonius donne les minutes, on prend la valeur de l'arc compris jusqu'à la division qui précède immédiatement la ligne de foi ou le zéro du nonius, et on y ajoute autant de minutes qu'il y a de divisions comprises sur le nonius entre le zéro de ce dernier et la division qui coïncide avec l'une de celles du limbe. La pratique familiarisera en peu de temps avec la lecture de la valeur des arcs sur l'instrument.

88. Revenons présentement à l'emploi du graphomètre pour les opérations trigonométriques sur le terrain ADCBEFGH, dont le croquis visuel est figuré pl. 11, fig. 20. On placera le graphomètre sur l'extrémité A de la base AB, on dirige le diamètre en B; on s'assurera au moyen du niveau à bulle d'air, que le plan de l'instrument est parfaitement horizontal et que le centre correspond exactement au point A, on fera mouvoir ensuite l'alidade jusqu'à ce qu'elle soit parvenue dans la direction H et que le fil de soie de la mire partage bien exactement le signal. On examinera alors sur le limbe quelle est la valeur de l'arc compris entre la ligne de foi de l'alidade et le diamètre du demi-cercle, et l'on inscrira la mesure de l'angle sur le croquis, ou ce qui est préférable sur un registre destiné à cet objet. On retournera ensuite le graphomètre et, dirigeant toujours le diamètre vers l'extrémité B de la base, on fera mouvoir l'alidade en C et l'on relèvera la valeur de l'angle BAC, que l'on cotera de même que le précédent. On fera encore avancer l'alidade jusqu'en D et l'on relèvera la valeur de l'angle BAD, dont on retranchera la mesure de

l'angle BAC pour avoir la valeur de CAD ; puis, orientant le diamètre sur le point C, on observera l'angle CAD et l'on vérifiera si ce résultat est le même que celui qu'on venait d'obtenir en retranchant l'angle BAC de BAD. Enfin l'on orientera le graphomètre sur le point D et l'on relèvera la valeur de l'angle DAH, ce qui complètera ce que l'on nomme *le tour d'horizon*. La somme de tous ces angles qui ont leur sommet au point A doit donner 360°, et l'on s'assure ainsi de l'exactitude de l'opération.

89. *Le temps* employé pour faire des observations sur le terrain avec un instrument, se nomme *station*, et l'on désigne aussi sous le même nom le lieu où l'on fait ces observations. Chaque station représente un point qui sert de sommet à un ou plusieurs angles, et d'extrémité à plusieurs lignes. Ce point une fois choisi et arrêté ne doit plus varier ; *c'est le centre de la station*.

90. Dans les observations qui ont pour objet la mesure des angles, le centre de l'instrument doit toujours être placé *sur la verticale qui passe par le centre de la station*.

Mais sur le terrain, les angles sont formés par la rencontre de lignes dont la position s'éloigne plus ou moins de la situation horizontale, et la projection de ces lignes, c'est-à-dire leur valeur ramenée à l'horizon, donne lieu à des angles horizontaux plus grands ou plus petits que les angles inclinés qu'ils représentent. C'est pourquoi pour avoir la valeur exacte de ces angles, la première opération est de les réduire avec précision à l'horizon ; j'en ferai l'objet de l'un des chapitres suivans.

91. On ne doit jamais quitter une station sans avoir obtenu la preuve que les observations sont exactes, et pour cela on compare entre elles les notes prises à chaque pointé, pour s'assurer que les mêmes angles figurent pour la même valeur dans chacune des opérations.

Au lieu de faire ces diverses séries d'observations à la même station, on peut observer *tous les angles* en les prenant isolément. Si la somme de tous ces angles est équivalente à quatre angles droits, il y a lieu de croire que les observations sont exactes. Mais la nécessité de déranger l'instrument à chaque observation, rend ce procédé assez long lorsque les angles sont nombreux.

92. Après avoir terminé les observations à la station A, on passera au point B qui deviendra le centre d'une nouvelle station. On mesurera l'angle ABH, puis ABF et enfin ABE. On orientera le graphomètre sur H et l'on mesurera l'angle HBF, puis l'angle HBE. Enfin, après l'avoir orienté sur F, on mesurera FBE et l'on vérifiera si ces valeurs se rapportent exactement à celles déduites de la réunion des angles. On relèvera la valeur des angles EBC et ABC qui complètent le tour d'horizon et l'on s'assurera que la somme de tous les angles qui ont leur sommet au centre de la station B est équivalente à quatre angles droits ou 360°. On cotera ces valeurs sur le registre, et l'on se transportera successivement sur chacun des points D, C, E, F, G, H pour mesurer la valeur de tous les angles qui y ont leur sommet. Toutes ces observations pourront être inscrites sur un registre dans la forme suivante :

(Suit le Tableau).

INDICATION des stations	des angles	VALEUR des ANGLES observés.	VÉRIFICATION par le TOUR D'HORIZON.	INDICATION des triangles	des angles des triangles	VALEUR des ANGLES.	SOMME des TROIS ANGLES des TRIANGLES.	OBSERVATIONS.
A	HAB	92° 20'	92° 20'		A	92° 20'		
	BAC	70 »	70 »	ABH	B	41. 20	180° »	
	CAD	80 »	80 »		H	46. 20		
	DAH	»	117 40					
			360 »		A	70 »		
B	ABH	41. 20	41. 20	ABC	B	54 »	180 »	
	HBF	63. 20	63. 20		C	56 »		
	FBE	70 »	70 »					
	ABC	54 »	54 »		A	80 »		
	CBE	»	131 20	ACD	C	43 38	180 »	
			360 »		D	56. 22		
C	BCA	56 »	»		B	63. 20		
	ACD	43. 38	»	BFH	F	84 »	180 »	
D	ADC	56. 22	»		H	32 40		
					B	70 »		
	BHA	46 20	46 20	BEF	E	53 30	180 »	
H	BHF	32. 40	32. 40		F	56. 30		
	FHG	115 »	115 »					
	AHG	» »	166 »		F	22. 45		
			360 »	FGH	G	42. 15	180 »	
G	FGH	42. 15	»		H	115 »		
	HFG	22. 45	»					
F	HFB	84 »	»					
	BFE	56. 30	»					
E	BEF	53. 30	»					

93. On doit mesurer avec soin tous les angles de chaque triangle, à moins que les obstacles locaux ne forcent à conclure le dernier. Cependant j'indiquerai plus loin le procédé pour déterminer la valeur d'un angle lorsqu'il est impossible de placer l'instrument au point qui en forme le sommet; opération qui constitue ce que l'on nomme *réduction de l'angle au centre de la station.*

DU TRIGONOMÈTRE.

94. L'observation des angles au moyen du graphomètre ou du théodolite, lorsqu'il s'agit d'opérations trigonométriques peu développées, peut être remplacée avec succès par un procédé aussi sûr que précis dont je vais donner l'analyse. Ce procédé, qui peut se passer du concours des instrumens, ne laissera même rien à désirer, s'il a pour auxiliaire un instrument auquel je donne le nom de *trigonomètre*, quoique son extrême simplicité, son analogie ou sa combinaison avec d'autres plus compliqués, semblent le rendre indigne de l'honneur d'une étymologie aussi nouvelle que prétentieuse (1). La méthode que je vais expliquer sera d'autant plus précieuse qu'on recule ordinairement devant l'acquisition d'un instrument d'un prix fort élevé et dont on a rarement l'accasion de faire usage. Si l'on se pénètre bien de la démonstration suivante, on pourra exécuter les opérations de triangulation les plus compliquées avec la même certitude et la même précision que si l'on avait eu recours aux instrumens les plus perfectionnés.

95. On nomme *corde*, la ligne droite qui joint les deux extrémités d'un arc ou portion de la circonférence d'un cercle. La valeur d'un angle est déterminée par l'arc compris entre ses côtés, et décrit de son sommet comme centre : or, connaissant la corde de cet arc, on peut déterminer la valeur de l'arc, et réciproquement, connaissant la valeur de l'arc, on peut déterminer celle de la corde par une formule très-simple au moyen de laquelle on a formé des tables qui, sous le nom *d'échelle des cordes* donnent le rapport numérique de toutes les cordes avec le rayon.

Soit C la corde, A l'angle et r le rayon. On a :

$$C = 2\,r \sin. \tfrac{1}{2} A$$

C'est-à-dire que la corde est égale au sinus de la moitié de l'arc qui mesure l'angle A, décrit avec un rayon double de celui de l'arc que sous-tend la corde C. (2).

(1) *Le trigonomètre* consiste en un alidade portant un niveau à bulle d'air et une échelle dont les dix parties sont subdivisées en dix parties égales, avec une combinaison donnant directement la millionième partie de l'échelle ou du rayon. Du milieu de la ligne de foi de l'alidade, s'ouvre pivotant sur ce point comme centre, une seconde alidade dont la révolution s'opère sur le limbe d'un demi-cercle qu'elle parcourt au moyen d'une vis de rappel, et sur lequel elle se fixe quand elle est convenablement pointée, à l'aide d'une vis de pression. La ligne de foi de cette seconde alidade doit se confondre avec celle de la première lorsque l'instrument est fermé et, à la distance de 5 grandes divisions de l'échelle, sont marqués sur l'une et l'autre ligne de foi les points qui doivent indiquer les extrémités de l'arc que décrit la seconde alidade dans son mouvement sur le limbe du demi-cercle. Le trigonomètre est pourvu de pinnules ou, pour opérer sur un plus grand développement, d'une longue-vue placée sur l'axe de la ligne de foi de la principale alidade. Facile à transporter et à manier, simple dans sa forme et par cela même exempt de toute altération, cet instrument, au moyen duquel on peut obtenir la valeur des angles à moins d'une seconde près, pourra remplacer avec avantage le graphomètre ou le théodolite, et la modicité du prix lui fera obtenir la préférence sur les instrumens de précision consacrés jusqu'à ce jour aux opérations trigonométriques. Une note du 4e livre fera connaître les noms des fabricans chez lesquels on peut se procurer des trigonomètres et les divers prix de cet instrument, selon qu'il est pourvu d'une longue-vue ou de simples pinnules.

(2) La démonstration de cette formule est facile à concevoir : soit l'angle ACB, fig. 17, et l'arc AB qui mesure cet angle, si du sommet C et d'un rayon CE double du rayon CA, on décrit un second arc EG et que par le milieu de la corde AB, on fasse passer la perpendiculaire CF, elle partagera l'angle en deux parties égales et l'on aura dans les deux triangles semblables CAD, CEF, la proportion AD : EF :: CA : CE ou AD : EF :: r : 2 r. Or AD étant la moitié de la corde AB, l'on en peut conclure AB=EF ; mais EF est le sinus de la la moitié de l'angle ECG, par conséquent la corde AB est égale au sinus de la moitié de l'arc décrit avec un rayon double ; ce qui s'exprime par la formule .

$$C = 2\,r \sin \tfrac{1}{2} A$$

APPLICATION.

96. Soit l'angle ECG, fig. 17, dont il s'agit de calculer la valeur au moyen d'une corde qu'il est possible de mesurer. Le rayon des tables étant divisé en 10,000,000 parties égales que je suppose représentées par dix unités, et le mètre étant pris pour unité de mesure, je porte cinq de ces unités sur le côté CE ce qui détermine le point A. Je fixe de la même manière le point B sur le côté CG. Puis, mesurant la distance AB qui serait la corde sous-tendante de l'arc AB, je trouve, par exemple, qu'elle contient trois unités et une fraction, soit : 3,758649. Je cherche ce nombre à la table des logarithmes où il est représenté par 9. 575032, en lui donnant 9 pour caractéristique, à cause du rapport avec le rayon. Je cherche ensuite ce logarithme à la table des sinus où il correspond à sin. 22°, 4' et une fraction équivalente à 41". Par conséquent la valeur de l'angle est de 44°, 9', 22".

97. L'application de ce procédé présentera généralement peu de difficultés sur le terrain, et pourra suppléer avantageusement à l'emploi des instrumens, pour déterminer avec la même précision la valeur de tous les angles du réseau trigonométrique.

On se placera au point A, fig. 20, et l'on disposera deux jalons dans l'alignement AH ; on en fera autant dans l'alignement de AB, puis on arrêtera sur chacun de ces alignemens, un point à 5 mètres, par exemple du point A ; on fera bien d'en marquer deux autres à 50 mètres, ou à une distance quelconque du même point A. Ces points formeront les extrémités des cordes des deux arcs compris entre les côtés de l'angle BAH, et ayant l'un, un rayon de 5 mètres, et l'autre un rayon de 50 mètres. On mesure ensuite avec le plus grand soin et à deux reprises en sens inverse les cordes qui joindraient les points homologues. Dans l'un et l'autre le rayon des tables étant de 10 mètres et de 100 mètres, le mètre sera l'unité de mesure. On tiendra compte dans ce mesurage des moindres fractions de mètre, c'est pourquoi les jalons qui serviront à fixer les extrémités de la corde devront porter une ligne verticale bien apparente, qui marquera avec précision le point sur lequel la corde rencontre le côté de l'angle. Les mesurages des deux cordes doivent donner les mêmes résultats, sauf que l'expression de l'une sera d'une dixaine plus forte que l'autre. Leur parfaite identité sera la preuve évidente de l'exactitude de l'opération. On cherchera, comme ci-dessus, le logarithme de ce nombre à la table des logarithmes des nombres et on y trouvera celui du sinus de la moitié de l'angle BAH ; et en doublant on aura la valeur exacte de l'angle. On déterminera

---

Ainsi, connaissant le sinus de la moitié de l'arc EG, si du point C et d'un rayon égal à la moitié de CE, on décrit l'arc AB, le logarithme de sinus $\frac{1}{2}$ A exprimera le logarithme numérique de la corde AB.

Réciproquement, connaissant le logarithme de la corde AB, il donnera l'expression du logarithme de sinus $\frac{1}{2}$ A, et par suite la valeur de l'arc qui sert de mesure à l'angle. Or, soit l'angle ECG dont je veux déterminer la valeur, si, du point C et d'un rayon égal à la moitié de celui des tables, je marque les points A et B, sur les côtés CE et CG ; que je mesure la distance AB ; puis, que je cherche à la table des logarithmes des nombres l'expression de cette valeur, elle me donnera celle du logarithme du sinus de la moitié de l'angle ECG ; que je trouverai à la table des sinus. Enfin, doublant la valeur indiquée sur les tables, j'aurai la valeur exacte de l'angle ECG.

De même, connaissant la valeur de l'angle ECG, prenant la moitié, et cherchant aux tables le logarithme de cette moitié de la valeur de l'angle, elle correspondra à la table des logarithmes des nombres à l'expression numérique de la corde AB.

par le même procédé la valeur des autres angles, et l'on s'assurera de l'exactitude des calculs soit au moyen du tour d'horizon, soit en faisant la somme des trois angles de chaque triangle, et en vérifiant si cette somme fait bien 180°.

98. J'ai fixé, dans ce qui précède, la position des extrémités de la corde à 5 ou à 50 mètres du sommet de l'angle, mais il arrivera souvent que la disposition du terrain mettra dans la nécessité de faire choix de rayons différens. Le petit tableau suivant où j'ai réuni les diverses expressions de l'unité en mesures métriques, pour des rayons de 5 à 50 mètres, facilitera les calculs, selon les divers cas d'application qui peuvent se présenter dans la pratique.

DISTANCE DU SOMMET de l'angle aux extrémités de la corde.	UNITÉ métrique de la corde.	VALEUR EXPRIMÉE EN MESURE MÉTRIQUE DE LA CORDE D'UN ARC DE			DISTANCE DU SOMMET de l'angle aux extrémités de la corde.	UNITÉ métrique de la corde.	VALEUR EXPRIMÉE EN MESURE MÉTRIQUE DE LA CORDE D'UN ARC DE		
		1 degré.	25 degrés.	45 degrés.			1 degré.	25 degrés.	45 degrés.
5 m	1 m »	0,08726	2,16440	3,82680	15 m	3 m »	2,61780	6,49320	11,47040
6	1.20	1,04712	2,59728	4,57216	16	3.20	2,79232	6,92608	12,23576
7	1.40	1,21164	3,03016	5,35752	17	3.40	2,93684	7,35896	13,00112
8	1.60	1,39616	3,46304	6,12288	18	3.60	3,14136	7,79184	13,76648
9	1.80	1,57068	3,89592	6,88824	19	3.80	3,31518	8,22472	14,53184
10	2 »	1,74520	4,32880	7,65360	20	4 »	3,39040	8,65760	15,30720
11	2.20	1,91972	4,76168	8,41896	25	5 »	4,36300	10,82200	19,13400
12	2.40	2,08424	5,19456	9,18432	30	6 »	5,23560	12,98640	22,96080
13	2.60	2,26876	5,62744	9,94968	35	7 »	6,10820	15,15080	26,78760
14	2.80	2,44328	6,06032	10,71504	40	8 »	6,98080	17,31520	30,61440
					45	9 »	7,85340	19,47960	34,44200
					50	10 »	8,72600	21,64400	38,26800

99. Ainsi, règle générale pour obtenir l'unité métrique de la corde d'un arc, il suffira de diviser par 5 la distance du sommet de l'angle à l'extrémité de la corde; le quotient exprimera cette unité. Or, si cette distance se trouve sur le terrain de 23 mètres et que la corde mesurée soit de 18,12236, on divisera 23 par 5 et le quotient donnera 4 m 60 c pour unité de mesure, par conséquent l'expression 18,12236 de la corde, doit être divisée par ce même nombre 4,60 pour être ramenée à la valeur numérique qui figure dans la table où j'ai donné, ci-après, la graduation de toutes les cordes des arcs de la demi-circonférence du cercle.

100. Plus le rayon de l'arc, c'est-à-dire plus la distance du sommet de l'angle aux extrémités de la corde, sera développé, plus les subdivisions du degré seront appréciables sur le terrain; et pour compléter la démonstration de l'exactitude que l'on peut obtenir au moyen d'un procédé appuyé sur l'appréciation

de la valeur des cordes des arcs, je place ici un petit tableau qui indique la grandeur du rayon des diverses circonférences sur lesquelles une longueur de 1 millimètre correspond à une graduation en degrés, minutes ou secondes, exprimée par un nombre simple.

RAYONS des CIRCONFÉRENCES.	GRADUATION D'UN ARC de 1 mm. de corde.		RAYONS des CIRCONFÉRENCES.	GRADUATION D'UN ARC de 1 mm. de corde.	
0ᵐ, 0573	1° » pour 1 mm.		6ᵐ, 88	0° 0' 30" pour 1 mm.	
0, 086	» 40'	id.	8, 60	» » 20"	id.
0, 115	» 30'	id.	17, 20	» » 12"	id.
0, 172	» 20'	id.	34, 40	» » 6"	id.
0, 229	» 15'	id.	68, 80	» » 3"	id.
0, 344	» 10'	id.	86, »	» » 2"	id.
0, 688	» 5'	id.	170, »	» » 1"	id.
0. 86	» 4'	id.	» »	»	»
1, 72	» 2'	id.	» »	»	»
3, 44	» 1'	id.	» »	»	»

101. Enfin, comme les recherches des tables des sinus, pourraient présenter quelques difficultés en raison de la caractéristique, et qu'elles auraient d'ailleurs l'inconvénient d'entrainer une grande perte de temps par suite des nombreux calculs qu'elles nécessitent, j'ai réuni dans le tableau suivant les valeurs numériques de toutes les cordes des arcs de la demi-circonférence du cercle de degré en degré, et j'ai indiqué dans une colonne, en regard, la valeur d'une minute du degré de différence d'un arc à l'autre, de sorte que l'on pourra calculer instantanément la valeur en degrés, minutes, et même à une seconde près, de tous les arcs dont on aura mesuré la corde. Ce tableau, par sa forme restreinte, par la simplicité de sa combinaison, deviendra extrêmement précieux dans les opérations sur le terrain, car il résume de la manière la plus complète tout ce qui est développé dans les tables ordinaires des échelles des cordes (1). J'ai supposé le rayon des sinus de dix unités subdivisées en cent mille parties, et pour la valeur des minutes, j'ai poussé ces subdivisions jusqu'à la millionième partie. Quelques exemples d'application familiariseront rapidement avec l'usage de ce tableau, et l'on se convaincra de quel avantage il peut être dans la pratique.

(1) Je joins ici un exemplaire détaché de ce tableau ; on pourra le fixer sur un carton, le rendre ainsi très-portatif et l'avoir toujours à sa disposition, même dans les opérations sur le terrain.

LE RAYON DES CORDES EST 5,00000, CELUI DES SINUS EST 10,00000.

GRADUATION DES ARCS.	VALEUR NUMÉRIQUE		GRADUATION DES ARCS.	VALEUR NUMÉRIQUE		GRADUATION DES ARCS.	VALEUR NUMÉRIQUE		GRADUATION DES ARCS.	VALEUR NUMÉRIQUE	
	des cordes de degré en degré.	d'une minute du degré de différence.		des cordes de degré en degré.	d'une minute du degré de différence.		des cordes de degré en degré.	d'une minute du degré de différence.		des cordes de degré en degré.	d'une minute du degré de différence.
1	2	3	4	5	6.	7	8	9	10	11	12
0°	0,00000	0,001455	45°	3,82680	0,001342	90°	7,07106	0,001024	135°	9,23879	0,000551
1	0,08726	1455	46	3,90732	1336	91	7,13250	1015	136	9,27483	539
2	0,17452	1455	47	3,98749	1334	92	7,19340	1005	137	9,30416	527
3	0,26177	1454	48	4,06736	1323	93	7,25373	0,000996	138	9,33582	515
4	0,34899	1453	49	4,14693	1320	94	7,31352	987	139	9,36673	503
5	0,43649	1453	50	4,22647	1314	95	7,37278	978	140	9,39693	491
6	0,52336	1452	51	4,30511	1310	96	7,43144	968	141	9,42643	479
7	0,61048	1451	52	4,38371	1304	97	7,48955	959	142	9,45517	467
8	0,69756	1450	53	4,46197	1299	98	7,54710	949	143	9,48323	455
9	0,78459	1449	54	4,53994	1293	99	7,60407	939	144	9,51054	444
10	0,87156	1448	55	4,61748	1286	100	7,66044	930	145	9,53747	431
11	0,95845	1447	56	4,69460	1283	101	7,71625	921	146	9,56304	419
12	1,04528	1445	57	4,77159	1275	102	7,77150	910	147	9,58820	407
13	1,13203	1444	58	4,84808	1269	103	7,82607	900	148	9,61262	395
14	1,21869	1443	59	4,92423	1263	104	7,84010	890	149	9,63634	382
15	1,30526	1441	60	5,00000	1256	105	7,93331	881	150	9,65926	370
16	1,39173	1439	61	5,07535	1250	106	7,98637	869	151	9,68149	357
17	1,47809	1437	62	5,15038	1243	107	8,03853	860	152	9,70295	346
18	1,56434	1435	63	5,22498	1237	108	8,09046	850	153	9,72374	333
19	1,65045	1433	64	5,29949	1230	109	8,14415	839	154	9,74369	321
20	1,73648	1431	65	5,37300	1223	110	8,19452	829	155	9,76297	308
21	1,82235	1429	66	5,44638	1216	111	8,24426	818	156	9,78147	296
22	1,90809	1428	67	5,51937	1209	112	8,29036	808	157	9,79925	283
23	1,99368	1426	68	5,59193	1202	113	8,33886	797	158	9,84627	271
24	2,07911	1423	69	5,66406	1195	114	8,38669	787	159	9,83254	259
25	2,16440	1421	70	5,73576	1187	115	8,43392	777	160	9,84807	246
26	2,24951	1418	71	5,80702	1180	116	8,48047	766	161	9,86286	233
27	2,33445	1415	72	5,87785	1173	117	8,52644	754	162	9,87688	221
28	2,41921	1409	73	5,94823	1165	118	8,57169	743	163	9,89015	209
29	2,50380	1406	74	6,01815	1158	119	8,61628	733	164	9,90268	195
30	2,58819	1403	75	6,08760	1150	120	8,66026	722	165	9,91445	183
31	2,67238	1399	76	6,15660	1142	121	8,70356	711	166	9,92545	171
32	2,75635	1396	77	6,22515	1134	122	8,74620	699	167	9,93570	158
33	2,81015	1392	78	6,29320	1126	123	8,78818	688	168	9,94520	145
34	2,92371	1388	79	6,36079	1119	124	8,82946	677	169	9,95395	133
35	3,00706	1385	80	6,42783	1110	125	8,87010	666	170	9,96193	120
36	3,09016	1380	81	6,49446	1102	126	8,91006	654	171	9,96945	108
37	3,17300	1378	82	6,56059	1090	127	8,94934	643	172	9,97563	0,000095
38	3,25568	1373	83	6,62621	1084	128	8,98793	632	173	9,98434	82
39	3,33806	1370	84	6,69430	1076	129	9,02585	620	174	9,98627	70
40	3,42020	1366	85	6,75590	1068	130	9,06308	608	175	9,99047	57
41	3,50215	1358	86	6,84996	1059	131	9,09960	597	176	9,99390	44
42	3,58367	1355	87	6,88354	1051	132	9,13543	586	177	9,99658	31
43	3,66501	1351	88	6,94659	1042	133	9,17061	574	178	9,99849	19
44	3,74606	1345	89	7,00909	1033	134	9,20504	562	179	9,99962	0,000006
45	3,82680	1342	90	7,07106	1024	135	9,23879	551	180	10,00000	»

102. On a mesuré la corde d'un angle quelconque ; cette mesure en tenant compte de toutes les fractions de l'unité de mesure , et ramenée à la valeur numérique de la table (N° 99) , a été trouvée de 5,78976 ; par exemple : On veut déterminer la valeur en degrés de l'arc que sous-tend cette corde , ou enfin la valeur de l'angle auquel il sert de mesure. Il faut chercher dans l'une des colonnes 2 , 5 , 8 , 11 , du tableau précédent , à quel nombre de degrés de l'une des colonnes 1 , 4 , 7 , 10 , correspond 5,78976. On voit qu'il tombe entre 5,73576 et 5,80702 , c'est-à-dire entre 70° et 71° ; par conséquent l'arc cherché a pour valeur 70° et une fraction représentant un certain nombre de minutes. Pour déterminer ce nombre de minutes , on retranchera 5,73576 valeur numérique de 70° de 5,78976 , et on aura un reste 5400 qui est le nombre correspondant à celui des minutes excédant 70°. On divisera 5400 par 1187 , valeur d'une minute de la différence du degré , et l'on aura pour quotient le nombre de ces minutes , qui est 4' et une fraction. Enfin pour avoir l'expression des secondes , on fera la règle de trois suivante. Si 1187 expression numérique d'une minute donne 60 secondes , combien en donnera 552 , fraction du nombre de minutes ci-dessus :

$$1187 : 60 :: 652 : x \text{ ou } x = \frac{652 \times 60}{1187} = \frac{39120}{1187} = 32'' \frac{1136}{1187}$$

Par conséquent l'angle cherché est de 70°, 4', 32''

102. J'engage à se livrer à de nombreux exercices de ce genre et l'on verra que ces divers calculs sont peu compliqués et s'opèrent rapidement , lorsque l'on s'est bien familiarisé avec l'usage de la table. Je reviendrai encore sur l'emploi qu'on en peut faire lorsque je traiterai le rapport des plans.

103. J'ai indiqué dans ce qui précède (n° 97) , un procédé d'une exactitude assez rigoureuse pour opérer sans instrumens tous les calculs d'une triangulation restreinte dans un périmètre aussi borné que celui dans lequel est ordinairement renfermé le terrain dont on a fait choix pour les plans d'épreuve. L'on a pu voir par le petit tableau (N° 100) qu'une différence de 1 millimètre ne réagit pas d'une manière bien sensible , lorsque le rayon atteint un certain développement. Ainsi , j'invite ceux qui se trouvent privés d'instrumens de précision pour l'observation des angles , à ne jamais hésiter à mesurer les cordes des angles d'après deux rayons différens au moins , afin d'être certains que la valeur de la corde est aussi près que possible de la vérité. Je les engagerai surtout à tenir compte des fractions les plus minimes , car elles ne sont pas indifférentes pour l'expression de la valeur de l'arc. Ainsi , par exemple , j'ai marqué les points A et B sur les côtés CE et CG de l'angle ECG , fig. 17 , pour extrémités de la corde dont le rayon AC est de 5 mètres , et j'ai mesuré avec le plus grand soin cette corde AB que j'ai trouvée de 3^m,758. Pareillement , j'ai fixé deux extrémités d'une seconde corde aux points E et G , à une distance de 18 mètres. J'ai mesuré avec précision cette seconde corde dont l'expression est 13^m,527104 ; mais je sais que pour un rayon de 18 mètres , l'unité de mesure est 3^m,60^c , ainsi qu'on l'a vu au tableau N° 98 ; je divise donc 13,527104 par 3,60 et je trouve pour quotient 3,75864 qui est le même résultat que celui obtenu de A en B , moins les dernières décimales. Cherchant ensuite à la table des cordes , comme dans l'exemple précédent (n° 102) , je trouve que ce nombre correspond à 44° et quelques minutes. Retranchant 3,74606 , expression de 44° de 3,75864 , j'ai pour reste 12580 qui , divisé par 1345 , expression correspondante de la minute , me donne pour quotient 9' et un reste équivalent à 34''.

104. On concevra sans peine combien il est important de s'assurer de l'exactitude de la longueur de la

corde, et combien il est indispensable de ne négliger aucune des fractions de l'unité de mesure. Si les deux résultats du mesurage des cordes présentaient une différence peu sensible dans les dernières décimales; si la première, par exemple, était de 3,75790, et la seconde de 3,75874, on pourrait ajouter les deux résultats ensemble et prendre la moyenne qui serait de 3,75832, et l'on trouverait pour expression de l'angle 44°9' avec une légère différence dans le nombre des secondes. Or, comme il est rare qu'on pousse plus loin l'exactitude dans les opérations trigonométriques du cadastre, on voit encore que ce procédé, si simple dans son application, peut suppléer aux instrumens de précision.

105. Cependant comme ces divers mesurages peuvent donner lieu à des erreurs dont l'importance grandirait en raison du développement de la triangulation, j'ai combiné un instrument auquel j'ai donné le nom de *trigonomètre*, et dont on a vu la définition à la note du n° 94. Je vais indiquer l'emploi de cet instrument au moyen duquel on peut calculer avec la plus grande approximation la valeur des cordes, et qui présente en même temps l'avantage de réduire tous les angles à l'horizon. On placera le trigonomètre sur la verticale passant par l'extrémité A de la base AB. Si l'instrument est pourvu d'une longue-vue, après s'être assuré au moyen du niveau à bulle d'air qu'il est situé dans un plan parfaitement parallèle au plan horizontal, on dirigera l'alidade sur le point H, de manière que le signal se trouve exactement partagé par le fil de soie de la mire, et l'on placera un jalon à une distance quelconque dans l'alignement du signal H. On dirigera ensuite l'alidade sur le point B, extrémité de la base, et lorsqu'on se sera bien assuré qu'elle est dans un plan bien parallèle au plan de l'horizon; qu'elle est bien exactement pointée dans la direction du point B, on fera mouvoir l'alidade auxiliaire dans la direction du jalon placé sur l'alignement AH, et lorsque la pinnule coïncidera parfaitement avec ce jalon, on fixera l'alidade au moyen de la vis de pression. Prenant ensuite avec un compas de précision l'ouverture de l'arc compris entre les deux points marqués sur la ligne de foi des deux alidades, on mesurera sur l'échelle disposée sur l'alidade principale, avec 5 décimales, si l'échelle donne la millionième partie du rayon, la valeur exacte de la corde, et cherchant cette valeur dans le tableau n° 101, on pourra déterminer, soit à une minute près, soit à une seconde près, la valeur de l'angle BAH. On conçoit que l'instrument se trouvant placé dans un plan parfaitement parallèle au plan horizontal, quelle que soit la position des points qui forment les extrémités de l'angle, on mesurera toujours la valeur de cet angle dans le plan horizontal, ce qui dégagera les opérations trigonométriques de calculs compliqués. Si l'instrument n'est pas pourvu d'une longue-vue, et que l'on n'opère que sur des points trigonométriques assez rapprochés pour pouvoir les observer facilement à l'œil nu, après avoir pointé l'alidade sur l'extrémité B, il suffit de faire mouvoir la seconde alidade jusqu'à ce qu'elle rencontre exactement le point H. On opérera du reste pour l'observation de tous les angles, pour leur vérification par le tour d'horizon, absolument comme avec le graphomètre. Lorsque les points qu'on observe se trouvent placés dans des plans inclinés par rapport à celui qui sert de station, il faut placer un jalon à une distance plus rapprochée de l'instrument et parfaitement dans l'alignement de ces points et, le trigonomètre étant rétabli dans sa situation parallèle au plan horizontal, on se sert de ces jalons intermédiaires pour diriger les alidades et déterminer l'ouverture de l'arc.

106. Les observations relevées par cette méthode de calculer les angles du réseau trigonométrique pourront être inscrites sur un registre de la forme suivante:

INDICATION des stations	des angles	VALEUR des ANGLES.	VÉRIFICATION par le TOUR D'HORIZON.	INDICATION des triangles.	des sommets des angles.	VALEUR de la CORDE.	LOGARITHME du sinus de la moitié DE L'ANGLE.	EXPRESSION du sinus de la moitié DE L'ANGLE.	VALEUR de L'ANGLE.	
A	HAB	92° 20'	92° 20'	BAH	A	7.2135	9.858151	46° 10'	92° 20'	
	BAC	70 »	70 »		B	3.5295	9.547689	20 40	41. 20	180°
	CAD	80 »	80 »		H	3.9342	9.594842	23 10	46. 20	
	DAH	»	117 40							
			360 »	ABC	A	5.7358	9.758591	35 »	70 »	
	ABH	41. 20	41. 20		B	4.5399	9.657047	27 »	54 »	180°
	HBF	63. 20	63. 20		C	4.6948	9.671609	28 »	56 »	
B	FBE	70 »	70 »	ACD	A	6.4279	9.808067	40 »	80 »	
	ABC	54 »	54 »		C	4.5115	9.654309	26. 49	43 38	180°
	CBE	»	131 20		D	4.7230	9.674213	28 11	56. 22	
			360 »	BFH	B	5.2497	9.720140	34. 40	63. 20	
C	BCA	56 »	»		F	6.6946	9.825514	42 «	84 »	180°
	ACD	43. 38	»		H	2.8125	9.449054	16. 20	32 40	
D	ADC	56. 22	»	BEF	B	5.7358	9.758591	35 »	70 »	
	BHA	46 20	46 20		E	4.5010	9.658308	26 45	53 30	180°
H	BHF	32. 40	32. 40		F	4.8099	9.682135	28 45	56. 30	
	FHG	115 »	115 »	FGH	F	1.9708	9.294638	11 22	22. 45	
	AHG	» »	166 »		G	3.6035	9.556953	21 08	42. 15	180°
			360 »		H	8.4338	9.936029	57 30	115 »	
G	FGH	42. 15	»							
F	HFG	22. 45	»							
	HFB	84 »	»							
	BFE	56. 30	»							
E	BEF	53. 30	»							

RÉDUCTION DES ANGLES AU CENTRE DE LA STATION.

107. J'ai supposé, dans les démonstrations précédentes, que les points trigonométriques étant tous également accessibles, on avait toujours pu placer l'instrument sur la verticale passant par le centre de la

station; mais il arrive fréquemment qu'on a choisi pour former le sommet de l'un des angles de certains triangles quelques édifices, tels qu'une tour, un clocher, ou tout autre objet qui ne permet pas d'y faire une station. On prend alors un point auxiliaire aussi rapproché que possible et, de ce point, on observe l'angle qu'il a été impossible de relever au point trigonométrique même. Mais cet angle différant nécessairement de celui qu'on aurait observé du centre de la station, je vais indiquer le procédé pour rectifier cette valeur et la ramener à ce qu'elle eût été, si l'angle eût été observé du centre même de la station.

108. Soit le triangle ACB, fig. 14; on n'a pas pu se placer au sommet C pour observer l'angle ACB, et il a fallu chercher un point auxiliaire O, d'où l'on a pu mesurer l'angle AOB. Il peut se présenter cinq cas différens dans cette opération : ou le point O se trouvera sur l'un des côtés de l'angle entre le sommet et l'extrémité comme en O'; ou il se trouvera sur son prolongement comme en O. Il peut encore se trouver dans l'intérieur comme en O', fig. 15; ou, dans la direction du sommet C, en-dehors comme en O. Enfin, il peut se trouver isolé, en-dehors du triangle, comme en O, fig. 16.

109. *Premier cas.* Le point auxiliaire a été pris en O' sur l'alignement CA, entre ces deux points, fig. 14.

De l'angle observé en O' on retranchera la valeur de l'angle sous lequel est vue, de l'une des extrémités des côtés de l'angle, la distance du point auxiliaire au centre de la station. C'est-à-dire, de l'angle AO'B on retranchera la valeur de l'angle O'BC et le reste donnera celle de l'angle ABC.

En effet, l'angle AO'B étant le supplément de l'angle BO'C, on en peut déduire AO'B = ACB + O'BC puisque dans tout triangle la somme des trois angles est équivalente à deux angles droits. On a donc aussi ACB = AO'B — O'BC.

110. *Deuxième cas.* Le point O se trouve placé sur le prolongement de AC. *A l'angle observé en O, on ajoutera la valeur de l'angle sous lequel est vue, de l'une des extrémités des côtés de l'angle, la distance du centre de la station au point auxiliaire.*

Dans ce second cas, on voit que l'angle BCA, supplément de l'angle BCO, est équivalent à la somme des deux autres angles du triangle BCO, et l'on en déduit :

$$ACB = AOB + CBO.$$

111. *Troisième cas.* Le point auxiliaire a été pris en-dedans des deux côtés de l'angle, en O' par exemple, fig. 15.

De l'angle observé, il faut retrancher la somme des deux angles sous lesquels, de l'extrémité des côtés de l'angle, on voit la distance du centre de la station au point auxiliaire.

En effet, si on fait passer une ligne droite par les points C et O' et qu'on la prolonge jusqu'en D; on aura :

$$DO'B = DCB + CBO' \text{ et } DO'A = O'AC + O'CA.$$
$$\text{ou} \quad DO'B + DO'A = DCB + CBO' + O'AC + O'CA.$$
$$\text{ou enfin } BCO' + O'CA \text{ ou } BCA = AO'B — CBO' — O'AC.$$

112. *Quatrième cas.* Le point O a été pris au-delà du centre de la station.

A l'angle observé, il faut ajouter la somme des deux angles sous lesquels, des extrémités des côtés de l'angle, on voit la distance du centre de la station au point auxiliaire.

En effet, on a : DCB = CBO + BOC ; DCA = COA + OAC.
$$DCB + DCA \text{ ou } ACB = AOB + OAC + CBO.$$

113. *Cinquième cas.* Enfin le point auxiliaire O, fig. 16, a pu être choisi de manière que la direction du centre de la station à ce point se trouve tout-à-fait en-dehors du triangle.

A l'angle observé, il faut ajouter l'angle sous lequel est vue, du signal formant l'extrémité du côté de l'angle le plus rapproché du point auxiliaire, la distance de ce point au centre de la station, et retrancher ensuite l'angle sous lequel on voit cette même distance de l'extrémité de l'autre côté de l'angle.

En effet, on a :   ADB=DBO + DOB=AOB + CBO.

ADB=ACD + DAC=CAO + BCA.

Et enfin,   BCA=AOB + CBO—CAO.

114. Cependant, lorsqu'on voudra mettre ce procédé en pratique, à moins que l'on ne fasse usage du trigonomètre, il se présentera une difficulté pour obtenir, par le moyen des instrumens ordinaires, la grandeur de l'angle sous lequel est vue, des objets à relever, la distance du point auxiliaire au centre de la station. Cette distance étant ordinairement très-petite relativement à celles du centre de la station aux autres sommets du triangle, l'angle se trouvera tellement aigu qu'il deviendra impossible d'en déterminer la valeur avec précision. Le procédé qu'on emploie pour y suppléer, est basé sur le calcul et, comme le mesurage de la distance du point auxiliaire au centre de la station n'est pas toujours praticable, lorsque ce dernier est formé par la pointe d'un clocher ou le faîte d'un édifice, le trigonomètre aura dans tous les cas le précieux avantage d'apprécier la valeur de l'angle, quelque aigu qu'il soit, lors même qu'il ne serait que de quelques minutes.

115. Voici toutefois la formule la plus usitée pour réduire l'angle au centre de la station. L'observateur s'est placé en O, fig. 16, d'où il a observé l'angle AOB. Il s'agit d'obtenir ACB au moyen de AOB.

Soit ACB=C, AOB=O; OC=r.

La distance BC de l'objet à droite=D.

La distance AC de l'objet à gauche=G.

L'angle AOC entre l'objet à gauche et la direction du centre=y.

On a : $C-O = \dfrac{r \sin. (O+y)}{D} - \dfrac{r \sin. y}{G}$.

Pour que cette expression donne des secondes, il faut multiplier les deux termes du second membre par R'', qui exprime le nombre de secondes contenues dans un arc dont la longueur sst égale à celle de son rayon. Ce nombre est 57°. 17'. 44''. 8 ou 206264'',8 dont le logarithme est 5,314425. Ainsi la formule devient :

$$C-O = R'' \frac{r \sin. (O+y)}{D} - R'' \frac{r \sin. y}{G}.$$

Il faut, lorsqu'on en fait usage, avoir égard aux signes de sin. (O + y) et de sin. y. Le premier terme de la réduction sera additif tant que O + y sera moindre que deux angles droits; il sera soustractif au contraire, si O + y est plus grand que deux angles droits. Le second terme sera soustractif tant que y sera moindre de 180°, et il sera additif lorsqu'il surpassera deux angles droits.

Soit O $= 44°.28'$ y $= 83°$.

r $= 3^m,257$.   D $= 1750^m$.   G $= 2030^m$.

$$C - 44°28' = R'' \frac{3'',257 \times \sin. (44°,28' + 83°)}{1750} - R'' \frac{3^m,257 \times \sin. 83°}{2030}.$$

1ᵉʳ *terme de la correction.*		2ᵐᵉ *terme de la correction.*
Log. R''. 5.314425		"
Log. 3ᵐ.257. . . . 0.512818		"
$+$ 5.827243		5,827243
O + y log. sin. 127°.28'. 9.899660	Log. sin. y. . . . 9.996751	
Comp. arith. 1750ᵐ. 9.756962	Compl. arith. . . . 3.307496	
2.483865	9.131490	

Correspondant à

$+$ 304'' 7 $-$ 125'', 3

Ou   5'   2' 15''

1ᵉʳ terme. .   5'

2ᵐᵉ terme. .   2'.15''

La réduction est de. .   2'.45''

Mais l'angle observé est de. . 44°.28'

Réduction. . . . .   »   2',45''

Donc l'angle réduit au centre est. . 44'.25'.15''

RÉDUCTION DES ANGLES A L'HORIZON.

116. *La projection horizontale* d'une ligne droite plus ou moins inclinée est la ligne qui, partant de l'une de ses extrémités, va former un angle droit avec la verticale passant par l'autre extrémité ; c'est-à-dire, *la ligne de niveau* comprise entre les verticales passant par les extrémités de la droite inclinée.

117. *La verticale* d'un point est le prolongement du rayon qui, du centre de la terre, passe par ce point. Les points également éloignés du centre de la terre sont *de niveau*, de sorte que le niveau est une surface courbe qui a la forme d'une sphère. La surface sphérique des mers a servi de base pour déterminer la valeur du rayon de la terre et, par suite, à établir ce que l'on a nommé le niveau.

Lorsqu'on s'occupe de vastes opérations géodésiques, telles que la carte d'une province par exemple, on est obligé de tenir compte de la courbure de la terre ; mais pour l'arpentage ordinaire, on considère le niveau comme un plan et, lorsqu'il ne s'agit que du territoire d'une commune ou même d'un canton, l'erreur qui en résulte est insensible. Ce plan se nomme *l'horizon d'arpenteur* ou *le plan horizontal*. Dans la projection horizontale, on considère les verticales comme des perpendiculaires au plan horizontal.

118. La projection horizontale d'une ligne quelconque, droite ou non, est la ligne qui résulte, *sur le plan horizontal*, de la rencontre sur ce plan de toutes les verticales passant par les points de cette première ligne.

119. La projection d'une ligne inclinée est toujours plus courte que cette ligne.

120. La projection horizontale d'un polygone est la figure formée, sur le plan horizontal, par la rencontre avec ce plan, de toutes les verticales passant par les points de son périmètre.

La projection de ce polygone a toujours une surface moindre sur le plan horizontal.

121. Les verticales passant par le sommet et les extrémités des deux côtés d'un angle, suffisent pour déterminer sur le plan horizontal la projection de cet angle.

La projection d'un angle donne lieu à un angle, *qui peut être plus petit ou plus grand que l'angle donné* en vertu de l'inclinaison de ce dernier.

122. Il arrive ordinairement, dans les opérations trigonométriques, que les points qui servent de sommets aux angles, se trouvent situés dans des plans différens, et il en resulterait que, la valeur de ces angles différant de leur projection horizontale, les observations relevées d'après leur situation sur le terrain donneraient lieu à de graves erreurs dans la représentation graphique de ces points sur le papier, qui ne doit être que la projection horizontale de toute la superficie du territoire sur lequel on opère. Ramener par le calcul la valeur de l'angle observé, à celle de sa projection horizontale, est ce que l'on nomme *réduction des angles à l'horizon.*

123. Dans le triangle ABC, fig. 12, le point C se trouve hors du plan sur lequel est situé le côté AB. Soit ABC' le plan qui contient la ligne AB. La position du point C sera reconnue, si l'on a celle du pied C' de la perpendiculaire CC', qui marque de combien le point C est élevé au-dessus de C'; c'est-à-dire la projection horizontale de ce point. Dans ce cas les angles C'AB, C'BA, ne sont pas ceux que l'on mesure, mais on prend à leur place CAB, CBA, situés dans le plan CAB, passant par les lignes AC et BC menées des points donnés A et B au point C. On mesure l'angle formé par le côté BC et une verticale passant par le point B. Pour cela, on place le graphomètre au centre B; on renverse le plan du limbe de manière à ce qu'il soit perpendiculaire au plan horizontal, et que la rencontre des deux plans se trouve exactement sur la ligne BC. On s'assurera, au moyen d'un fil à plomb, que le diamètre de l'instrument est parfaitement dans la direction de la verticale et, dirigeant l'alidade vers une mire placée au point C, à une hauteur égale à celle du centre de l'instrument au-dessus du point B, on relèvera la valeur de l'angle DBC. Comme la verticale DB forme avec le côté BC' un angle droit, l'angle CBC' est le complément de l'angle DBC, et l'on en obtiendra la valeur en retranchant ce dernier de 90°. On a pu calculer, dans le triangle ABC, la longueur des côtés BC, CA; dès-lors, on connaît aussi dans le triangle rectangle C'BC, l'hypoténuse BC et l'angle aigu CBC': on en déduira la valeur des côtés BC et CC' par la formule n° 49. Dans le triangle rectangle CAC', on connaît CC' AC, et l'on en déduira le côté AC' au moyen de la formule n° 48. Or, on connaît enfin dans le triangle C'AB, les trois côtés C'A, AB et C'B, et par la formule n° 58 on en déduira la valeur de chacun des angles C'BA, C'AB et BC'A, ou CBA, CAB et BCA réduits à l'horizon (1).

(1) J'engage à se bien pénétrer de cette démonstration, ainsi que de la suivante; elles faciliteront l'intelligence de toutes les opérations, qui ont pour but de *déterminer de combien un point est plus élevé ou plus bas qu'un autre, dans le sens vertical, ou perpendiculairement à la surface terrestre.* L'opération qui fait connaître cette différence se nomme *nivellement;* elle s'exécute de plusieurs manières, suivant la nature des instrumens qu'on y emploie, et l'étendue des espaces que l'on considère. Le trigonomètre pourra remplacer avec avantage la plupart des instrumens dont ou se sert ordinairement, soit que l'on opère sur des points très-rapprochés, soit que les distances soient assez considérables pour exiger le concours des instrumens de précision.

124. Les points A et C sont situés dans des plans différens que le point B, fig. 13. Il s'agit de réduire à l'horizon les angles du triangle CBA. Du pied de la verticale DB, il faut observer les deux angles DBA et DBC, on en déduira leurs complémens CBC' et A'BA. On aura alors les données nécessaires pour calculer dans ces triangles rectangles CBC' et A'BA, les côtés CC', C'B, AA' et A'B. Si, du point A, on suppose la ligne AC'', menée parallèlement à AC', on aura encore les données suffisantes pour déterminer, dans le triangle rectangle AC''C, la valeur de AC'', car on connaît dans ce triangle l'hypothénuse AC et CC'', puisque ce dernier coté = CC' — C''C' ou AA', mais AC'' = AC', comme côtés opposés du même rectangle AA'C'C''. Or, on connaît à présent les trois côtés du triangle A'C'B et il est facile d'en déduire à l'aide de la formule n° 58, la valeur de chacun des angles, BAC, ACB et CBA, réduits à l'horizon.

125. Enfin, voici une formule déduite des principes de la trigonomètrie sphérique, dont la démonstration m'entraînerait dans des développemens trop compliqués. Je me bornerai seulement à en bien analyser l'application.

Deux objets A et B, sont tellement situés à l'égard d'un point C, que l'un se trouve au-dessus de l'horizon CD, d'une quantité AD perpendiculaire à CD, et l'autre au-dessous de l'horizon CE d'une quantité BE. Il s'agit de réduire la valeur de l'angle ACB, qu'on a observé, à celle de DCE.

Voici la formule pour déterminer la projection de l'angle ACB :

Soit O cette projection; faisant le rayon = 1; l'angle observé ACB = a; l'angle formé par BC et la verticale, passant par le point C = b; l'angle formé par AC et la verticale passant par le point C = c, on a :

$$\text{Sin. } \tfrac{1}{2}O = \sqrt{\frac{\sin.\tfrac{1}{2}\left[a+(b-c)\right]\sin.\tfrac{1}{2}\left[a-(b-c)\right]}{\sin. b. \sin c.}}$$

J'ai indiqué plus haut (n° 123) le procédé pour mesurer les angles formés par la verticale.

APPLICATION.

Soit a = 61°, 9' 27'' 3 ; b = 91°. 32'. 45''. c = 91°. 25'. 51''.

On aura :	b — c =	0°.	6'.	54''.
	a + (b — c) =	61.	16.	21. 3.
	a — (b — c) =	61.	2.	33. 3.
	$\tfrac{1}{2}[a+(b-c)]$ =	30.	38.	10. 65.
	$\tfrac{1}{2}[a-(b-c)]$ =	30.	31.	16. 5.

Log. $\tfrac{1}{2}$ sin [a + (b — c)] . . . . . . 9.707217.

Log. $\tfrac{1}{2}$ sin [a — (b — c)] . . . . . . 9.705742.

Comp. arith. log. sin. b . . . . 0.000158.

Comp. arith. log. sin. c . . . . 0.000135.

Log. $\overline{\left(\text{sin. }\tfrac{1}{2}O\right)^2}$ . . . . 19.413252.

Log. sin. $\tfrac{1}{2}$ O . . . . 9.706627.

Qui répond à 30°. 35'. 24''. 6; donc l'angle ACB réduit à l'horizon = DCE = 61°. 10' 49'' 18.

126. Cette formule assez compliquée deviendra inutile lorsqu'on fera usage du trigonomètre, car on peut toujours placer les extrémités de la corde qui servira à calculer la valeur de l'angle de manière à la mesurer dans le plan horizontal passant par le sommet de l'angle, de sorte que la réduction à l'horizon se trouve opérée. Il sera utile alors, si l'on opère sans instrument, de munir les deux jalons qui servent à fixer les extrémités de la corde, de deux mires mobiles que l'on puisse hausser et baisser à volonté, comme dans les opérations de nivellement, afin de pouvoir mesurer, avec la plus grande précision, la corde dans le plan horizontal.

DU TRACÉ DE LA MÉRIDIENNE.

127. La *méridienne* d'un lieu est une ligne droite située dans le plan de l'horizon, qui passant par ce point, a pour direction le pôle.

128. Lorsque l'instrument qui sert à l'observation des angles, le graphomètre par exemple, est muni d'une boussole; pour indiquer la direction de la méridienne, passant par l'un des points trigonométriques, on place l'instrument sur ce point et on l'oriente de manière que l'aiguille aimantée coïncidant bien exactement avec le signe indicatif du nord, se trouve dans une direction parallèle au diamètre du limbe. Puis, on fait mouvoir l'alidade jusqu'à ce que la mire rencontre le point opposé de la ligne sur laquelle on opère. On relève alors la valeur de l'angle formé par cette ligne et la direction magnétique. Mais comme l'aiguille aimantée a une déclinaison occidentale de $22°.10'$, on retranchera cette quantité de la valeur de l'angle observé, et le reste donnera la mesure de l'angle formé par la méridienne et la ligne qui aboutit au point sur la verticale duquel est placé le graphomètre. Cet angle prend le nom d'*angle azimutal*, et servira de base à tous les calculs pour déterminer la distance des points trigonométriques à cette méridienne, ainsi qu'à sa perpendiculaire passant par le même point.

129. Il existe un second moyen d'avoir assez exactement la direction de la méridienne. On place une lunette sur la verticale du point donné, et, pendant une belle nuit, on la dirige sur l'étoile polaire au moment où elle se trouve dans le même plan vertical que la première étoile de la queue de la grande ourse. On la laisse dans cette direction, et lorsqu'il fait jour on ramène l'axe de la lunette à l'horizon, et l'on fait placer un signal à une certaine distance dans cet alignement. L'angle formé par cette direction et l'une des lignes qui aboutissent au point sur lequel est placé l'instrument, est l'azimut de cette ligne.

130. Enfin, il faut supposer que, privé d'instrument, ou n'ayant qu'un trigonomètre, il s'agit de déterminer la direction de la méridienne. Le procédé mis en usage pour tracer la méridienne dans les cadrans solaires horizontaux, pourra recevoir son application dans cette circonstance. On aplanira le terrain de manière à le rendre bien horizontal à 5 à 6 mètres du point par lequel doit passer la méridienne. On placera, perpendiculairement sur ce point, une baguette ou style parfaitement droit d'un mètre environ de longueur, et terminé à son extrémité supérieure par une rondelle verticale, percée au centre d'un trou destiné à former un point lumineux : puis, du pied du style, comme centre, on tracera sur le terrain, dans sa partie septentrionale, deux ou trois arcs de cercles, le premier d'un rayon d'un mètre et les suivants concentriques, distans l'un de l'autre de quelques centimètres et d'une étendue de $130°$ à $140°$.

Le style ainsi préparé, on choisira une journée où l'on puisse espérer que le soleil luira le matin et

l'après-midi ; et , vers neuf heures du matin , on observera lorsque le centre lumineux se trouvera préci-
sément sur la circonférence de chacun des trois cercles qu'il traversera successivement, à mesure que le
soleil, s'élevant sur l'horizon, s'approche du méridien. On marquera avec une fiche sur chacune des
circonférences, l'endroit précis où le centre lumineux les aura respectivement traversées.

Après midi , on surveillera le moment où le point lumineux s'approchera du cercle intérieur, et l'on
marquera successivement chacun des points des circonférences indiqués par le centre lumineux.

Alors, on partagera en deux parties égales, sur chaque circonférence, l'arc compris entre le point
marqué le matin , et celui marqué l'après-midi ; et, plaçant des jalons sur la bissection des trois arcs, si
leur alignement avec le centre commun se confond parfaitement, on aura la preuve de l'exactitude de
l'opération. Dans le cas où il y aurait une légère différence, on compensera par la moyenne des trois
résultats, la direction de la méridienne en posant un dernier jalon dans son prolongement, à une distance
quelconque. Il ne restera plus qu'à mesurer l'angle formé par la direction de la méridienne et l'une des
lignes aboutissant au point sur lequel on a opéré.

CALCUL DES COTÉS DES TRIANGLES.

131. On a, sur le terrain, mesuré avec précision la base AB, fig. 20, on a observé la valeur de tous
les angles de chacun des triangles du réseau trigonométrique ABCDEFGH, et l'on possède enfin toutes
les données suffisantes pour déterminer par le calcul la longueur des différens côtés des triangles. En
effet, dans le triangle ABH, on a trouvé : AB$=608^m$; l'angle A$=92°.20'$; B$=41°20'$ et H$=46°.20'$;
d'où l'on déduira , d'après la formule n° 53, AH $= \frac{Sin.\ 41°20' \times 608^m}{Sin.\ 46°.20'}$, AB $= \frac{Sin.\ 92°20' \times 608^m}{Sin.\ 46°20'}$.

APPLICATION DU CALCUL DES LOGARITHMES.

Log. sin. 41°20' 9.819832		Log. sin. 92°20' 9.999640
Log. 608^m 2.783904		Log. 608^m 2.783904
Comp. arith. log. sin. 46°20' 0.140640		Comp. arith. log. sin. 46°.20'. . . . 0.140640
2.744376		2.924184

AH$=555^m,10$ HB$=839^m.80.$

Dans le triangle ABC, on a : AB$=608$; l'angle A$=70°$; B$=54°$; et C$=56°$.

$$AC = \frac{Sin.\ 54° \times 608}{Sin.\ 56°} \ ; \ BC = \frac{Sin.\ 70° \times 608}{Sin.\ 56°}.$$

Log. sin. 54° 9.907958		Log. sin. 70° 9.972986
Log. 608 . . . . 2.783904		Log. 608 . . . . 2.783904
Comp. arith. log. sin. 56° 0.081426		Comp. arith. log. sin. 56° 0.081426
2.773288		2.838316

AC$=593.30$ BC$=689.15.$

Le côté AC, dont on vient de déterminer la valeur, permet de calculer les côtés DC et AD du triangle DAC, dans lequel on a ;

$$AC = 593.30. \text{ L'angle } A = 80°; C = 43°.38'; \text{ et } D = 56°.22'.$$

On en déduira : $AD = \dfrac{\text{Sin. } 43°38' \times 593.30}{\text{Sin. } 56°22'}$. $DC = \dfrac{\text{Sin. } 80° \times 593.30}{\text{Sin. } 56°22'}$.

Log. sin. 43°38' 9.838875	Log. sin. 80°. 9.993351
Log. 593.30 . . . . 2.773288	Log. 593.30 . . . . 2.773288
Comp. arith. log. sin. 56°.22'. . . . 0.079564	Comp. arith. log. sin. 56°.22'. . . . 0.079564

$$ 2.691727 2.846203$$

$$AD = 491,70. DC = 701,80.$$

Dans le triangle HBF, on connaît le côté HB, calculé dans le triangle ABH; on a donc pour données connues : HB = 839,80. L'angle H = 32°,40'; B = 63 20' et F = 84°. Ainsi, $HF = \dfrac{\text{Sin. } 63°,20' \times 839,80}{\text{Sin. } 84°}$ et $FB = \dfrac{\text{Sin. } 32°.40' \times 839,80}{\text{Sin. } 84°}$.

Log. sin. 63°,20' 9.951159	Log. sin. 32°.40' . . . . ¯. 9.732193
Log. 839,80 . . . . 2.924184	Log. 839,80 . . . . 2.924184
Comp. arith. log. sin. 84°. 0,002386	Comp. arith. log. sin. 84°. 0,002386

$$ 2.877729 2.658763$$

$$HF = 754,60. FB = 455,80.$$

Dans le triangle FGH, on a : FH = 754,60 ; l'angle H = 115°; G = 42°. 15' et F = 22°, 45'. d'où l'on déduit : $GH = \dfrac{\text{Sin. } 22°\,45' \times 756,60}{\text{Sin. } 42°,15'}$; $FG = \dfrac{\text{Sin. } 115°. \times 754,60}{\text{Sin. } 42°\,45'}$.

Log. sin. 22°.45' 9.587386	Log. sin. 115° 9.957276
Log. 754,60 2,877729	Log. 754,60.. . . . . 2.877729
Comp. arith. log. sin. 42° 15' 0.172394	Comp. arith. log. sin. 42°. 15'. . . . 0.172394

$$ 2.637509 3.007399$$

$$GH = 434^m FG = 1017,20.$$

Enfin, dans le triangle BEF, on a : BF = 455,80 ; l'angle B = 70°; F = 56°. 30'; E = 53°. 30', d'où l'on déduit : $EF = \dfrac{\text{Sin. } 70° \times 455,80}{\text{Sin. } 53°,30'}$; $BE = \dfrac{\text{Sin. } 56°,30' \times 455,80}{\text{Sin. } 53°.30'}$.

Log. sin. 70' 9.972986	Log. sin. 56°30' 9.921107
Log. 455,80 . . . . 2.658763	Log. 455,80 . . . . 2.658763
Comp. arith. log. sin. 53°,30'. . . . 0,100533	Comp. arith. log. sin. 53°.30' . . . 0.100533

$$ 2.732282 2.680403$$

$$EF = 539,80. BE = 479,10.$$

132. On pourra résumer tous ces calculs, si on le juge utile dans la pratique, dans un tableau de la forme suivante, où l'on retrouvera tous les élémens de ces diverses opérations ; ce qui rendra les vérifications beaucoup plus simples et beaucoup plus rapides.

INDICATION			LOGARITHMES des sinus des angles.	CÔTÉS opposés aux angles.	LOGARITHMES des côtés des triangles.	LONGUEUR des côtés des angles.	OBSERVATIONS.
des triangles.	des sommets des angles.	de la valeur des angles.					
ABH	A	92°.20'	9.999640	BH	2.924484	839ᵐ,80	
	B	41.20	9.819832	AH	2.744376	555,10	
	H	46.20	9.859350	AB	2.783904	608.	Ce côté a été mesuré pour servir de base.
ABC	A	70.	9.972986	BC	2.838346	689,15	
	B	54.	9.907958	AC	2.773288	593,30	
	C	56.	9.918574	AB	» »	» »	Base mesurée sur le terrain.
ACD	A	80.	9.993351	CD	2.846203	701,80	
	C	43.38	9.838875	AD	2.691727	491,70	
	D	56.22	9.920436	AC	» »	» »	Calculé dans le triangle ABC.
BFH	B	63.20	9.951459	FH	2.877729	754,60	
	F	84.	9.997644	BH	» »	» »	Calculé dans le triangle ABH.
	H	32.40	9.732193	BF	2.658763	455,80	
FGH	F	22.43	9.587386	GH	2.637509	434.	
	G	42.15	9.827606	FH	» »	» »	Calculé dans le triangle BFH.
	H	115.	9.957276	FG	3.007399	1017,20	
BEF	B	70.	9.972986	EF	2.732282	539,80	
	E	53.30	9.899467	BF	» »	» »	Calculé dans le triangle BFH.
	F	56,30	9.921107	BE	2.680403	479,10	

CALCUL DES DISTANCES A LA MÉRIDIENNE ET A SA PERPENDICULAIRE.

133. Lorsqu'on rapporte sur le papier la position des différens points trigonométriques, on éprouverait beaucoup de difficulté à obtenir des intersections bien nettes, lorsque les angles sont fort aigus ; et comme il arrive aussi que la position d'un point dépend de celles de deux autres déjà placés, la petite erreur commise sur le lieu des points primitifs, influerait d'une manière sensible sur la place des points subséquens ; on a préféré fixer ces points à l'aide de leurs distances à deux axes rectan-

gulaires , pris dans le même plan ; et , afin que le plan se trouvât orienté , on a choisi pour axe vertical, la méridienne passant par l'un de ses points. J'ai indiqué précédemment diverses méthodes pour en déterminer la direction. La perpendiculaire à cette méridienne est une ligne droite qui la coupe en quatre angles droits au point par lequel on l'a fait passer.

134. C'est encore par le calcul , et avec le secours des formules trigonométriques n° 49 , que l'on parvient à déterminer avec la plus rigoureuse précision , les distances respectives de chacun des points trigonométriques à ces deux axes rectangulaires.

135. Si l'on suppose , dans le réseau trigonométrique ABCDFGM , fig. 20 , des lignes droites gg , hh , dd , ff , bb , cc et ee , parallèles à la méridienne MM , et passant par les points G , H , D , F , B , C et E : puis , que de chacun de ces points , on suppose des perpendiculaires à l'une des parallèles à la méridienne , passant par le point correspondant ; le premier se trouvera placé au sommet de l'angle azimutal d'un triangle rectangle, dont l'hypoténuse sera formé par le côté qui unit ce point au point correspondant, et se trouvera en même temps le côté de l'un des triangles du réseau trigonométrique , dont la longueur a été précédemment calculée. Ainsi , la perpendiculaire menée , du point B , à la méridienne MM , forme un triangle rectangle dont AB est l'hypoténuse , et dont l'angle d'azimut a son sommet en A. Il en est de même pour le point C , où AC est l'hypoténuse du triangle rectangle et MAC l'angle d'azimut ; ainsi que pour le point D , où AD est l'hypoténuse et DAM l'angle azimutal. Pareillement , la perpendiculaire menée du point E sur la parallèle bb à la méridienne MM , forme un triangle rectangle où BE est l'hypoténuse , et bBE l'angle d'azimut. La perpendiculaire menée du point F sur la parallèle à la méridienne ee , passant par le point E , détermine aussi un triangle rectangle où , EF est l'hypothénuse , et eEF l'angle d'azimut. La perpendiculaire menée du point G à la parallèle ff passant par le point F , donne lieu à un triangle rectangle qui a GFf pour angle d'azimut et FG pour hypoténuse. Enfin , la perpendiculaire menée du point H à la méridienne MM , forme un triangle rectangle dont l'angle azimutal est HAM , et AH est l'hypoténuse. Or , si au moyen des données que l'on possède déjà , on parvient à déterminer la valeur de chacun de ces angles d'azimut , on pourra calculer les deux côtés inconnus de chacun de ces triangles rectangles , dans lesquels ont connaît déjà la longueur de l'hypoténuse.

136. Le petit tableau suivant servira à réunir et à rendre plus intelligibles les diverses équations au moyen desquelles on peut déterminer la valeur des angles d'azimut (1).

(1) J'ai multiplié , plus qu'il ne semblerait nécessaire dans la pratique , ces tableaux qui contiennent les élémens des calculs trigonométriques , afin de les rendre plus intelligibles. Si on se décidait à les adopter dans les opérations qu'on aura l'occasion de faire par la suite , on reconnaîtrait combien ils peuvent faciliter les vérifications et la recherche des erreurs qu'on pourrait avoir commises.

(Suit le tableau).

INDICATION			ÉQUATIONS POUR DÉDUIRE LA VALEUR DE L'ANGLE D'AZIMUT.	VALEUR de l'angle d'azimut.	Observations.
des points trigonométriques.	de l'hypoténuse.	de l'angle d'azimut.			
B	AB	BAM	» »	51°.30'	Valeur donnée par la direction de la méridienne KM
C {	AC	MAC	MAC = MAB + BAC + CAM = 180° — (MAB + BAC) ou 121°.30'	58.30	
	BC	bBC	bBC = ABC — ABb ou BAM = 54° — 51°.30'	2.30	
D {	CD	DCc	DCc = cCB ou (bBC+BCA+ACD+DCc) ou 180°—bCD ou 102°.08'	77.52	
	AD	DAM	DAM = DAC — MAC = 80° — 58°.30'	21.30	
E	BE	bBE	bBE = (bBA + ABH + HBF + FBE) 225°.50' — 180°	45.50	
F {	FE	FEe	FEe = 180° — (45°,50' + 53°30')	80.40	
	FB	bBF	bBF = 180° — bBF = 180° — (51°.30' + 44°.20' + 63°.20')	23.50	
G	FG	fFG	fFG = BFG — FBb ou 106',45' — 23'.50'	82.45	
	GH	gGH	gGH = 180° — (42°,15' + 82°,45')	55.	
H {	FH	fFH	fFH = 82°.45' — 22°.45'	60.	
	BH	HBb	HBb = 180° — (60° + 32°.40')	87.20	
	AH	hHA	hHB = 92°.20' — 51°.30'	40.50	

137. Présentement l'on possède tous les élémens nécessaires pour calculer les inconnues dans chacun des triangles rectangles, ayant pour sommet de l'angle d'azimut, l'un des points trigonométriques. Dans AMB, BM donnera la distance du point B à la méridienne, et BP celle du même point à la perpendiculaire PP, passant aussi par le point A. Ces distances s'obtiennent au moyen des formules n° 49, d'où l'on déduit : BM = sin MAB × AB = sin 51°,30' × 608 ; BP = cos. 51°.30' × 608.

APPLICATION DU CALCUL DES LOGARITHMES.

Distance BM.	Distance BP.
Log. AB. 608ᵐ. 2.783904	Log. 608ᵐ 2.783904
Log. sin. 51 30 . . . . 9.893544	Log. cos. 51°30 . . . . . 9.794150
2.677448 = 475,80.	2.578054 = 378,50

Pour le point C on a : CM = sin. 58°30' × 593ᵐ,30 ; CP = cos. 58'.30' × 593,30.

Distance CM.	Distance CP.
Log. 593ᵐ.30 . . . . . 2.773288	Log. 593ᵐ.30. . . . . . . 2.773288
Log. sin. 58°.30'. . . . 9.930766	Log. cos. 58°.30'. 9.718085
2.704054 = 505.90	2.491373 = 310ᵐ

Pour le point D, on a : DM = sin. 21°.30' × 491ᵐ.70 ; DP = cos. 21°.30' × 491ᵐ.70.

Distance DM.   Distance DP.

Log. 491.70. . . . . . 2.691727   Log. 491.70 . . . . 2.691727
Log. sin. 21.'30'. . . . 9.564075   Log. cos. 21°.30'. 9.968678

           2.255802 = 180.20.   2.660405 = 457.50

Pour le point E, on a : bE = sin. 45°.50' × 479.10 ; pE = cos. 45°.50' × 479.10.

Distance bE.   Distance pE.

Log. 479.10. . . . . . 2.680403   Log. 479.10 . . . . . . 2.680403
Log. sin. 45°.50'. . . . 9.855711   Log. cos. 45°.50'. 9.843076

           2.536114 = 343.70.   2.523479 = 333.80

Pour le point F, on a : eF = sin. 80°.40' × 539.80 ; pF = cos. 80°.40' × 539.80.

Distance EF.   Distance pF.

Log. 539.80. . . . . . 2.732282   Log. 539.80 . . . . 2.732282
Log. sin. 80'.40', . . . 9.994212   Log. sin. 80°.40'. 9.209992

           2.726494 = 532.70.   1.942274 = 87.55.

Pour le point G, on a : fG = sin. 82°45' × 1017.20 ; pG = cos. 82'.45' × 1017.20.

Distance fG.   Distance pG.

Log. 1017.20. . . . . 3.007399   Log. 1017.20. . . . . . 3.007399
Log. sin. 82°45'. . . . 9.996514   Log. cos. 82'.45'. 9.101056

           3.003913 = 1013.05.   2.108455 = 128.35

Enfin, pour le point H, on a : HM = sin. 40°.50' × 555.10 ; HP = cos. 40°.50' × 555.10.

Distance HM.   Distance HP.

Log. 555.10. . . . . . 2.744376   Log. 555.10 . . . . 2.744376
Log. sin. 40°.50'. . . . 9.815485   Log. cos. 40°.50'. 9.878875

           2.559861 = 362.95.   2.623251 = 420.

138. Les calculs précédens ont déterminé les distances des points trigonométriques aux parallèles à la méridienne et à leurs perpendiculaires, passant par l'autre extrémité des hypoténuses. On pourra en déduire les équations qui déterminent la valeur des distances de ces points aux deux axes rectangulaires, en résumant toutes ces diverses opérations dans le cadre suivant :

(Suit le tableau).

PREMIERS RÉSULTATS.				ÉQUATIONS pour obtenir les distances des points trigonomé-triques à la		RÉSULTATS DÉFINITIFS.	
Points trigonomé-triqués.	Extrémité de l'hypoténuse.	DISTANCE DE LA PARALLÈLE		MÉRIDIENNE passant par le point A.	PERPENDICULAIRE passant par le point A.	DISTANCES	
		à la méridienne.	à la perpendicu-laire.			à la méridienne.	à la perpendicu-laire.
B	A	475.80	378.50	»	»	475.80	378.50
C	A	505.90	310. »	»	»	505.90	310. »
D	A	480.20	457.50	»	»	480.20	457.50
E	B	343.70	333.80	EM = BM + bE = 475,80 + 343,70	EP = pE + BP = 333,80 + 378.50	819.50	712.30
F	E	532.70	87.55	FM = EM — Fe = 819,50 — 532,70	FP = EP + pF = 712.30 + 87,55	286.80	799.85
G	F	1013.05	128.35	GM = fG — FM = 1013,05 — 286,80	GP = FP — pG = 799.85 — 128,35	726.25	671.50
H	A	362.95	420. »	»	»	362.95	420. »

CONSTRUCTION DU CANEVAS TRIGONOMÉTRIQUE.

139. Toutes les opérations qui constituent la triangulation , tous les procédés mis en usage ont été analysés et démontrés ; les côtés des triangles du réseau trigonométrique , ainsi que les distances de leurs sommets à la méridienne et à la perpendiculaire ont été calculés ; il ne reste plus qu'à indiquer le mode à suivre pour la construction du canevas trigonométrique.

140. L'*échelle d'un plan* est une ligne droite divisée en parties égales , chacune de ces parties ayant un rapport quelconque avec l'unité de mesure linéaire employée sur le terrain. L'unité de mesure généra-lement adoptée aujourd'hui est le mètre. L'échelle est dite de 1 à 2,000 ; de 1 à 1,000 , etc., lorsque l'une de ses parties représentant sur le papier une unité de mesure sur le terrain , est la deux millième ou la millième partié du mètre. Ainsi , pour l'une, le décimètre ou la dixième partie du mètre représente 200 mètres ; pour la seconde il en représente 100.

141. La construction d'une échelle est facile , et l'examen de la fig. 18, en rendra le procédé plus in-telligible. S'il s'agissait d'une échelle de 1 à 2,000 , par exemple ; sur une ligne droite indéfinie on marquerait une longueur de 1 décimètre représentant 200 mètres. Cette portion AB de la ligne droite divisée en deux parties égales AC et CB, représentant chacune 100 mètres, on subdivisera CB en dix par-ties égales qui représentent chacune 10 mètres. Elevant des perpendiculaires sur chacune des divisions A, C, B, on marquera des parties égales quelconques sur la première et la dernière AD et BE et l'on join-dra les points correspondans qui les indiquent par des lignes droites parallèles à AB. Enfin , l'on mènera des transversales à tous les points de subdivision de la partie CB, de manière que la première , partant

de l'extrémité de la verticale CF, aboutisse à la première subdivision, et les autres ensuite parallèlement à cette première (1).

142. Toutes sections par des parallèles à AB, entre F et 1, entre 1 et 2, entre 2 et 3, etc., donneraient les fractions des subdivisions de Cg.

143. Pour prendre une mesure sur l'échelle, soit 123 mètres par exemple, on place la pointe d'un compas sur la troisième division, en descendant, de la verticale AD, et on l'ouvre jusqu'à ce que la seconde pointe vienne rencontrer le point où la transversale qui part de l'indication de 20 mètres sur la partie FE, coupe la troisième parallèle. Pour avoir 157 mètres, de la septième division de AD, on porterait l'ouverture du compas jusqu'au point où la transversale, qui part de la division 50 de FE, rencontre la septième parallèle, et ainsi de suite. Je ferai encore remarquer que la ligne AB se prolonge indéfiniment de B en A, et qu'autant on y a marqué de divisions égales à AC, autant on a de distances de 100 mètres chacune.

144. Voici un procédé pour diviser une ligne droite quelconque en autant de parties égales que l'on désire : soit AB, fig. 19, qu'il s'agit de diviser en 8 parties égales. Du point A on mènera une droite indéfinie AC ; formant un angle quelconque avec AB ; on portera sur cette droite AC, et de A en C, 8 divisions égales d'une grandeur arbitraire. Du point B on mènera une seconde ligne droite BD indéfinie parallèlement à AC, et l'on marquera, à partir du point B, de B en D, 8 divisions égales à celles qu'on a indiquées sur AC. Que l'on joigne ensuite les points A et B par une ligne droite, et successivement toutes les divisions correspondantes de AC et de DB par des lignes qui seront parallèles à AD, ces parallèles couperont AB en autant de parties égales entre elles. En effet, les triangles AC′b et ACB sont semblables et donnent la proportion AC′ : AC :: Ab : AB. Mais AC=8AC′, donc AB=8Ab.

Il serait superflu d'entrer dans plus de développemens pour démontrer l'utilité de ce procédé pour la construction des échelles.

145. On se sert ordinairement, pour les travaux de détails et de rapports des plans, d'échelles en métal dont l'usage est rigoureusement prescrit aux geomètres du cadastre.

146. Ce système d'échelles, qui a prévalu jusqu'à présent, laisse beaucoup à désirer lorsqu'il s'agit d'atteindre un grand degré de précision et qu'il faut tenir compte des plus petites fractions de l'unité, comme dans la mesure des cordes des arcs pour déterminer la valeur des angles, soit encore pour conclure avec une rigoureuse exactitude les calculs trigonométriques. J'ai combiné une nouvelle échelle qui permettra d'obtenir directement la fraction la plus minime de l'unité de mesure, qui permettra dans l'échelle de 1 à 2,000, par exemple, de tenir compte de la centième ou de la millième partie du mètre. A une échelle portant les simples divisions décimales, j'en ai adapté une seconde susceptible de se mouvoir parallèlement à la première, et divisée d'après les principes que *Nonius* a appliqués aux instrumens de précision destinés à l'observation des angles, et j'ai obtenu ainsi, directement, les fractions les plus rédui-

_____

(1) Il est facile de concevoir que les parallèles sont coupées par la transversale Fg de manière à donner successivement les subdivisions décimales de la partie Cg, qui est elle-même la dixième partie de CB ou de 100 mètres. En effet, cette transversale forme les triangles rectangles F4i et FCg qui sont semblables, et dans lesquels on a la proportion : FC : F4 :: Cg : 4i. Mais F4 est la dixième partie de FC, par conséquent 4i est également la dixième partie de Cg, ou la centième partie de CB, de cent mètres, ou enfin le millième de mille mètres, c'est-à-dire l'unité de mesure.

Pareillement, les triangles F5k et FCg sont semblables et donnent lieu à la proportion : FC : F5 :: Fg : 5k. Or, F5 comprend 5 divisions de FC ou la moitié de cette verticale, ainsi 5k représente la moitié de Cg ou 5 mètres.

tes de l'unité. Or, l'on concevra de quel grand avantage sera, pour toutes les opérations géodésiques, un système d'échelles aussi simple et aussi commode dans l'emploi. Il en résultera dans les calculs des plans, dans le tracé et le rapport des cartes géographiques, une précision à laquelle il avait été impossible d'atteindre (1).

147. Il est prescrit aux géomètres triangulateurs de construire leurs canevas trigonométriques d'après une échelle de 1 sur le papier à 50,000 mètres sur le terrain. Mais pour des triangulations moins développées que celles qui embrassent le territoire d'une vaste commune, pour celles qui doivent accompagner un plan d'épreuves de 100 à 150 hectares, il vaut mieux, pour donner un peu plus d'importance au canevas trigonométrique, faire usage d'une plus grande échelle, de 1 à 5,000 ou à 10,000 par exemple.

148. Pour construire le canevas trigonométrique, dont on possède tous les élémens, on partage le papier destiné à le recevoir, par une ligne MM qui devient la méridienne et sert à l'orienter plein-nord; puis on partage cette verticale, en deux parties égales, par une perpendiculaire PP, qui détermine à leur intersection la position du point A, par lequel passe la méridienne sur le terrain. Les calculs précédens ont déterminé les distances du point B à la méridienne et à sa perpendiculaire. Cette distance est de 475,80 pour la méridienne; on prendra cette mesure sur l'échelle et on la marquera sur la perpendiculaire à partir du point A; on prendra avec un autre compas, sur l'échelle la mesure de 378,50, distance du point B à la perpendiculaire, et on la marquera sur la méridienne; puis, du point qui marque la longueur de 475,80 sur la perpendiculaire, et avec l'ouverture de compas de 378,50, on décrira un arc de cercle en B et, du point de la méridienne, qui marque 378,50, de l'ouverture de compas de 475,80, on décrira un second arc de cercle qui, par son intersection avec le premier, déterminera la position du point B, qui se trouvera ainsi à 475,80 de la méridienne et à 378,50 de la perpendiculaire, tandis que la distance du point A, formant la diagonale d'un rectangle, sera de 608 mètres. On procèdera de la même manière pour fixer la position des autres points trigonométriques, et le canevas se trouvera ainsi tout rapporté sur le papier à l'échelle dont on a fait choix.

149. La base doit être tracée à l'encre de la Chine afin de la rendre plus apparente, et l'on inscrira sur le canevas, à chaque point trigonométrique, la désignation du signal qui a été observé. Les côtés des triangles du réseau trigonométrique se tracent ordinairement en bleu, et l'on se sert du carmin pour l'indication de la méridienne et de sa perpendiculaire. La figure que j'ai placée sous le n° 21, ne laissera rien à désirer à ce sujet.

REGISTRE DES OPÉRATIONS TRIGONOMÉTRIQUES.

150. J'ai dû, dans ce qui a rapport à la triangulation, résumer et analyser tout ce qui concerne les attributions d'un géomètre triangulateur dans la partie d'art du cadastre; j'ai dû multiplier, pour me rendre plus intelligible, des exemples et des modes d'opérer, qui paraîtront sans doute superflus aux praticiens, déjà familiarisés avec la plupart de ces opérations; cependant on reconnaîtra que les nombreux tableaux que j'ai donnés, sans être d'une nécessité absolue, présentent les moyens de vérifier facilement les calculs, et de trouver plus rapidement les erreurs qui s'y seraient glissées. Ils offrent en outre l'avantage de concourir instantanément à la formation du registre des opérations trigonométriques qui doit accompagner le canevas, et dont voici la forme, telle qu'elle est prescrite aux géomètres triangulateurs.

(1) Je donnerai au 4ᵉ livre de cet ouvrage une description complète de cette échelle ainsi que de la manière de s'en servir, et je ferai connaître en même temps le nom du fabricant auquel on pourra s'adresser pour s'en procurer.

DÉPARTEMENT

d

ARRONDISSEMENT

d

CANTON

d

COMMUNE

d

Registre présentant les résultats des opérations trigonométriques faites pour le levé du plan cadastral d

par M.

NOTA. On aura soin, dans l'inscription des angles, de commencer par ceux adjacens à la base du triangle, et de mettre sur la ligne de chacun d'eux le côté qui le joint à l'angle suivant, de manière à parcourir ainsi le périmètre du triangle.

ANGLES.				LIGNES TRIGONOMÉTRIQUES.		DISTANCES DU SOMMET DES ANGLES		OBSERVATIONS.
SOMMETS.		VALEUR.				à la méridienne du lieu.	à la perpendiculaire menée à la méridienne.	
Lettres indicatives.	OBJETS formant les signaux.	Degrés. Minutes. Secondes.		Extrémités.	Longueur.			
					m. c	m. c	m. c	
A	Extrémité de la base.	92° 20' »		AH	555.40	» »	» »	Point par lequel passe la méridienne.
B	Idem.	44. 20 »		AB	608 »	475.80	378.50	
H	Signal du peuplier.	46. 20 »		HB	839.80	362.95	420 »	
A	Extrémité de la base.	70 » »		AB	608 »	» »	» »	
B	Idem.	54 » »		BC	689 45	475.80	378.50	
C	Signal du pré.	56 » »		AC	593.30	505.90	310 »	
A	Extrémité de la base.	80 »		AC	593 30	» »	» »	
C	Signal du pré.	43 38		CD	702 40	505.90	310 »	
D	Signal du coin.	56 22		AD	494.70	480.20	457.50	
B	Extrémité de la base.	63. 20		BH	839.80	475.80	378.50	
H	Signal du peuplier.	52. 40		HF	754.60	362.95	420 »	
F	Signal de la croix.	84 »		BF	455.80	286.80	799.85	
B	Extrémité de la base.	70 » »		BF	455.80	475.80	378.50	
F	Signal de la croix.	56 30 »		FE	539.80	286.80	799.85	
E	Signal du champ.	53 30 »		BE	479.40	819.50	742.30	
F	Signal de la croix.	22 45 »		FH	754.60	286.80	799.85	
H	Signal du peuplier.	115 » »		HG	434. »	362.95	420 »	
G	Signal du cerisier.	42 15 »		FG	1017.20	726 25	674,50	

(*Vérification*).

VÉRIFICATION DES OPÉRATIONS TRIGONOMÉTRIQUES.

151. La vérification des opérations trigonométriques s'opère en calculant, au moyen d'une base autre que les lignes portées au registre trigonométrique, les côtés de deux ou plusieurs triangles du canevas. Soit, par exemple, le point B', fig. 20, marquant l'extrémité d'une base CB', qui sera mesurée avec le plus grand soin et qui, après avoir relevé la valeur des angles des deux triangles CBB' et EBB', servira à calculer la longueur des côtés BC et BE de ces deux triangles. Les résultats obtenus par cette nouvelle opération ne doivent pas présenter une différence de plus d'un millième, avec ceux portés au registre trigonométrique pour la longueur de ces mêmes côtés BC et BE calculés au moyen des données des triangles ABH et BEF.

152. Que celui qui lève un plan soit ou non soumis à cette vérification, il fera sagement de la faire lui-même pour s'assurer de l'exactitude de ses opérations, et il acquerra en même temps l'expérience nécessaire pour procéder à son tour aux vérifications dont il pourrait être chargé.

RÈGLES GÉNÉRALES.

153. Les réglemens du cadastre prescrivent de distribuer les points trigonométriques en nombre suffisant pour en obtenir au moins un d'accessible, et pouvant servir de station dans les opérations de détail, par chaque étendue de territoire de cent hectares. Cependant il sera avantageux de les multiplier davantage pour des plans aussi restreints que ceux qui sont prescrits comme plans d'épreuve. Plus on déterminera même de points auxiliaires par des opérations trigonométriques reliées à la triangulation principale, plus on abrégera les opérations de détail, tout en leur assurant un degré de précision auquel il est impossible d'atteindre par les lignes de construction en usage parmi les praticiens. Je ne saurais trop engager à réduire l'emploi de la chaîne au simple mesurage des côtés des polygones formant les parcelles, où de légères erreurs ne peuvent avoir aucune importance sur l'exactitude de l'ensemble. Partout où la position d'un point principal peut être déterminée par le calcul, il faut recourir à ce moyen qui pousse l'approximation jusqu'à des fractions inappréciables.

154. On devra, en procédant à la triangulation, arrêter par des piquets solidement plantés tous les points destinés à servir de stations, et à y rattacher des lignes secondaires.

155. Soit que l'on opère avec des instrumens de précision, soit, qu'en raison du peu de développement du périmètre que l'on doit arpenter, on se borne à relever la valeur des angles par le procédé que j'ai indiqué, n° 97, on ne doit pas craindre de multiplier les précautions pour s'assurer de l'exactitude de son travail. C'est même un moyen de l'abréger, car une erreur fait perdre un temps bien plus considérable pour en rechercher l'origine. Si l'on mesure sur le terrain les cordes des angles, l'emploi du décamètre en toile imperméable sera préférable à celui de la chaîne, parce qu'il donnera avec plus de précision la valeur numérique de la corde ainsi que celle des fractions de l'unité de mesure.

156. J'engagerai aussi à se servir du décamètre en toile imperméable pour le mesurage de la base , après avoir eu la précaution de bien assurer l'alignement par plusieurs jalons afin d'éviter la plus légère déviation. Il faut tenir compte des plus petites fractions du mètre , et quoique les réglemens du cadastre admettent une tolérance d'un deux millième , il vaut mieux s'astreindre à ne pas dépasser une différence d'un cent millième , les calculs trigonométriques en seront d'autant plus exacts, et on en reconnaîtra l'avantage si l'on fait usage de la planchette pour lever les détails des parcelles.

157. Les jalons pour prendre les alignemens ou pour marquer les extrémités des cordes doivent être parfaitement droits et porter une ligne verticale bien apparente qui les partage dans leur longueur. Ce sera le moyen de déterminer avec une plus grande précision les extrémités de la corde de l'arc qui sert de mesure aux angles. Si l'on a le soin de mesurer cette corde d'après deux arcs de rayons différens; si l'on calcule non seulement les trois angles de chaque triangle, mais encore tous ceux qui composent le tour d'horizon, on pourra , sans le concours d'instrumens , faire une triangulation qui ne laissera rien à désirer.

158. Il est utile pour former des alignemens de jalons et pour déterminer des directions , d'être muni d'un fil à plomb qu'on place perpendiculairement au centre de la station et qui sert à l'observateur à faire disposer les jalons dans l'alignement voulu.

159. Il arrive par fois que quelques obstacles du terrain ne permettent pas de mesurer à la chaîne la base avec assez de certitude, pour ne pas craindre quelque erreur qui influerait sur les résultats de tous les calculs trigonométriques. On peut alors se servir de l'un des côtés d'un triangle qui s'y appuie , pour en déduire par le calcul la longueur de la base principale et vérifier ainsi l'exactitude du chaînage.

160. Le mesurage au moyen de la chaîne est susceptible de tant d'erreurs quelle que soit l'habitude des porte-chaîne que je ne saurais trop insister sur la nécessité de le limiter autant que possible; sur celle de le vérifier et de le contre-vérifier lorsqu'il a fallu y recourir, et à tenir compte des moindres fractions du mètre. C'est le véritable moyen de donner aux calculs trigonométriques ce degré d'exactitude auquel on doit prétendre. On n'admet ordinairement dans la pratique d'autre fraction du mètre que le décimètre , et l'on a tort , car il en résulte une grande altération dans la véritable position des points trigonométriques.

LIVRE III.

ARPENTAGE.

161. L'exactitude des travaux de détail repose sur les opérations trigonométriques analysées et démontrées dans le livre précédent. Quoique le peu d'importance des plans d'épreuve exigés jusqu'à ce jour, ne les ait pas rendus d'une nécessité absolue, je n'en ai pas moins cru devoir traiter tout ce qui tient à l'art de lever les plans, dans les conditions imposées aux géomètres du cadastre. C'est pourquoi je continuerai à considérer mes lecteurs comme appelés à exécuter des opérations beaucoup plus développées.

162. Avant d'entreprendre les travaux d'arpentage on doit placer sur la feuille ou les feuilles destinées au rapport du plan, l'indication précise des points trigonométriques auxquels doivent se rattacher les détails du parcellaire.

163. Cette indication s'opère par le même procédé qui a servi à la construction du canevas trigonométrique; mais dans ce cas la construction s'effectue avec la même échelle qui doit servir au rapport du plan parcellaire. L'échelle dont l'emploi est prescrit aux agens des contributions directes est de 1 mètre sur le papier pour 2,000 mètres sur le terrain. Indépendamment de la méridienne et de sa perpendiculaire, on partage la feuille par des parallèles à l'une et à l'autre, formant par leurs intersections des carrés d'une contenance de 25 hectares ou de 16 hectares, soit que l'on donne 500 ou 400 mètres de longueur aux côtés des carrés.

164. La relation de la méridienne avec les détails du plan détermine ce que l'on nomme son *orientement*.

165. L'orientement est *plein-nord* lorsque l'axe de la méridienne est perpendiculaire au côté inférieur du papier. Cet orientement est obligatoire pour les canevas trigonométriques et les cartes de géographie; mais il est subordonné à la disposition du périmètre sur le papier, pour les plans parcellaires.

166. Les instrumens qui peuvent être employés dans les travaux d'arpentage, à l'exclusion expresse de tous autres, sont:

Le graphomètre (1).

La planchette et ses accessoires, tels que le déclinatoire et l'alidade.

La boussole.

L'équerre.

La chaîne de dix mètres divisée en demi-mètres et subdivisées en doubles décimètres.

Les diverses échelles.

167. Il est recommandé aux géomètres du cadastre d'avoir en outre un double mètre d'une exactitude bien reconnue, afin de pouvoir s'assurer fréquemment de la précision de leurs mesures. Une seconde chaîne neuve dont on ne ferait pas usage sur le terrain a même paru préférable, dans certains départemens, pour servir à vérifier de temps à autre celle qui est employée journellement.

DU PLAN PARCELLAIRE.

168. *Le plan parcellaire* est une reproduction graphique qui représente exactement sur le papier le territoire ou une portion du territoire d'une commune, dans ses plus petites subdivisions, soit de cultures, soit de propriétés. Il doit être l'image parfaite du terrain, non seulement pour la précision géométrique de sa configuration, mais encore pour l'indication de tous les détails, de tous les accidens qu'on rencontre dans la localité qu'il représente.

169. Une *parcelle* est une portion de terrain plus ou moins grande, présentant une même nature de culture et appartenant à un même propriétaire.

170. Une masse de terre labourable qui se partage en dix propriétaires forme dix parcelles.

171. Une masse de terre appartenant à un seul propriétaire, mais présentant dix nuances de culture bien diverses et bien distinctes, chacune de celle qui lui est attenante, forme autant de parcelles.

172. Une étendue de terrain d'une même culture, appartenant au même propriétaire, mais divisée en deux parties par une haie, un fossé large et profond, un chemin public, une rivière, un ruisseau ou autre limite fixe, forme deux parcelles.

173. Un sentier, un chemin de servitude ou d'exploitation ; un simple ruisseau ou rigole d'écoulement, un mur de soutènement ou de terrasse, ne doivent pas être considérés comme formant limites de parcelles.

174. La superficie des maisons et des bâtimens doit être levée comme celle des autres propriétés et forme parcelle.

175. La maison d'habitation, la cour et les bâtimens ruraux ne doivent faire qu'une seule et même parcelle, lorsque le tout est contigu.

176. Toutes les parcelles telles qu'elles viennent d'être définies doivent être mesurées exactement et reportées sur le plan.

177. Les objets les plus remarquables, tels que les croix, bornes, ponts, bacs, gués, etc., doivent être figurés sur le plan parcellaire dans leur position exacte.

(1) Il est probable que l'expérience consacrera également l'emploi du trigonomètre.

TRAVAUX DE DÉTAIL.

178. La planchette étant le seul instrument qui permette de se passer d'un croquis d'opérations, je vais faire précéder l'analyse des divers modes d'arpentage de quelques conseils sur la formation de ce croquis.

179. Sur ce croquis doivent être notés à l'encre, avec clarté et d'une manière intelligible, toutes les données à l'aide desquelles on parvient à faire le rapport ou la mise au net du plan parcellaire. C'est pourquoi il faut s'attacher à représenter aussi approximativement que possible sur ce croquis visuel toutes les configurations des parcelles, les détails apparens et les diverses lignes de constructions dans leurs situations respectives. On commencera par indiquer les divers points trigonométriques auxquels doivent se relier les opérations d'arpentage, et l'on étudiera ensuite la disposition du terrain pour reconnaître les points remarquables qui peuvent servir à établir une triangulation auxiliaire, si l'on opère au graphomètre, au trigonomètre ou à la boussole, ou qui peuvent servir à rattacher des grandes lignes de construction, si l'on opère à l'équerre et à la chaîne.

180. Soit le terrain figuré pl. 4, n° 22, les points trigonométriques A, B, E, F, G, H ont été indiqués à leurs positions respectives. En parcourant et étudiant le terrain, on a reconnu que, si l'on déterminait la position d'un point auxiliaire en T, en s'appuyant sur le côté AH du canevas trigonométrique, on pourrait également obtenir celle des deux poteaux I et K du bac sur la rivière. On figurera donc sur le croquis visuel l'indication de ces points et des triangles qui les relient. Pareillement, la situation d'un point auxiliaire en N, pris à l'extrémité de la parcelle n° 14, a paru utile pour y appuyer le contour du périmètre, et a donné lieu à un triangle ayant pour base TH, base commune aux deux triangles TIH, TKH. Il en a été de même du point S, qui a formé avec T et N un triangle STN appuyé sur le côté TN, commun au triangle THN. Le point R, pris sur le bord du chemin qui conduit au bac, a paru utile pour appuyer dans cette partie les opérations de détail, et l'on a figuré sur le croquis le triangle KRH, dont la base KH se trouve être l'un des côtés du triangle TKH. L'on a encore remarqué qu'il était important de préciser avec sûreté la courbe formée par la partie de la rivière qui borne la parcelle n° 1, et l'on a fait choix des points L et M pour servir de rattachement aux détails intermédiaires. Le premier sera déterminé par le triangle LKH qui s'appuie sur la base KH, côté du triangle TKH, et le second par le triangle HFM qui s'appuie sur la base HF, l'un des côtés du canevas trigonométrique.

En prenant un point U, sur la direction de la base AB, on a indiqué un nouveau triangle UPB, afin de déterminer la position du point P, à l'extrémité de la parcelle n° 28. Il a pour base la partie UB de la base principale AB. Sur le côté BP de ce nouveau triangle on a établi la base d'un autre triangle auxiliaire BPQ, qui déterminera la position du point Q placé sur la berge du ruisseau qui limite la parcelle n° 26. De la même base BU, prise sur AB, on a déterminé la position du point O, destiné à appuyer le contour du périmètre de la parcelle n° 22, et toutes ces diverses constructions ont été figurées sur le croquis visuel.

181. La résolution de ces triangles auxiliaires peut s'effectuer au moyen des formules et des procédés

analysés dans le premier livre de cet ouvrage. J'engage ceux qui font usage du graphomètre ou de tout autre instrument pour relever la valeur des angles, à employer le calcul pour obtenir la longueur des côtés de ces divers triangles. Ainsi, dans le triangle ATH, on connaît déjà le côté AH, qui fait partie du canevas trigonométrique; on mesurera les angles de ce triangle et, par la formule n° 53, on déduira la longueur des côtés TH et TA. Pareillement, en mesurant les angles des triangles TIH et TKH, on pourra, par la même formule, au moyen du côté TH dont la valeur vient d'être déterminée, calculer la longueur des côtés TI, IH, FK et KH. Il en sera de même de tous les triangles auxiliaires.

182. Si l'on préfère le procédé le plus en usage parmi les arpenteurs, celui des grandes directions sans le concours de la valeur des angles; on résoudra ces mêmes triangles en mesurant sur le terrain chacun des côtés, et l'on pourra déterminer la position des points auxiliaires, ainsi qu'il a été démontré n° 8. Dans le triangle TAH, on mesurera avec la chaîne le côté TA, en ayant soin de coter sur le croquis les points où cette ligne rencontre les limites de la parcelle n° 14. On en fera autant pour le côté TH, en ayant également soin de coter les points où cette ligne rencontre les limites des parcelles, et en annotant les distances sur le croquis d'une manière claire et intelligible. Le mesurage à la chaîne servira de même à coter sur le croquis toutes les données nécessaires pour déterminer, non-seulement les positions des autres points auxiliaires, mais encore celle des points où les directions des lignes de construction rencontrent des limites de parcelles.

183. Ce procédé, sans avoir l'exactitude rigoureuse de celui que j'ai analysé (n° 181) présente cependant des garanties suffisantes et prévaut en général dans les travaux où la plupart des géomètres ont substitué une habile routine aux théories qui leur paraissaient ou trop compliquées, ou qui leur étaient peu familières. Mais il se présente des cas nombreux où ce procédé devient insuffisant, souvent même impraticable. Ainsi, les points I et K, dont il importe de déterminer la position avec une rigoureuse précision, sont placés de manière à rendre impossible le mesurage à la chaîne des lignes TI, TK, IH et KH. En second lieu, comme je l'ai déjà fait remarquer, il est impossible d'atteindre avec le mesurage à la chaîne, au même degré d'approximation qu'avec le calcul, et la rigoureuse précision de la situation des points auxiliaires et des lignes de construction assure nécessairement aux détails intermédiaires une supériorité d'exactitude que l'on doit s'attacher à rechercher dans les opérations d'arpentage.

184. Cette sorte de triangulation auxiliaire prend le nom de *charpente géométrique*.

185. Lorsqu'on mesure des distances au moyen de la chaîne, il se présente deux cas où cette opération devient difficile et sujette à erreurs par suite de l'inclinaison du sol; soit que l'on remonte, soit que l'on descende la pente du terrain.

186. Dans la première supposition, le chaîneur de derrière lève la poignée de la chaîne jusqu'à la hauteur nécessaire pour que, dans sa tension, elle se trouve de niveau dans sa longueur. Il est obligé de se servir d'un fil à plomb, ou plus usuellement, d'un long bâton bien droit pour placer son extrémité de chaîne bien exactement dans la verticale de la fiche plantée à ses pieds. Le second chaîneur, au contraire, place sa chaîne contre terre et enfonce sa fiche en la tenant appuyée contre la poignée.

187. Dans la seconde supposition, lorsque les chaîneurs descendent une pente, celui de derrière tient la chaîne contre terre et au pied de la fiche, tandis que celui de devant lève l'autre extrémité jusqu'à ce que, dans sa tension, elle soit de niveau. Dans cette position, il laisse tomber une fiche, garnie de

plomb près de sa pointe, qu'on nomme *fiche à plomber*. Le point où cette fiche vient s'enfoncer est sur la verticale passant par l'extrémité de la chaîne dont ce second chaîneur tient la poignée. Il y enfonce une autre fiche ; reprend celle qui lui a servi à déterminer le point par où passe la verticale, et continue sa marche. Cette fiche à plomber doit toujours lui rester.

Peu d'arpenteurs sont pourvus de ces sortes de fiches à plomber; ils se servent pour le même objet de leurs fiches ordinaires, et avec un peu de soin et de précaution ils obtiennent des résultats satisfaisans.

188. Le chaînage fait en remontant les pentes est très-incertain, à cause de la difficulté pour le chaîneur de derrière de maintenir l'extrémité de sa chaîne bien exactement sur la verticale passant par la fiche qu'il a à ses pieds. En descendant, au contraire, on obtient de bons résultats, si l'on a soin de tendre la chaîne bien horizontalement, et si on laisse échapper bien librement la fiche à plomber, après l'avoir soutenue légèrement par son anneau contre la poignée de la chaîne.

189. On a figuré sur le croquis visuel, n° 22, pl. 4, la situation des points qui forment la charpente géométrique du plan parcellaire. On les a choisis et distribués de manière à pouvoir y rattacher les détails du territoire sur lequel on opère. Tous ces divers points ont été marqués sur le terrain soit par des piquets solidement plantés, soit par les objets qui ont servi de signaux, il ne reste plus qu'à procéder aux opérations de détail.

190. Partant du point A, par exemple, on tracera sur le croquis visuel, avec toute l'exactitude possible, la configuration de la parcelle n° 14, en ayant bien soin d'indiquer dans leur position respective l'ouverture approximative des angles, la direction des lignes et les moindres sinuosités. On fera bien, avant de commencer le mesurage, de tracer également la configuration des autres parcelles environnantes, telles que les n°s 13, 12, 15 et 16.

191. Le point N a été déterminé en procédant aux opérations de la triangulation auxiliaire; si donc, on mesure Nn et nA, la position du point n sera fixée. On figurera ces deux lignes sur le croquis et on annotera, au-dessous de chacune d'elles, leur longueur obtenue au moyen du chaînage. Partant du point A, on mesurera également dans la direction AN, et l'on cotera sur le croquis la distance du point e; puis, celle de p, pied de la perpendiculaire pd, dont la longueur cotée également sur le croquis, servira à déterminer la position du point d. La distance de A en c, notée sur le croquis marquera le point où la ligne NA rencontre le côté bd de la parcelle. Enfin, la longueur p'A, portée également sur le croquis, servira à déterminer le pied de la perpendiculaire bp', dont la longueur, qui doit être aussi cotée, donnera la position du point b. Ainsi, l'on a annoté toutes les données nécessaires pour déterminer la grandeur, la position et la direction des côtés Nb, bd et de du polygone n° 14.

Si l'on figure sur le croquis les lignes nk, kA, on aura un second triangle nkA, qu'on pourra résoudre en mesurant les côtés nk et kA. On notera sur le croquis, les positions et les distances du point n de m et de l, pieds des perpendiculaires xm, yl, dont les longueurs annotées sur le croquis serviront à déterminer la direction et la longueur des côtés nx, xy et yk de la parcelle. On mesurera ensuite la ligne kA et les perpendiculaires ti, gp, fp, notées comme précédemment, serviront à déterminer la position, la direction et la valeur des côtés kt, tg, gf et fe. Ainsi, la résolution des deux triangles NnA et nkA, par le mesurage de leurs côtés, a suffi pour déterminer la configuration et la valeur de dix côtés de la parcelle.

Le point S dont la position a été déterminée en calculant le triangle auxiliaire TSN, se relie au point

N par une ligne SN, sur laquelle on mesurera et l'on annotera la distance N*p* et la longueur de la perpendiculaire *ap* pour fixer la position du point *a*. Par cette nouvelle opération, on aura coté sur le croquis les données nécessaires pour obtenir les côtés N*a* et *a*S, du contour du périmètre du n° 14.

Le point *r* forme avec les points S et *n* un triangle S*rn*, que l'on peut résoudre en chaînant les deux côtés S*r*, *rn*. La perpendiculaire *op*, sur ce dernier côté, donnera la position du point *o*, et l'on possédera par suite les données nécessaires pour reproduire *ro* et *on*.

Enfin, il ne reste plus que le triangle S*vr*, qu'on résoudra en mesurant les deux côtés S*v* et *vr*. On en cotera les longueurs sur le croquis, et l'on aura terminé toutes les opérations de mesurage nécessaires pour avoir des données suffisantes pour reproduire une figure parfaitement semblable à la parcelle n° 14.

192. On peut décomposer tout polygone, toute parcelle quelle que soit sa configuration, en autant de triangles qu'elle a de côtés, moins deux; et l'on peut, en mesurant successivement les côtés de chacun de ces triangles, recueillir les données nécessaires pour pouvoir reproduire un polygone semblable; mais les sommités du contour du périmètre compliqueraient extrêmement cette opération et la rendraient confuse. On la simplifie beaucoup en formant des triangles plus développés, dont les côtés formés par les directions qui relient des points pris à de grandes distances sur le contour du périmètre, servent à appuyer des perpendiculaires destinées à mesurer la plus courte distance des points intermédiaires aux côtés du triangle. Cette construction est surtout avantageuse pour établir avec précision les sinuosités, telles que celles que forme la rivière dans sa courbe en dehors de la ligne de construction KL, en dehors de L*d*, parcelle n° 1; ou de *t* en *f*, parcelle n° 13.

193. Une étude attentive des constructions figurées sur les parcelles n° 1, 2, 3, 4, 5, 6, 7, 8, 9, 10, 11, 12, 13, 14, 15, 16, 17 et 18 facilitera l'intelligence de la marche à suivre pour tous les travaux d'arpentage, lorsqu'on fait usage de la chaîne seulement, après avoir relevé la position des points principaux, au moyen du graphomètre ou du trigonomètre. Les opérations reposent toutes : 1° *sur les principes de la résolution des triangles au moyen du mesurage de leurs côtés.*

2° Sur le principe *qu'une ligne droite étant donnée de grandeur et de position, un point pris en dehors de cette droite, est déterminé par la perpendiculaire menée de ce point à cette ligne.* Puisque d'un point quelconque on ne peut mener qu'une seule perpendiculaire à une droite donnée.

DE LA PLANCHETTE.

194. *La planchette* est le seul des instrumens consacrés aux travaux d'arpentage qui, présentant l'avantage de pouvoir se passer de croquis d'opérations, reproduise immédiatement et par des procédés aussi simples que faciles le plan tout rapporté du terrain sur lequel on opère.

195. La planchette consiste en une table parfaitement plane, portée sur un fort trépied en bois, munie d'une genouillère et pivotant avec facilité et sans secousses sur son point d'appui. Ses accessoires sont : 1° Un déclinatoire, petite boîte oblongue renfermant une aiguille aimantée pour donner la direction du nord magnétique. 2° Une alidade, ordinairement pourvue d'une longue-vue, et portant sur une longue

règle en métal , munie d'un niveau à bulle d'air. 3° Une échelle en métal dans les conditions exigées pour la construction du plan. 4° Un compas. 5° Une chaîne ou décamètre. 6° Enfin , un ou deux jalons bien droits pour servir de signaux et de directions.

196. On commencera par tendre sur la table de la planchette la feuille de papier destinée à recevoir le tracé du plan. Lorsque l'humidité est complètement évaporée et que la tension est bien parfaite , que le papier ne présente pas la moindre inégalité dans sa surface , on y porte l'indication des points trigonométriques à l'aide des données contenues dans le registre des opérations trigonométriques, en ayant soin d'y tracer l'indication de la méridienne passant par l'un des points.

197. Ces préliminaires terminés, on peut se rendre sur le terrain et commencer ses opérations. On placera la planchette sur le point A, fig. 22 , pl. 4 , par exemple ; on s'assurera au moyen d'un fil à plomb que le centre de l'instrument est bien exactement sur la verticale passant par ce point. On ramènera la table de la planchette au plan horizontal en y plaçant sur toutes ses parties un niveau à bulle d'air ou l'alidade si elle en est pourvue; puis on disposera l'alidade de manière que le biseau de la règle qui la porte , effleurant l'indication du point A, passe en même temps par celle du point H, l'un des points trigonométriques. On fera ensuite mouvoir horizontalement la planchette , jusqu'à ce qu'en regardant par l'oculaire de la lunette ou par la pinnule de l'alidade on rencontre exactement le signal placé en H sur le terrain. La planchette se trouve alors orientée dans le sens du territoire que l'on veut arpenter et , pour reprendre le même orientement sans tâtonnemens toutes les fois que cela sera nécessaire lorsqu'on changera de station , on place sur un des coins du papier la boîte qui contient le déclinatoire , dans la position où l'aiguille aimantée se trouve parfaitement dans la direction du signe indicatif du nord. On trace alors au crayon une ligne contre chacun des grands côtés de la boîte , et l'on a ainsi le moyen de retrouver à volonté l'orientement sur lequel doivent s'appuyer toutes les opérations.

198. Sans changer la position ni l'orientement de la planchette et tenant toujours le biseau de la règle de l'alidade contre le point A, on en tourne la direction vers le jalon qu'on aura placé à un point quelconque S', parcelle n° 19, où l'on veut faire une station pour relever les détails de cette partie du terrain. On tracera légèrement alors avec un crayon bien pointu une ligne indéfinie dans cette direction , et elle formera avec la ligne AH sur le papier, un angle égal à celui que forment les lignes imaginaires qui relient les points H et S' avec le point A sur le terrain. On mesurera ensuite à la chaîne la distance du point A au point S' en tenant note de celle du point x où l'on rencontre le côté *ba* de la parcelle, et prenant sur l'échelle une ouverture de 167 mètres , produit du mesurage, on portera cette longueur sur la ligne tracée de A en S', et l'on déterminera ainsi la position du point S'. En effet, il est facile de comprendre que cette position est parfaitement exacte, car les points S', A et H forment sur le papier un triangle AHS', semblable au triangle homologue sur le terrain , puisque ces deux triangles ont un angle égal compris entre deux côtés homologues proportionnels, chacun à chacun.

199. *Deuxième station.* De la station A, il faut transporter la planchette au point S' de la parcelle n° 19; on dispose la table bien horizontalement au moyen du niveau à bulle d'air , on remet bien exactement la boîte du déclinatoire entre les deux lignes qu'on a tracées précédemment pour en retrouver la position, et l'on fait tourner la planchette jusqu'à ce que l'aiguille aimantée rencontre avec précision le

signe indicatif du nord magnétique. Dans cette situation, on a repris le même orientement qu'on avait à la station A, et l'alidade placée en S' et en H doit rencontrer le signal du point H sur le terrain. Maintenant toujours le biseau de la règle contre le point S', on dirigera l'alidade sur le point b du terrain, et l'on tracera légèrement sur le papier une ligne indéfinie dans cette direction. On tournera ensuite l'alidade de S' en d, et l'on tracera encore une ligne dans cette direction. On opèrera de même sur les points e, f, g, h, i de la maison ; puis on mesurera avec la chaîne de S' en d et de d en b. Prenant sur l'échelle le nombre de mètres trouvé sur le terrain de S' en d, on en marquera la longueur proportionnelle sur la ligne indéfinie qu'on a tracée dans cette direction, ce qui déterminera la position du point d. Prenant ensuite sur l'échelle la mesure trouvée sur le terrain de d en b, on la portera du point arrêté en d sur le plan, jusqu'au point où la seconde pointe du compas vient rencontrer la ligne indéfinie tracée de S' en b, et l'on aura alors déterminé la position du point b et par conséquent du côté db de la parcelle. En effet, le triangle dS'b tracé sur le plan est semblable au triangle formé sur le terrain par les points d, S' et b, puisque ces deux triangles ont un angle égal et deux côtés homologues proportionnels.

Pareillement, dirigeant successivement l'alidade sur les points e, f, g, h et i de la maison n° 20, et tirant successivement des rayons du point S' dans ces directions, puis mesurant sur le terrain S'e, ef, fg, gh et hi, et reportant ces diverses mesures au moyen de l'échelle de S' en e, de e en f, etc., on aura déterminé la configuration de cette maison sur ses diverses faces.

200. *Troisième changement de station.* On transportera la planchette sur un point quelconque de la base AB, en S' par exemple. On orientera et on disposera la table comme il a été indiqué ci-dessus, et l'on chaînera la distance de A en S' et, portant une longueur proportionnelle sur AB du plan rapporté, on déterminera ainsi la position du point S'. De ce point, on dirigera l'alidade sur le point q de la parcelle n° 22, et chaînant la distance S'q et rapportant, au moyen de l'échelle, cette mesure de S' en q sur le plan, on déterminera la position du point q. On ira ensuite placer un jalon en un point quelconque S', pris dans un lieu de la parcelle n° 22, d'où l'on puisse diriger des rayons sur les points h, i, v, k du contour du périmètre. L'alidade étant pointée sur le signal que l'on vient de placer en S', on tracera sur le papier une ligne indéfinie dans cette direction, et, reprenant la planchette pour se transporter à cette nouvelle station, on chaînera chemin faisant la distance qui sépare les deux points S'S'.

201. *Quatrième station.* La planchette étant disposée et orientée comme précédemment, on prendra sur l'échelle la longueur donnée par le mesurage sur le terrain de S' en S'; on la portera sur la ligne indéfinie qu'on a tracée dans cette direction, afin d'avoir la position correspondante à la nouvelle station ; puis, plaçant la règle de l'alidade sur cette ligne, on vérifiera si elle rencontre bien exactement le signal laissé à la dernière station. On peut placer successivement l'alidade de S' en A et de S' en H, si ces points du terrain sont visibles du centre de la station, et vérifier ainsi l'exactitude de son travail, car ces divers points doivent parfaitement se confondre avec les directions homologues tracées sur le plan. La moindre différence résulterait de quelque erreur dans les opérations précédentes, et il ne faudrait pas hésiter alors à revenir sur ses pas pour en faire la recherche et la rectifier. C'est pourquoi il est prudent de marquer chaque point de station sur le terrain, par un piquet qui puisse en faire retrouver au besoin la position bien précise. Il est facile de voir par là avec quelle sûreté on opère avec la planchette, puis-

qu'à chaque station on peut vérifier son travail en plaçant l'alidade de ce point sur quelques-uns des points déjà parcourus, et s'assurant que la mire de l'alidade se trouve parfaitement dans leur direction sur le terrain.

Du point S' donc, pris pour centre d'une nouvelle station, on tirera les rayons S'h, S'i, S'v et S'k aux points h, i, v et k, et l'on tracera du point S' sur le plan, des droites indéfinies dans ces directions. On chaînera de S' en h, de h en i, de i en v, de v en k, et reportant au moyen de l'échelle ces longueurs sur le plan, on déterminera la position des points h, i, v et k ainsi que les côtés hi, iv et vk, par la similitude des triangles S'hi, S'iv et S'vk avec les triangles homologues formés par ces mêmes points sur le terrain.

Après avoir placé un jalon dans l'intérieur de la parcelle n° 23, pour y établir une nouvelle station en S' et pouvoir embrasser tous les points du contour du périmètre de ce polygone, on tracera sur le plan une droite indéfinie dans cette direction et, reprenant la planchette, on chaînera en se rendant au point de la nouvelle station la distance S'S'.

202. *Cinquième station.* On opèrera à cette nouvelle station absolument comme aux précédentes, avec la seule différence qu'en mesurant la distance comprise entre les deux rayons S'p et S'l, on aura à relever les perpendiculaires menées des points o, n, m en x, en y et en z, afin d'établir proportionnellement, sur le plan, les positions respectives de ces points et pouvoir tracer le contour $lmnop$.

Je ne pousserai pas plus loin la démonstration et l'analyse des opérations suivantes; le tracé de ces opérations sur les n°ˢ 24 et 7 de la figure suffira amplement pour les bien comprendre.

203. Ainsi, comme il est facile de le concevoir, la planchette est en quelque sorte une espèce de *pantographe*, au moyen duquel ont reproduit immédiatement une image parfaite du terrain, et avec lequel on peut pousser l'exactitude jusque dans les détails les plus minimes. Le travail opéré sur le terrain n'a pas besoin d'être rapporté, et offre en outre l'avantage de fournir à chaque station des moyens infaillibles de vérification. Le déclinatoire permet aussi de procéder avec sûreté au sein d'un sol accidenté ou couvert, où la vue ne peut s'étendre qu'à de faibles distances, où il est impossible de s'appuyer sur de longues lignes de construction et de se relier avec certitude avec les autres parties du plan. Je crois être entré dans des détails assez développés pour rendre bien intelligible l'emploi de la planchette, et je ne doute pas qu'après une étude attentive de cette analyse, chacun n'acquière rapidement sur le terrain la pratique de ce précieux instrument.

204. On peut se passer du déclinatoire pour lever un plan avec la planchette. Il faut alors laisser un jalon au centre de la station que l'on quitte; placer la planchette à la nouvelle station; la disposer bien horizontalement; puis, mettant la règle de l'alidade contre la ligne qui a été tracée sur le papier pour joindre ces deux points de station, on fait tourner la table de la planchette jusqu'à ce que la mire de l'alidade rencontre bien exactement le signal laissé à la station précédente. Alors la planchette est orientée, et on peut vérifier sur d'autres points déjà observés si le travail est partout parfaitement exact.

205. Lorsqu'on parcourt ainsi, de stations en stations, le contour d'un vaste périmètre et que l'on vient retomber à la station qui a servi de point de départ, l'alidade placée au point qui marque la dernière station, et passant sur celui qui indique la première, doit se trouver parfaitement dans l'alignement d'un jalon placé sur ce point de départ. C'est ce que l'on appelle *se fermer*. Si l'on ne rencontre pas exacte-

ment, il faut nécessairement revenir sur ses pas et vérifier son travail jusqu'à ce que l'on ait rectifié l'erreur qui a occasionné cette déviation.

206. L'état de l'atmosphère exerce souvent une action sur le papier tendu sur la planchette qui nuit à l'exactitude des opérations. Le brouillard, l'humidité détendent le papier, tandis que l'ardeur du soleil, les grandes chaleurs, le contractent d'une manière qui altère tout ce qu'on a fait. Ce grave inconvénient balance l'avantage que l'on a de pouvoir se passer de croquis et de n'avoir pas à rapporter son travail. Aussi, la planchette dont le plus simple praticien se rend si rapidement et si facilement l'usage familier, est-elle repoussée ou dédaignée par plusieurs géomètres en chef du cadastre. Cependant comme cet instrument est admis au nombre de ceux qui sont autorisés et prescrits pour les travaux du cadastre ; comme il est à l'abri des inconvéniens que je viens de signaler lorsqu'il ne s'agit que de lever un plan d'une centaine d'hectares, j'ai cru devoir entrer dans une analyse complète de la manière de s'en servir, afin que l'on puisse adopter ce mode d'arpentage si facile et si convenable pour des débutans.

DE LA BOUSSOLE.

207. *La boussole* est une boîte carrée, dans l'intérieur de laquelle est inscrite une circonférence de cercle, sur le centre de laquelle est suspendue une aiguille aimantée qui a la propriété de diriger constamment l'une de ses pointes vers le nord magnétique, par une déclinaison vers l'ouest de 22°10' de la méridienne passant par le centre du cercle. Un diamètre tracé parallèlement à l'un des côtés de la boîte est terminé à l'une de ses extrémités par un signe indicatif du nord, et de ce point, commence sur chacune des demi-circonférences leur division en 180° avec les subdivisions en demi-degrés. L'un des côtés de la boîte parallèle à l'axe indicateur du nord, porte des pinnules à ses deux extrémités. La boussole est portée sur un pied que l'on place sur la verticale passant par le point où l'on veut faire des observations. Elle est disposée de manière à pouvoir la ramener toujours à un plan horizontal.

208. La propriété de cet instrument est, étant placé sur l'un des points d'une ligne droite quelconque, de donner la valeur de l'angle d'azimut de cette ligne, et de fournir par conséquent un moyen certain de tracer sur le plan la direction de cette ligne au moyen de cette simple donnée.

209. Si l'on joint le point A et le point *b*, parcelle n° 31, par une droite A*b*, cette dernière formera un triangle *a*A*b* qu'on pourra résoudre par l'observation de la valeur de l'angle formé par la méridienne passant par le point A et le côté A*b*, ce qui est l'angle d'azimut de cette ligne. La mesure de cet angle pouvant déterminer la direction de A*b*. Ainsi, l'on placera la boussole sur la verticale passant par le point A et on la fera pivoter, en la maintenant dans une position bien horizontale, jusqu'à ce que les deux mires qui accompagnent l'un de ses côtés, soient parfaitement dans la direction du jalon qu'on aura planté au point *b* pour servir de signal. On observera alors la valeur de l'arc de la circonférence compris entre le point où s'est arrêtée l'extrémité de l'aiguille aimantée, et le signe indicatif du nord. Le nombre de degrés et de parties de degrés marqués sur cet arc donnera la valeur de l'angle formé par la direction du nord magnétique et le côté A*b*. Si l'on retranche de cette valeur 22°10' pour la déclinaison de l'aiguille

aimantée , le reste donnera la mesure exacte de l'angle d'azimut de la ligne A*b*. C'est-à-dire de l'angle que forme la méridienne passant au point A , avec cette ligne A*b*. Dans l'un et l'autre cas on a une donnée suffisante pour déterminer la direction de A*b*, et pour simplifier les opérations on se borne à coter seulement sur le croquis la valeur de l'angle formé par la direction du nord magnétique, sauf à tenir compte de la déclinaison en faisant le rapport du plan. La déclinaison sera additive pour tous les angles mesurés dans l'arc compris entre le nord et l'ouest, entre l'est et le sud ; et elle sera soustractive au contraire pour tous les angles mesurés dans les deux autres quarts du cercle.

Ayant obtenu l'angle d'azimut en A , on mesurera à la chaîne la longueur de A en *b*, ayant déjà la direction de la ligne A *b*. On cotera le résultat de ce mesurage sur le croquis , ainsi que les données pour obtenir par des perpendiculaires menées de V et de *a* sur A*b* la position des points V et *a* et pour pouvoir déterminer les côtés V*a* et *ab*.

210 *Deuxième station*. On transportera la boussole sur la verticale passant par le point *b* , et l'on fera placer le jalon de signal au point *d* de la parcelle n° 30. On pourrait le placer en *c* et opérer sur le côté *bc* , puis en *d* , et opérer sur *cd* ; mais lorsque l'angle formé par la rencontre de ces deux lignes est tel qu'on puisse sans inconvéniens déterminer la position de son sommet par une perpendiculaire menée sur la diagonale *bd*, on abrège considérablement en opérant sur cette diagonale qui suffira pour déterminer *bc* et *cd*. Ayant donc placé la boussole bien exactement sur la verticale passant par le point *b* , on tournera l'instrument, disposé bien horizontalement, jusqu'à ce que les mires qui l'accompagnent soient parfaitement dans la direction du signal placé au point *d* , et l'on cotera sur le croquis la mesure de l'angle d'azimut. On chaînera *bd* et l'on annotera également sur le croquis le résultat de cette opération, ainsi que les données pour déterminer le point *c* au moyen d'une perpendiculaire menée de ce point *c* sur la diagonale *bd*.

211. *Troisième station*. Le point P ayant été déterminé par la triangulation auxiliaire , on pourrait se dispenser d'opérer sur *d*P , mais on pourra y faire une observation qui servira de vérification au premier travail , car ses résultats doivent être les mêmes relativement à la position du point P.

Passant au point P , on voit qu'en opérant sur la diagonale P*f*, on pourra , au moyen d'une perpendiculaire menée de X sur cette diagonale , déterminer la position de ce point et des deux côtés PX et X*f*.

212. Une station en *f* donnera le moyen de vérifier si la position du point Q déterminée par la triangulation auxiliaire , se confond avec le résultat des observations de la boussole.

Enfin , plaçant la boussole sur le point Q , et opérant sur la diagonale Q*l*, parcelle n° 26 , on pourra au moyen de deux perpendiculaires , déterminer les points *i* et *k* et par conséquent le contour du périmètre Q*ikl*.

213. Je pense que cette démonstration pratique sera suffisante pour bien faire comprendre l'emploi de la boussole , et que quelques applications sur le terrain familiariseront rapidement avec son usage. Cet instrument devient surtout précieux lorsqu'on est obligé d'opérer au sein d'un pays accidenté et couvert. On se borne à relever à l'aide de la boussole la valeur des angles d'azimut destinés à assurer les contours des grands périmètres et l'on a recours, pour les opérations des détails intermédiaires, aux procédés de constructions et de décompositions en triangles dont j'ai donné quelques exemples en analysant les opérations d'arpentage de la parcelle n° 14.   11

DE L'ÉQUERRE ET DE L'ARPENTAGE PAR DIRECTIONS.

214. *L'équerre* consiste en une petite boîte en cuivre, de forme cylindrique ou prismatique, que l'on place sur un bâton ferré qui lui sert d'appui. Elle est percée sur ses faces par des mires placées à l'extrémité d'axes rectangulaires passant par le centre de l'instrument. Il en est, de forme cylindrique, qui sont plus compliquées et dont la partie supérieure est mobile avec un style indicateur qui sert à marquer la mesure des angles sur la circonférence graduée que porte la partie inférieure. On fait mouvoir la partie supérieure au moyen d'une vis de rappel. Cependant on ne se sert assez ordinairement que de l'équerre simple pour pouvoir élever des perpendiculaires sur les lignes de directions.

215. Cet instrument est d'un usage général parmi ce grand nombre d'arpenteurs qui ont substitué des pratiques routinières aux procédés qui exigent des connaissances théoriques que la plupart n'ont pu acquérir. C'est sur les lignes de construction qu'elles nécessitent et que l'on dispose méthodiquement en un immense triangle ou en un quadrilatère embrassant la plus grande partie possible du terrain sur lequel on opère, que se sont formulés un si grand nombre de plans d'essai produits jusqu'à ce jour. Quoique cette méthode puisse présenter des garanties d'exactitude suffisantes, lorsqu'elle a passé par les épreuves d'une vérification *réelle*, elle deviendrait inadmissible si les points sur lesquels elle est appuyée n'avaient pas été déterminés préalablement par des opérations et des calculs trigonométriques; si l'on s'était borné à mesurer seulement à la chaîne les côtés de 1,500, de 2,000 mètres même de développement d'un immense triangle.

216. Dans le parcours du territoire renfermant les parcelles n°s 25, 26, 27, 28, 29, 30 et 31, on a remarqué les trois points principaux V, X et Y disposés de manière à être aperçus de chacun d'eux, et pouvant en conséquence servir à relier les côtés d'un grand triangle sur lesquels on pourra appuyer les opérations de détail. Les praticiens se bornent à mesurer à la chaîne chacun de ces côtés et se figurent pouvoir établir avec ces données la position exacte des trois sommets du triangle. J'ai déjà démontré combien les résultats de ce mesurage étaient incertains et sujets à erreurs, et je signalerai en outre la difficulté de rapporter à l'échelle de 1 à 2,000, un triangle pour lequel il faudra décrire des arcs d'un rayon de 1,500 à 2,000 mètres pour obtenir les intersections qui doivent donner le troisième sommet. Ces inconvéniens disparaîtraient si les points V, X et Y avaient été déterminés par des opérations trigonométriques et si l'on avait obtenu la valeur des trois lignes VX, XY et VY avec la rigoureuse approximation que permet le calcul.

217. On commencera par jalonner la ligne VX, c'est-à-dire qu'on disposera quelques jalons de V en X de manière à en bien assurer la direction ; puis, l'on plantera l'équerre sur un point a' de cette ligne, de manière à pouvoir apercevoir par les deux mires opposées le signal placé en V, et, en sens inverse, l'un des jalons de l'alignement en X, en même temps que regardant par les mires qui forment l'intersection rectangulaire, on rencontrera dans cette direction le signal du point a de la parcelle, n° 31. Lorsqu'on est parvenu à donner bien exactement cette situation à l'équerre, on a la certitude qu'elle détermine avec précision le pied de la perpendiculaire aa', menée du point a sur la ligne de direction VX. On mesure

avec la chaîne la distance de V en a' et on la cote sur le croquis. Puis, on mesurera la longueur de la perpendiculaire aa' dont on tient également note. Ces deux données servent à déterminer la position du point a et par conséquent Va, car dans le triangle rectangle Vaa' on connaît les deux côtés de l'angle droit. On continue le mesurage de la ligne de direction VX jusques en b', où l'on place de nouveau l'équerre comme en a', pour trouver le pied de la perpendiculaire bb', afin de déterminer la position du point b et conséquemment ab. L'on annote ces valeurs sur le croquis, et l'on se transporte successivement en c', d', parcelle n° 30, en z' etc, et l'on a soin, indépendamment des notes qui doivent marquer le pied des perpendiculaires ainsi que leur longueur, de coter aussi les points où la ligne de direction VX rencontre les limites des parcelles. J'ai détaillé sur cette figure n° 22, pl. 4, toutes les opérations qui se succèdent sur les autres directions XY et VY, et l'on peut par un examen attentif de leur disposition et de leurs combinaisons, acquérir l'intelligence de ce mode si simple et si facile de relever toutes les sinuosités des contours du périmètre de chaque parcelle.

218. Si l'espace compris entre les grands côtés VX, VY et XY exigeait des lignes de construction intermédiaires, on les appuierait sur d'autres points bien déterminés et l'on opérerait de la même manière sur ces nouvelles directions.

219. L'équerre entraîne d'assez longs tâtonnemens lorsqu'il s'agit de mener une perpendiculaire d'un point donné sur la ligne de direction, et il est rare que l'on s'astreigne à la rigoureuse précision qui est la seule garantie de l'exactitude. Il en résulte alors un déplacement dans la position de ce point, et l'erreur devient d'autant plus sensible que la perpendiculaire se développe sur une plus grande longueur. Aussi est-il dangereux d'appuyer un de ces points sur l'extrémité d'une longue perpendiculaire, à moins d'avoir pris les plus minutieuses précautions pour en assurer la direction et la position. Une erreur de quatre degrés sur l'angle droit qu'elle doit former avec la ligne de direction, entraînerait une différence de près de sept mètres pour un développement de 100 mètres dans la longueur de la perpendiculaire. Cette différence serait de près de 14 mètres à 200 mètres, et de 17 mètres à 250 mètres. Or, comme il faut une grande habitude pour placer bien exactement l'équerre au pied de la perpendiculaire menée de l'un des points, ou du sommet d'un angle du contour d'un périmètre, sur la ligne de direction; comme la plupart des praticiens se contentent même d'une légère approximation, il en résulte inévitablement des erreurs qui dépasseraient la tolérance et entraîneraient le rejet du plan, si une ligne de vérification venait à être appliquée dans cette partie.

220. On peut obvier à ces inconvéniens en plaçant arbitrairement l'équerre sur un point quelconque p' de la ligne de direction VX et l'on fait placer un jalon au point où la direction de la perpendiculaire élevée à ce point vient rencontrer le côté ab de la parcelle n° 31. On en fera autant à un second point q' pour déterminer le point q où cette seconde perpendiculaire rencontre bc; puis mesurant pb et bq, on pourra déterminer la position du point b, au moyen de l'intersection de deux arcs, qui auraient pour rayon, l'un la mesure de p en b; et l'autre celle de b en q. C'est même le procédé que l'on emploie le plus habituellement pour éviter les tâtonnemens. Les points p et q déterminés par les perpendiculaires pp' et qq' donnent le côté pq du triangle pbq, qu'on peut résoudre au moyen des côtés bp et bq dont on a mesuré la longueur.

221. Il importe donc, lorsqu'on fait usage de l'équerre : 1° de jalonner avec le plus grand soin les lignes de direction afin de n'être pas exposé à des déviations aux points où l'on fait des stations.

2° De s'assurer que le pied de la perpendiculaire est bien exactement placé sur un point de cette direction, de manière que ses deux extrémités et le point qui termine la perpendiculaire se confondent avec la plus rigoureuse précision, avec les deux axes rectangulaires de l'équerre.

3° Enfin, les mesurages à la chaîne exigent la plus grande attention, et tous les résultats doivent être annotés à leurs places respectives et d'une manière bien intelligible sur le croquis visuel.

222. L'arpentage à l'équerre par grandes directions, par la simplicité, par l'uniformité de son mode de procéder, a nécessairement dû séduire le plus grand nombre des débutans. Opérant sur un terrain choisi dans les conditions les plus avantageuses, ils ont été émerveillés des prompts résultats qu'ils ont obtenus, et ont cédé généralement à un entraînement assez naturel qui les a conduits à se considérer comme parfaitement initiés à l'art de lever les plans. Mais cette méthode si difficile, si impraticable même, sur un territoire montueux ou boisé, avait déjà commencé à leur faire défaut lorsqu'il avait fallu introduire quelques modifications dans les dispositions qui avaient guidé leurs premiers travaux. Le doute et l'incertitude avaient succédé à une confiance exagérée, et plusieurs sont tombés dans le découragement en se voyant frappés d'impuissance.

RÈGLES GÉNÉRALES.

223. Il est rigoureusement interdit de faire usage du compas vulgairement appelé *compas d'arpenteur.*

224. On doit s'assurer par toute sorte de moyens de vérification de l'exactitude des échelles, chaînes et instrumens qu'on emploie dans les travaux d'arpentage.

225. Quelques agens mettent en pratique, pour la confection de leurs plans, des procédés imparfaits tels que : 1° le tracé, sur le terrain, de carrés, aux côtés desquels ils rattachent les lignes secondaires et les détails ; 2° la formation de très-longues perpendiculaires au moyen de l'équerre ; 3° l'établissement de systèmes de lignes du *petit au grand*, qui ne sont appuyés sur rien de certain. Ces diverses manières d'opérer sont défectueuses ; il faut, quelle que soit la méthode que l'on suive pour lever un plan, appuyer les opérations de second ordre sur une triangulation.

226. Il faut apporter la plus grande attention à recueillir sur le croquis visuel toutes les données nécessaires pour la construction du plan, ne négliger aucun détail et s'assurer que chacune des opérations que l'on fait sur le terrain, peut recevoir complètement son application sur le papier. Si l'on a décomposé un polygone en triangles, on doit vérifier, avant de passer à un autre, si le croquis présente pour chaque triangle toutes les annotations suffisantes pour opérer leur résolution ; c'est-à-dire pour pouvoir en reproduire d'exactement semblables.

Si l'on détermine un point au moyen d'une perpendiculaire, menée de ce point à une ligne de direction, il faut que cette ligne de direction soit appuyée sur des points certains ; il faut que sa position soit bien assurée et que sa longueur soit bien exactement mesurée.

227. Le croquis doit présenter autant que possible une image fidèle du terrain ; tous les détails , toutes les mesures doivent être côtés d'une manière claire et intelligible.

Quant aux plans levés à la planchette ou à la boussole , on doit y faire figurer toutes les lignes auxiliaires , les rayons , la position des points des stations , ainsi que les cotes des distances mesurées.

228. L'exactitude du mesurage à la chaîne est de la plus haute importance dans tous les travaux d'arpentage de détail. Dans les pentes , on doit apporter un soin extrême à chaîner constamment dans le plan horizontal , à ne jamais laisser échapper la fiche à plomber avant d'avoir observé si la chaîne est bien de niveau, et bien également tendue; si aucun des chaînons ne forme des nœuds. Si l'on se sert de l'équerre , il faut bien s'assurer que le pied est dans une situation parfaitement verticale, la moindre inclinaison suffirait pour altérer la position de la perpendiculaire qu'on veut élever, et par conséquent pour déplacer d'une manière sensible le point qu'elle est destinée à déterminer.

Les notes du croquis doivent être inscrites à l'encre; on doit éviter autant que possible la confusion qui rendrait inintelligibles les annotations qu'on y a portées. Si les détails sont trop petits et trop multipliés pour les proportions du croquis, il faut développer, au moyen d'un renvoi sur une partie séparée de la feuille, les annotations qui exigent cette précaution.

Les opérations sur le terrain doivent être combinées de telle sorte , relatées avec une telle lucidité , qu'on puisse toujours et sans la moindre hésitation en faire l'application lorsqu'il s'agit de rapporter le plan.

LIVRE IV.

RAPPORT DES PLANS.

229. Le rapport du plan consiste à reproduire sur le papier , avec toute l'exactitude géométrique , la configuration du territoire avec ses détails et toutes ses subdivisions en parcelles , à l'aide des élémens annotés sur le croquis d'opérations et dans les proportions données par l'échelle dont on fait usage.

230. Le plan doit contenir les noms des hameaux , des fermes , établissemens ou habitations isolées , chemins , ravins , rivières , ruisseaux , ainsi que ceux des cantons , triages ou lieux-dits.

231. Les périmètres de toutes.les parcelles figurées sur le plan de détails , ainsi que les contours de tous les polygones , doivent être tracés au simple trait à l'encre de la Chine.

232. Les grandes routes et chemins publics sont marqués de même par des lignes dont celle qui indique le talus opposé à la lumière , que l'on suppose éclairer le plan par un angle de 45° , sur la gauche , se trace un peu plus pleine que celle qui lui est opposée. On rend ainsi très-sensibles leurs diverses sinuosités , de manière qu'il soit facile d'appliquer les procédés du calcul des contenances à leur superficie.

233. Les chemins pratiqués par des particuliers pour conduire à leurs habitations ou dans l'intérieur de leurs terres , n'étant pas d'une utilité commune , les passages de service , les sentiers variables faisant partie intégrante des propriétés , se distinguent par deux lignes ponctuées et rapprochées ; il peuvent être indiqués approximativement.

234. Les rivières , les ruisseaux , les ravins , sont figurés sur le plan proportionnellement à leur grandeur réelle , et fidèlement placés relativement aux objets environnans.

Le cours des rivières est indiqué par une flèche.

235. Toutes les bornes placées sur le périmètre du territoire doivent être déterminées avec une entière exactitude.

236. Les ponts de pierre se représentent par deux lignes droites au carmin.

237. Les ponts de bois le sont par deux lignes noires.

238. On exprime les bacs par un trait fin , courbé et noir , qui traverse la rivière et est terminé par deux points carrés et noirs , à la place des poteaux.

239. Les moulins à eau et autres usines , mues par un cours d'eau , sont représentés par la maison où ils sont construits ; une petite roue horizontale est dessinée dans l'endroit où sont celles du moulin , et l'on marque le batardeau au carmin, s'il est en maçonnerie.

240. Les moulins à vent sont dessinés en perspective et mis au carmin s'ils sont en maçonnerie. Toutefois on ne figure ordinairement que le plan de la superficie qu'ils occupent.

241. Les maisons , les édifices publics et autres bâtimens sont exactement relevés à l'échelle. On accuse assez largement le trait placé du côté de l'ombre.

242. Les cimetières sont indiqués par de petites croix éparses.

243. On trace , à l'encre rouge , l'indication de la méridienne et de sa perpendiculaire. Si le plan est en plusieurs feuilles , on doit tracer sur chaque feuille , à l'encre rouge , une perpendiculaire et une méridienne placées à une distance en nombre rond de deux cents mètres, si l'on fait usage de l'échelle de 1 à 2,000 , ou en nombre rond de deux cent cinquante mètres si l'échelle est de 1 à 2,500 , de la méridienne et de la perpendiculaire passant par un point donné du territoire.

244. Les principales lignes d'opération doivent être tracées sur le plan rapporté.

245. Je dois supposer que mes lecteurs n'ignorent pas quels sont les instrumens qui leur sont nécessaires pour opérer le rapport d'un plan. Ils doivent être munis de bons compas ; de deux au moins , dont l'un avec une pointe mobile qui peut être remplacée par un porte-crayon , par un tire-ligne , par une molette à ponctuer , ou enfin par une branche destinée à l'allonger.

Le second peut être à *pointes sèches* , c'est-à-dire garni de pointes faisant corps avec les branches. Il convient particulièrement pour les opérations délicates.

Le mouvement du compas dans sa charnière doit être doux et parfaitement uniforme , quel que soit l'écartement que l'on donne à ses branches.

246. Le papier prescrit pour les plans du cadastre est celui que l'on désigne sous le nom de *papier grand aigle*. Il faut donner la préférence à celui qui joint la souplesse à l'élasticité sans être cassant : qui présente partout une épaisseur bien égale , dont les surfaces ne sont pas cotonneuses et qui ne gode pas sur ses bords.

247. Pour assurer plus de précision au rapport du plan , pour préserver le papier d'une partie des inconvéniens du mouvement hygrométrique , il est sage de le tendre sur une table ou planchette destinée à cet effet. Le tracé en acquiert plus de délicatesse et de netteté , et les opérations sont moins exposées aux influences de l'atmosphère. Il faut un peu d'habitude pour parvenir à tendre d'une manière convenable une feuille de papier grand aigle. Ce n'est pas chose facile et ce n'est qu'à la suite d'un peu de pratique qu'on y réussit complètement.

Lorsqu'on détache la feuille , il s'opère aussitôt un retrait considérable , aussi beaucoup de géomètres ne font ils le rapport du plan , qu'après l'avoir enlevée de la planchette ou de la table sur laquelle ils l'ont tendue pour rendre sa surface bien plane et ne godant plus.

248. Je vais analyser dans toutes ses parties la manière de rapporter les parcelles n°s 11 , 12 , 13 , 14 , 15 , 16 , 17 et 18 qui dépendent du croquis pl. 4 , fig. 22. Je vais d'abord démontrer la manière de rapporter les angles dont on a relevé la valeur sur le terrain , afin d'établir la position des points auxiliaires N, S, T, I, K et R pour appuyer les opérations de détail. Les nombreux exemples d'application qui font la base de ce traité, suffiront je l'espère pour guider, sans tâtonnemens, sans hésitations, les plus inexpérimentés de mes lecteurs, et suppléeront aux commentaires et aux explications d'un professeur (1).

249. J'ai démontré précédemment (n° 95) comment , connaissant la valeur d'un angle , on pouvait en déduire la longueur de la corde qui sous-tend l'arc qui lui sert de mesure , et réciproquement , connaissant la valeur de la corde, on peut en déduire la mesure de l'angle. Ce principe appliqué sur le terrain pour observer les angles , reçoit la même application sur le papier pour rapporter la mesure de ces mêmes angles , ainsi que je vais l'expliquer ci-après.

250 Deux points du canevas trigonométrique figureront sur le plan qu'il s'agit de rapporter, pl. 6, fig. 24. Ce sont le point A par lequel passe la méridienne et le point H. On choisira pour placer le point A une position sur le papier qui ne s'oppose pas au développement du plan dans la partie qu'il doit occuper. Ce point une fois arrêté, on y fera passer une ligne droite MM perpendiculaire au bord inférieur du papier , si le développement du plan permet de l'orienter plein-nord , ou suivant la direction la plus favorable à la disposition du périmètre. On partagera au point A cette première ligne qui sera la méridienne , par une perpendiculaire PP à cette même ligne , et qui figurera la perpendiculaire à la méridienne. Le tracé de ces deux droites ainsi que l'indication des opérations suivantes doit se faire au crayon. Les crayons dont on fait usage doivent être de bon choix. Leur pâte doit être bien homogène et susceptible de conserver la pointe la plus aigue. Les crayons *Conté* n° 3 conviennent assez généralement pour le tracé des plans et pour les dessins d'architecture.

Le point A une fois établi, ainsi que l'indication de la méridienne et de la perpendiculaire passant par ce point , il faut déterminer la position du point H au moyen de l'échelle de 1 à 4,000 que je suis forcé d'employer pour le rapport du plan, eu égard au peu d'étendue du papier. On a recours au registre des opérations trigonométriques (n° 150) et l'on voit que le point H est à 362^m 95 de la méridienne et à 420^m de la perpendiculaire. On prend sur l'échelle une ouverture de compas de 362^m 95 et on la porte à partir du point A sur la ligne AP ; on prend également une autre ouverture de compas de 420^m, sur l'échelle, et on la porte sur la méridienne MM , de A en M , puis , du premier point qu'on a marqué sur PP , on décrit un arc de cercle d'un rayon égal à 420^m , et du second point , marqué sur MM , on décrit un second arc de cercle d'un rayon égal à 362^m 95. L'intersection de ces deux arcs déterminera la position du point H , puisqu'il se trouvera , relativement à la méridienne et à la perpendiculaire , dans les conditions résultantes des calculs trigonométriques. On joindra ces deux points par une ligne droite et prenant avec le compas la longueur de cette ligne , on verra au moyen de l'échelle qu'elle est de 555^m 10 , ainsi que le porte le registre des opérations trigonométriques. Le point T forme le sommet de l'un des

(1) Je ne saurais trop engager mes lecteurs à profiter de toutes les annotations de ce croquis pour s'exercer à en faire le rapport à l'échelle de 1 à 2,000. Ils en comprendront mieux les combinaisons et se familiariseront d'autant avec leurs diverses applications sur le terrain.

angles d'un triangle qui a pour base le côté AH , qui vient d'être déterminé. En fixant la direction des côtés TH et TA par l'ouverture des angles qu'on a mesurés sur le terrain , leur intersection donnera la position du point T (n° 9). On prendra sur l'échelle de 1 à 8,000 par exemple , 5 parties ou 500 mètres , représentant le rayon des cordes , et des points A et H , comme centres, on décrira deux arcs de cercle. On a relevé sur le terrain la valeur de l'angle TAH , et on l'a annotée sur le croquis , où elle est cotée , 55°16'. Cherchant à la table des cordes (pag. 49), on prend d'abord la corde de 55° qui est 4,61748 ; ajoutant à ce nombre 1,286, expression d'une minute, multiplié par 16 , ou 2,058, on a 4,63806 , pour expression numérique de la corde d'un angle de 55°.16'. Sur la même échelle qui a donné le rayon des cordes, on prendra 4,638 que l'on portera sur l'arc décrit du point A comme centre , en plaçant l'une des pointes du compas sur le point où cet arc rencontre le côté AH , tandis que l'autre pointe marquera sur ce même arc l'extrémité de la corde comprise entre les côtés d'un angle de 55°.16', et menant une ligne droite indéfinie du point A, passant par cette extrémité de la corde, on aura tracé la direction de TA , puisque cette ligne indéfinie formera , avec AH , un angle de 55°16', égal à l'angle observé sur le errain (1).

On fera la même opération pour tracer la direction HT ; l'angle observé en H sur le terrain , est coté sur le croquis 89',45' ; la table des cordes donne 7,00909 pour 89°, ajoutant à ce nombre 1033 , expression d'une minute, multiplié par 45 , on a 7,05557 , pour expression numérique de la corde d'un angle de 89°.45', on prendra cette valeur sur l'échelle et on la portera sur l'arc décrit du point H comme centre , afin de déterminer la seconde extrémité de la corde , et faisant passer une ligne droite indéfinie du point H par cette extrémité de la corde, on aura tracé la direction HT, qui formera avec le côté AH un angle de 89°45', égal à l'angle observé sur le terrain.

Le point où les deux lignes , qu'on vient de tracer , se rencontreront, déterminera sur le plan rapporté la position du point T, car le triangle TAH , formé sur le papier , est semblable à celui du terrain avec lequel il a le côté AH proportionnel et les deux angles adjacens égaux. Par conséquent les côtés TH et TA contiendront exactement autant de parties de l'échelle qui a servi à mesurer AH , que TH et TA contiennent de mètres sur le terrain.

251. Cependant l'intersection des deux côtés au point T, peut n'être pas bien précise, sur tout si l'angle en T était fort aigu. On peut s'assurer de l'exactitude de l'opération en mesurant la corde de l'arc compris entre les deux côtés de cet angle , en prenant cette intersection pour centre et donnant au rayon la même valeur que pour les angles en A et en H. Cette corde se trouve être de 4,375 et correspond effectivement à 51°.53', valeur de l'angle observé sur le terrain.

252. Enfin, si l'on calcule par la formule n° 53, la longueur de chacun des côtés TA et TH , au moyen de la valeur connue de AH et des sinus des angles, on pourra vérifier si ces longueurs se rapportent bien exactement à celles déterminées par l'intersection des deux lignes sur le plan rapporté. Ce mode d'opérer

(1) C'est dans ces opérations de rapport des angles que l'on pourra apprécier l'immense avantage de l'échelle que j'ai décrite (n° 146). Les échelles ordinaires ne permettent pas de tenir compte des trois dernières décimales , et il en résulte nécessairement une légère altération dans l'exactitude du rapport du plan. Les tolérances accordées couvrent bien à la vérité les différences qui en résultent, mais ne vaudrait-il pas mieux restreindre cette faculté dont on est toujours un peu porté à abuser ?

dispenserait même de rapporter les angles, on construirait alors le triangle ainsi qu'il a été démontré n° 8.

253. J'ai supposé jusqu'ici que l'opération sur le terrain avait eu pour effet de résoudre le triangle TAH au moyen de l'observation des angles, mais il a pu arriver qu'on se soit borné à mesurer à la chaîne chacun des côtés TA et TH. Les points A et H étant toujours établis, ainsi qu'il a été expliqué ci-dessus (n° 248), on prend sur l'échelle une longueur égale à celle trouvée sur le terrain pour TA et du point A comme centre on décrit, de ce rayon, un arc de cercle. On en fait autant du point H, et d'un rayon égal à la mesure donnée par l'échelle, pour la longueur mesurée sur le terrain. L'intersection de ces deux arcs donnera, ainsi que je l'ai démontré (n° 8), la position exacte du point T, sauf la petite différence résultant de l'imperfection du mesurage à la chaîne (1).

254. J'ai cru devoir entrer dans une analyse trop détaillée sans doute, de cette première opération afin de rendre bien claire et bien intelligible la méthode de rapporter les angles au moyen de la table des cordes. C'est le seul procédé qui offre des garanties d'exactitude lorsqu'il s'agit de reproduire avec précision l'ouverture des angles sur le papier. *Le rapporteur, le rapporteur en corne* surtout, sont interdits pour ces sortes de travaux, attendu qu'ils ne donnent qu'approximativement la valeur des angles.

255. Le triangle TAH vient d'être rapporté sur le plan, et l'on y a tracé fort légèrement au crayon les côtés TA et TH. Au moyen des cotes annotées sur le croquis, on déterminera comme précédemment (n° 248) par des lignes légèrement tracées, les directions des côtés IT, TK, IH et KH, dont les intersections fixeront sur le plan la position précise des deux poteaux du bac. Ce serait tomber dans des redites inutiles de détailler, comme je l'ai fait pour TAH, le procédé pour rapporter chacun des angles des deux nouveaux triangles ITH et KTH.

256. Le point K étant indiqué sur le plan, ainsi que le côté KH, dont on peut vérifier l'exactitude par la formule n° 53, comme je l'ai indiqué ci-dessus (n° 250), on peut encore à l'aide des données annotées sur le croquis, fixer sur le plan rapporté la position du point R.

257. Le côté TH, déterminé sur le plan, servira à construire un triangle au moyen des cotes portées sur le croquis d'opération, et donnera la position du point N. Enfin, le côté TN de ce dernier triangle appuiera l'opération qui déterminera le point S, ce qui complètera le rapport exact de la charpente géométrique donnée par la triangulation auxiliaire appuyée sur la base AH, donnée de grandeur et de position par le canevas trigonométrique.

258. Pour rapporter la parcelle n° 14, on fera sur le papier les mêmes opérations que l'on a annotées sur le croquis en procédant sur le terrain. On joindra le point A et le point N par une ligne droite qu'on tracera légèrement au crayon; on prendra sur l'échelle une longueur de 63 mètres et l'on marquera le point *e*, où la ligne AN rencontre la parcelle. Une ouverture de compas de 87 mètres de l'échelle déterminera le pied de la perpendiculaire *pd*; on portera une mesure de 154 mètres pour arrêter le point *c*, où la ligne AN coupe un des côtés de la parcelle, et enfin, une longueur de 219 mètres fixera le pied de la perpendiculaire *bp'*. Plaçant ensuite, une règle contre le point A et contre le point N, et faisant glisser, le

(1) Ce mode de rapporter un triangle deviendrait défectueux si les côtés des triangles étaient fort développés et qu'il fallût ajouter au compas des branches d'allonge. Il faut le limiter aux triangles qui permettent de l'employer sans inconvéniens.

long de la règle, une petite équerre jusqu'à ce qu'elle rencontre le point p, on tracera légèrement une perpendiculaire à ce point sur la ligne AN. On en fera de même au point p', marqué à 219 mètres. Une ouverture de compas de 35 mètres pris sur l'échelle et portée sur la première perpendiculaire déterminera la position du point d; et une seconde mesure de 31 mètres marquée sur la seconde perpendiculaire fixera le point b. Joignant ensuite les points N et b, b et c, c et d, d et e par des lignes droites un peu plus fortement tracées que la ligne de construction AN et les deux perpendiculaires bp' et dp, on aura le contour du périmètre de cette partie de la parcelle.

259. On prendra sur l'échelle une mesure de 236 mètres et, plaçant en N la pointe du compas, on décrira vers n un arc de cercle. Avec une autre mesure de 223 mètres et, du point A, comme centre, on décrira vers n un second arc de cercle. Son intersection avec le premier déterminera la position du point n, ainsi qu'il a été démontré n° 10.

260. L'intersection de deux arcs de cercle décrits, l'un de n en k et d'un rayon de 182 mètres, l'autre de A et d'un rayon de 244 mètres, déterminera la position du point k. Portant sur nk, de n en m une mesure de 65 mètres, et de n en l, une autre mesure de 121 mètres, on élèvera à ces deux points deux perpendiculaires, et l'on marquera le point x à 18 mètres du point m et y à 23 mètres du point l. On pourra alors tracer le contour $axyk$ de la parcelle. Au moyen des cotes annotées sur le croquis, et des perpendiculaires élevées sur Ak, on arrêtera la position des points t, g, f et l'on tracera le contour $ktgfe$.

261. Le point S a été déterminé en rapportant la charpente géométrique; on tracera légèrement une ligne droite de N en S et par une perpendiculaire, élevée sur cette ligne à 176 mètres de N, on déterminera la position du point a, qui servira à tracer les côtés Na et aS.

262. En s'appuyant sur les points S et n, déjà établis sur le plan, et au moyen des annotations inscrites sur le croquis, on déterminera la position du point r, et par une perpendiculaire celle du point o. Ainsi, l'on pourra encore tracer no et or.

263. Enfin, traçant légèrement une ligne droite de S en R, si l'on porte sur cette ligne une longueur de 123 mètres, ainsi qu'il est noté sur le croquis, on fixera le pied de la perpendiculaire qui doit servir à déterminer la position du point v, et joignant ce point avec S et r par des lignes droites, on aura entièrement tracé le contour du périmètre de la parcelle n° 14.

264. On continuera ainsi à appliquer successivement sur le papier toutes les opérations qui ont été faites sur le terrain, dans le même ordre qu'elles sont indiquées et annotées sur le croquis. On tracera légèrement les lignes de constructions, mais on accusera nettement le tracé des contours des figures. Je crois superflu d'entrer dans l'analyse détaillée du rapport des autres parcelles; l'exemple d'application que je viens de démontrer sera suffisant, et l'on pourra s'exercer à rapporter à diverses échelles le croquis figuré pl. 4, n° 22. C'est une des meilleures études auxquelles on puisse se livrer pour se préparer à opérer sans tâtonnemens sur le terrain, et à se bien pénétrer des élémens qu'il est important de réunir pour reproduire exactement tous les détails qui constituent le plan parcellaire.

265. Si l'on étudie avec un peu d'attention les constructions établies sur les lignes tf, fo du croquis, parcelle n° 13, ainsi que celles qui sont figurées sur les lignes KL et Ld de la parcelle n° 1, on comprendra facilement le procédé à suivre pour tracer sur le plan rapporté le cours de la rivière. On doit refaire avec la plus grande précision et au moyen des annotations du croquis, toutes les opérations qu'on a exécutées

sur le terrain. On se borne seulement à tracer très légèrement les constructions qui n'ont d'autre but que de concourir à déterminer les contours des parcelles et la position des points qui doivent figurer sur le plan.

266. Le rapport des opérations à la boussole diffère essentiellement de ce qui précède, mais la simple analyse du rapport des annotations du croquis, suffira pour tous les cas qui pourront se présenter dans la pratique. L'on a coté sur le croquis la mesure de l'angle d'azimut à chacun des points où l'on a fait une station avec la boussole ; on est parti du point A et l'on a parcouru le contour du périmètre APQY. On établira sur le papier destiné au rapport du plan, le point A dans la situation convenable au développement du périmètre et l'on tracera, passant par ce point, une ligne droite qui représentera la méridienne. On la coupera au même point par sa perpendiculaire. On établira ensuite, à l'aide des élémens du registre trigonométrique, la position du point B, et au moyen des données inscrites sur le croquis et par le procédé que j'ai analysé n° 250, la position exacte des points P et Q.

L'angle d'azimut coté à la station du point A, est de 77°45', on prendra sur l'échelle destinée à la mesure des cordes, cinq parties destinées à former le rayon de l'arc sous-tendu par la corde, et du point A, comme centre, on décrira un arc de cercle. On cherchera à la table des cordes quelle est la valeur numérique de la corde d'un angle de 77°45'. Elle est $6,22515 + 0,001134 \times 45$ ou $6,29618$. On prend cette valeur sur l'échelle et on la porte sur l'arc, à partir du point où il rencontre la méridienne ; l'autre extrémité de la corde détermine le point par lequel doit passer la ligne Ab figurée sur le croquis. On trace légèrement dans cette direction une ligne droite sur le plan. Reprenant l'échelle qui sert au rapport du plan, on y prend une ouverture de compas de 252 mètres cotés sur le croquis, et on la porte de A en b, ce qui déterminera la position du point b. Une mesure de 104 mètres portée sur cette même ligne fixe le pied de la perpendiculaire $a'a$, qui doit déterminer la position du point a et servir à tracer le côté ab, ainsi que le côté aV, si le point V a été préalablement établi.

267. Passant au point b, on y fera passer une ligne droite parallèle à la méridienne, et de ce point, d'un rayon égal à celui des cordes, on décrira un arc de cercle. La valeur de l'angle d'azimut est cotée sur le croquis, 93°,30'. On cherchera à la table, comme précédemment, la valeur numérique de la corde d'un angle de 93°30'. Elle est $7,25373 + 0,000996 \times 30$ ou $7,28361$; on prendra cette valeur sur l'échelle, on la portera sur l'arc qu'on a décrit du point b, comme centre, et l'on tracera une ligne indéfinie qui donnera la direction de bd. Reprenant l'échelle du plan, on déterminera le point d par une ouverture de compas de 177 mètres, et, par une perpendiculaire de 23 mètres, élevé sur bd à 112 mètres du point b, on fixera le point c, et l'on tracera les deux côtés bc et cd.

Le point P a été déterminé par les opérations trigonométriques et l'on n'a plus qu'à le joindre avec le point d en traçant une ligne dP.

268. On continue au point P et successivement au point Q et autres, les mêmes opérations que je viens d'analyser, et l'on aura tracé et rapporté tout le contour du périmètre au moyen des données annotées sur le croquis.

269. Plusieurs géomètres opèrent sur le terrain même le rapport des observations qu'ils font en se servant de la boussole, et profitent ainsi du même avantage que présente la planchette, puisqu'ils peuvent

se passer de croquis visuel. Leur feuille de rapport est alors disposée de manière à pouvoir la transporter avec eux, et ils sont pourvus des échelles et des instrumens nécessaires pour pouvoir exécuter sur les lieux-mêmes le tracé de leurs opérations. Cette méthode présente, en outre, les moyens de vérifier son travail, et l'on s'aperçoit qu'on a commis quelque erreur ou quelque déviation, lorsqu'on ne se *ferme* pas exactement en achevant le tour du périmètre, comme je l'ai démontré en expliquant les procédés d'arpentage avec la planchette. Il faut alors revenir sur ses pas, rechercher l'erreur qu'on a commise et la rectifier.

270. La table des cordes que je donne détachée, afin qu'on puisse la disposer sur un petit carton, sera d'un grand secours pour ceux qui opèrent à la boussole, et je ne saurais trop leur recommander d'en faire toujours usage de préférence au *rapporteur*, pour obtenir sur leur plan rapporté l'ouverture bien précise des angles d'azimut.

271. Pour peu que l'on ait étudié le mécanisme des diverses opérations que je viens de détailler, on comprendra sans peine le procédé à suivre pour rapporter sur le plan les données recueillies en opérant sur le terrain avec l'équerre et par grandes directions, comme de V en Y, de V en X et X en Y. Le croquis est assez intelligible pour qu'il soit superflu d'entrer dans de nouveaux développemens qui ne seraient que d'inutiles redites de tout ce qui précède.

VERIFICATION DES PLANS.

272. Le plan a été rapporté et tracé au crayon avec tous ses détails, pl. 5 n° 23, on doit, avant d'en passer le trait à l'encre de la Chine, procéder à sa *vérification*.

273. La vérification s'opère en comparant des lignes mesurées sur le terrain avec leurs analogues sur le plan (1).

274. La vérification des plans sur le terrain devrait consister principalement dans l'établissement d'une charpente géométrique, composée, autant que possible, de grandes lignes droites ou de lignes brisées qui embrasseraient le territoire qui a été arpenté.

Dans le mesurage de ces lignes, destinées à faire reconnaître tout à la fois l'exactitude de l'ensemble et des détails, le vérificateur aurait soin d'arrêter les divisions apparentes et fixes des parcelles qui se trouveraient sur son passage, et il ne négligerait pas de prendre de fréquens rattachemens pour s'assurer de la précision des détails voisins des lignes de vérification.

(1) Les plans d'épreuves sont généralement soumis, pour toute vérification, à une comparaison avec la minute du plan du cadastre. La plupart des plans sur lesquels on appuie cette vérification sont d'une très-ancienne date; pour se rencontrer avec l'extrême précision que constatent ordinairement les vérifications, il faudrait: 1° Que la chaîne dont ont s'est servi eût été comparée avec celle qui a servi d'étalon aux géomètres du cadastre, à l'époque où ils ont opéré; 2° Il faudrait que les points trigonométriques sur lesquels on s'est appuyé, eussent été établis avec le même degré d'exactitude que ceux qui ont été calculés par le géomètre triangulateur pourvu des instrumens les plus parfaits; 3° Il faudrait enfin, que dans le cours d'une période de 25 ou 30 ans, la division et la configuration des parcelles, que le tracé des chemins n'eussent éprouvé aucune transformation.

275. La tolérance pour les plans parcellaires du cadastre est fixée:

A un cinq-centième pour les lignes de 1,000 mètres et au-dessus.

A un trois-centième pour les lignes de 200 à 600 mètres,

A un deux-centième pour les lignes de 100 à 200 mètres.

A un centième pour les lignes au-dessous de 100 mètres.

A un cinquantième pour les propriétés bâties.

Si la vérification constatait des différences en-dehors des limites de ces divers degrés de tolérance, le plan serait dans le cas d'être rejeté.

276. J'ai indiqué sur le plan, n° 23, pl. 5, le tracé de deux lignes de vérification, auxquelles on pourrait joindre sur le terrain, l'observation de l'angle qu'elles forment à leur point de rencontre.

277. Dans des pays tourmentés par les accidens du sol, sur un terrain couvert en tout ou partie de bois ou de vignes, lorsque le mesurage des lignes présente des difficultés qui exposeraient à commettre des erreurs, on peut calculer les lignes de vérification par les procédés trigonométriques que j'ai analysés précédemment, et l'on y joint de nombreuses vérifications sur les détails.

278. Les lignes de vérification se tracent sur les plans en encre rouge, et les mesures prises sur le terrain sont cotées sur ces lignes dans les parties qui leur correspondent; l'on y cote également en regard la mesure donnée par le plan (1).

279. Le résultat de la vérification doit constater l'exactitude, 1° des mesures de l'échelle; 2° de l'orientement; 3° des grandes dimensions; 4° des détails; 5° du tracé des chemins et rivières; 6° des dimensions de deux ou trois polygones pris en-dehors des parties déjà vérifiées.

280. Si cette vérification n'est pas rigoureusement prescrite, celui qui a levé le plan fera sagement de se l'imposer lui-même, il acquerra la certitude de la précision de son travail, et aura du moins la satisfaction de pouvoir subir, sans danger dans d'autres circonstances, le contrôle le plus sévère (2).

DU TRAIT DES PLANS.

281. Lorsque la vérification a constaté l'exactitude géométrique du plan, ou lorsqu'on a rectifié les erreurs qu'elle a fait reconnaître, il ne reste plus qu'à le mettre au trait.

282. Négligeant toutes les lignes de construction, légèrement indiquées, qui ont servi à déterminer les contours des parcelles, la mise au trait consiste à reprendre tous ces derniers et à les tracer à l'encre de

(1) Comme cet ouvrage est principalement destiné aux agens des contributions directes et a pour but de seconder l'exécution du règlement du 31 janvier 1834, qui leur prescrit de s'exercer aux travaux d'arpentage, et de justifier de leurs progrès en fournissant annuellement un plan d'épreuve, j'ai placé la vérification du plan avant la mise au trait, parce qu'elle la précède presque toujours. Mais il n'en est pas de même pour les géomètres du cadastre : la vérification n'a lieu qu'après qu'ils ont achevé de lever le plan d'une commune.

(2) Je crois, tant dans l'intérêt des agens des contributions directes qui pourraient être chargés de la vérification des travaux de leurs collaborateurs, que pour prémunir ceux qui s'occupent de l'arpentage contre toutes les éventualités qui

Chine. On se sert à cet effet du tire-ligne, et pour certaines sinuosités d'une plume de corbeau, ou, ce qui est préférable, d'une bonne plume métallique.

·283. Le tracé doit être bien noir, délié, correct et bien soutenu. Les traits doivent se joindre par leurs extrémités sans laisser aucun intervalle, et n'être jamais prolongés au-delà de leur point de rencontre.

peuvent se présenter, devoir placer ici les modèles des procès-verbaux de ces sortes de vérification. Il sera facile, au moyen de quelques légères modifications, de les approprier aux divers genres de service public.

DÉPARTEMENT
de

ARRONDISSEMENT
d

CANTON
d

COMMUNE
d

PROCÈS-VERBAL

DE VÉRIFICATION DE LA TRIANGULATION.

L'AN
Nous
nous sommes transporté sur le territoire d   dans la commune d
à l'effet de nous assurer de l'exactitude des opérations trigonométriques faites par M
, et nous avons procédé comme il suit à la vérification prescrite par le réglement du 15 mars 1827 :

1° Nous nous sommes fait représenter les mesures de longueur employées par
, ainsi que l'instrument qui a servi à ses observations, et les tables dont il a fait usage pour ses calculs.

L'examen de ces objets nous a fait connaître que

2° Nous avons choisi l'emplacement d'une base auxiliaire dont la longueur obtenue par deux mesurages en sens contraire est de   mètres.

A l'aide de cette ligne nous avons calculé les côtés de deux triangles du canevas, et nous avons consigné les résultats de cette opération dans le tableau suivant :

DÉSIGNATION des TRIANGLES.	INDICATION des CÔTÉS.	LONGUEUR DES COTÉS D'APRÈS LES CALCULS		DIFFÉRENCE.	OBSERVATIONS.
		DU TRIANGULATEUR.	DU VÉRIFICATEUR.		

Attendu que de cette vérification partielle, il résulte qu'il n'existe qu'une différence inférieure à un millième entre les côtés du triangle du canevas trigonométrique et leurs analogues calculés par nous dans les triangles ci-dessus désignés, nous certifions que les opérations et les calculs trigonométriques exécutés par M   , présentent toutes les garanties d'exactitude exigées par les réglemens.

A   le

284. L'usage du tire-ligne combiné avec la règle présente peu de difficultés, mais il exige beaucoup d'attention lorsque les lignes sont brisées ou sinueuses, et qu'il faut changer la position de la règle pour reprendre le trait où il vient de s'arrêter. Ces reprises doivent s'opérer par une jonction si précise, que le contour se développe avec la même pureté qu'une ligne tracée d'un seul trait.

PROCÈS-VERBAL
DE VÉRIFICATION DU PLAN PARCELLAIRE D
Levé par M.

L'AN mil huit cent   et le   jour du mois d
nous
nous nous sommes transportés sur le terrain , à l'effet de nous assurer de l'exactitude du plan parcellaire ,
                         , levé par M.   et nous avons procédé
dans l'ordre suivant :

Art. 1er. Nous étant fait représenter les mesures et l'échelle dont il a été fait usage, nous avons reconnu qu'elles réunissaient la précision requise , tant dans leur longueur totale que dans toutes leurs sous-divisions.

2. Nous avons vérifié l'orientement du plan , et nous avons reconnu que les dispositions prescrites à cet égard avaient été scrupuleusement observées.

3. Nous avons mesuré différentes lignes , en nous arrêtant aux limites fixes des détails qu'elles traversent et pris des rattachemens sur les parcelles voisines ; et après avoir tracé ces lignes à l'encre rouge sur la minute du plan , et avoir comparé chacune des mesures par nous prises sur le terrain , avec chacune de celles indiquées par l'échelle du plan pour les mêmes lignes et pour les portions de lignes correspondantes, nous avons consigné, dans le tableau n° 1 , les résultats de cette comparaison.

4. Les détails sont rendus avec une exactitude satisfaisante.

5. Le tracé des rivières , des chemins et des ruisseaux nous ont paru être tracés et figurés avec soin sur le plan.

6. Enfin , voulant de plus nous assurer de l'exactitude de plusieurs polygones éloignés des principales lignes de vérification , nous avons procédé au mesurage de trois polygones ou parcelles , savoir :

Lieu-dit   , parcelle n°
Lieu-dit   , parcelle n°
Lieu-dit   , parcelle n°

Comparant ensuite les dimensions que nous avons trouvées sur le terrain pour chacun de ces polygones , avec celles données par le plan , nous en avons consigné les résultats dans le tableau n° 2.

(TABLEAU N° 1er).

DÉSIGNATION		LONGUEUR DE CES LIGNES MESURÉES SUR		DIFFÉRENCE.	OBSERVATIONS.
DES LIGNES de vérification.	DES LIMITES FIXES des détails qu'elles traversent.	LE TERRAIN.	SUR LE PLAN.		

(SUIT LE TABLEAU N° 2.)

13

285. Le goût du dessinateur entre pour beaucoup dans la mise au trait d'un plan , et contribue essentiellement à lui donner ce charme et cette délicatesse de tracé qui caractérisent généralement les plans levés par les géomètres du cadastre. Quelques dessinateurs sont dans l'usage de faire sentir le talus du contour des chemins et des ruisseaux , en donnant un peu plus de plein du côté opposé à la lumière , que l'on suppose éclairer le plan par un angle de 45° vers la gauche du dessinateur.

On renforce également le trait qui accuse le contour des propriétés bâties , dans la partie qui se trouve dans l'ombre. Cela donne du mouvement et de l'élégance au dessin du plan, mais il faut être sobre de ces sortes d'enjolivemens , et ne les employer que d'une manière judicieuse en évitant surtout les contre-sens. J'ai rapporté à l'échelle de 1 à 5,000 et gravé, pl. 5 fig. 23, le croquis qui précède, afin de donner un modèle à suivre.

(TABLEAU N° 2.)

DÉSIGNATION		LONGUEUR DE CES COTÉS		DIFFÉRENCE.	OBSERVATIONS.
DES POLYGONES.	DES CÔTÉS des polygones.	d'après LA VÉRIFICATION.	d'après LE PLAN.		

En conséquence des faits et observations contenues au présent procès-verbal et dans les tableaux qui en font partie , nous avons reconnu que les travaux d'arpentage exécutés par M.   ne sortaient pas des limites des tolérances accordées par les réglemens , et nous estimons que le plan , qui a fait l'objet de notre vérification ' est susceptible d'être admis.

          Fait à   les jour , mois et an susdits.

286. Le plan doit porter les noms des hameaux, fermes, chemins, rivières, ruisseaux ainsi que ceux des sections et des lieux-dits.

287. Les écritures doivent être placées de manière à ne pas nuire à la netteté des détails; elles doivent être exécutées à l'encre de la Chine.

288. Quel que soit l'orientement du plan, les écritures doivent être parallèles aux bords du papier, à l'exception seulement de celles qui servent à désigner des noms de chemins, de rivières, et autres indications pour lesquelles la direction et la place des écritures est déterminée par les formes du plan.

Dans l'orientement plein nord, on tourne le nord au-dessus, et on écrit parallèlement aux grands côtés de la feuille.

Lorsque la méridienne est parallèle aux grands côtés du papier, on tourne également la feuille de manière à avoir le nord au-dessus, et on écrit parallèlement aux petits côtés.

Quand l'orientement est arbitraire, on dispose les écritures comme si le plan était plein nord; c'est-à-dire qu'elles doivent être parallèles aux grands côtés de la feuille, en ayant soin de placer au-dessus, celui des grands côtés qui se rapproche le plus du nord.

A l'égard des écritures dont la position est déterminée par les formes du plan, elles sont assujetties aux règles suivantes:

1° lorsque l'écriture doit se diriger du dessus au bas de la feuille et réciproquement, sans incliner plus d'un côté que de l'autre, on écrit en commençant par le dessus, pour finir vers le bas et *vice-versa*.

2° Si la direction de l'écriture incline plus ou moins vers la droite, on commencera par le bas de la feuille pour finir vers le haut.

3° Lorsque cette direction incline vers la gauche, on commence au contraire par le haut, pour terminer en s'approchant du bas.

Sous le rapport de la forme des écritures, on doit préférer la correction et la simplicité, et l'on emploie généralement les lettres majuscules romaines, le romain droit, l'italique et la bâtarde. Les minutes des plans du cadastre offriront d'excellens modèles à consulter; mais en cela comme pour le dessin du plan, un goût délicat est le meilleur guide.

289. Les plans du cadastre peuvent être considérés comme aussi simples que possibles, puisqu'on n'y emploie le lavis que pour indiquer les eaux, les maisons et les principales divisions. On passe une légère teinte de carmin sur la superficie des propriétés bâties. Les rivières, les cours d'eau, les étangs, reçoivent une couleur d'un vert bleuâtre, nommé *vert-d'eau*, que l'on adoucit et que l'on dégrade légèrement du côté qui reçoit la lumière. Le courant est marqué par une flèche.

290. Le périmètre du plan est accompagné d'un filet de couleur, qui en suit le contour et sert à le détacher et à le mettre en quelque sorte en relief sur la feuille. Un liséré jaune sert à établir la séparation des contours des lieux-dits.

Ces divers enjolivemens qui forment pour ainsi dire la toilette du plan, exigent un peu d'habileté de main et d'habitude du pinceau. Les filets de couleur doivent présenter partout la plus grande régularité; accompagner toujours le trait sans jamais le déborder. La nuance doit être partout la même et être assez claire pour que le trait noir se conserve bien apparent.

291. La méridienne, la perpendiculaire et leurs parallèles, formant les carrés, doivent être tracées à l'encre rouge. On tracera à l'encre bleue les principales lignes d'opérations que l'on peut être tenu de faire figurer sur le plan.

292. L'orientement est indiqué par une étoile, une boussole, ou rose des vents, quelquefois aussi par une simple flèche marquant le nord.

293. Lorsque le plan est terminé on donne à chaque parcelle un numéro, en suivant l'ordre topographique qui paraît le plus convenable pour l'intelligence du plan.

294. Dans quelques départemens, il est d'usage d'accompagner le numéro de la parcelle d'une lettre initiale désignant la nature de culture. Cette méthode me paraît indispensable pour les plans d'épreuve, qui, n'étant pas accompagnés de tableaux indicatifs, peuvent d'autant moins se passer d'une annotation qui donne une preuve de la réalité des opérations sur le terrain.

295 Le numérotage doit être disposé de manière que chaque canton, lieu-dit ou enclave de chemin, présente une série de numéros non interrompus. Il est recommandé aux géomètres du cadastre d'éviter, autant que possible, l'emploi du numéro *bis*.

296. On doit tracer sur chaque feuille du plan, dans sa partie inférieure, l'échelle à laquelle il a été construit.

297. Le plan cadastral d'une commune est divisé en section. Chaque feuille du plan contient, autant que possible, une section, à moins que son trop grand développement n'ait obligé à la répartir en deux ou plusieurs feuilles.

298. Autour du périmètre de chaque section, sont désignées les sections de la même commune, ou les communes limitrophes dont elle est environnée de tous côtés.

299. Un filet de couleur différente pour chaque section en marque le périmètre.

Un filet de la même couleur, mais d'une teinte plus faible, marque le périmètre de chaque canton, triage ou lieu-dit.

300. Les noms, les dates et autres inscriptions prescrits par les réglemens, le cartouche qui les renferme et l'encadrement qui accompagne le plan, sont subordonnés au goût et au plus ou moins d'habileté du dessinateur.

CALCUL DES CONTENANCES.

301. Par la surface d'une figure quelconque, on entend la portion d'étendue renfermée entre les lignes qui terminent cette figure. On appelle aussi cette étendue l'*aire* de la figure.

302. La mesure des aires, ou ce que l'on nomme dans les travaux du cadastre le *calcul des contenances*, a pour but de savoir combien de fois une aire quelconque en contient une autre prise pour terme de comparaison ou pour unité de mesure.

Deux figures, quoique de formes très-différentes, qui renferment des aires égales sont *équivalentes*.

303. Le mètre carré est l'unité de mesure dans les calculs des contenances des plans du cadastre.

Un carré de 100 mètres, sur chacun de ses côtés, forme ce que l'on nomme un *hectare*.

Une figure dont l'aire est équivalente à ce carré, contient un hectare.

L'hectare contient cent *ares* ou carrés de dix mètres de côtés; et enfin chaque are contient cent mètres carrés ou *centiares*.

304. Le calcul des contenances s'opère par divers procédés.

Le plus naturel est de diviser chaque parcelle ou figure du plan en triangles par des diagonales légèrement tracées au crayon, et en appliquant à chacun de ces triangles, pour le désigner, une lettre de l'alphabet, pl. 6, fig. 24.

305. La surface d'un triangle est la moitié du produit de sa base par sa hauteur.

306. La hauteur d'un triangle se mesure par la perpendiculaire menée du sommet opposé sur le côté pris pour base.

307. Le rayon mené du centre au point où une ligne droite est tangente à la circonférence du cercle, est en même temps perpendiculaire à cette ligne droite. Or, pour mesurer la hauteur d'un triangle, plaçant la pointe d'un compas sur le sommet, et modifiant l'ouverture du compas de manière à la ramener au rayon d'un arc auquel la base du triangle serait tangente, on aura la longueur de la perpendiculaire menée du sommet du triangle à ce point, c'est-à-dire la hauteur du triangle. Avec un peu de pratique on obtient rapidement, par ce procédé, la hauteur de chaque triangle sans être obligé de tracer la perpendiculaire.

308. Dans tout triangle on peut prendre arbitrairement l'un des côtés pour base, et la hauteur est toujours la perpendiculaire abaissée de l'angle opposé sur la base ou sur son prolongement.

309. Tout polygone, quel que soit le nombre de ses côtés, pouvant être divisé en autant de triangles qu'il a de côtés moins deux (n° 5), on évalue son aire ou sa contenance en calculant séparément chacun des triangles qui le composent, et en prenant la somme des résultats.

310. On a donc divisé en triangles successivement chacune des parcelles du plan figuré pl. 6, n° 24; on leur a assigné, dans chaque polygone, une lettre indicative pour les désigner. On prend, avec le compas, la longueur de la base du triangle : on la mesure sur l'échelle, et on l'inscrit, en regard de la lettre indicative du triangle, sur le cahier des calculs comme dans le tableau ci-après.

On mesure et on inscrit de même la hauteur du triangle; on les multiplie l'une par l'autre, et on porte le produit des facteurs dans la colonne suivante.

Les produits étant inscrits dans l'ordre des triangles de la parcelle, on en fait l'addition, qui, si l'échelle du calcul est la même que celle du plan, donne le double de la contenance: il ne s'agit donc que d'en prendre la moitié, pour avoir la contenance de la parcelle, et l'on porte ce résultat dans la cinquième colonne.

311. Il existe des tables de multiplication pour abréger ces calculs.

312. La contenance des chemins, rues, places, rivières, ruisseaux, etc., peut, en général, être calculée sans opérer leur réduction en triangles; il suffit de multiplier la longueur par la largeur, en ayant égard aux sinuosités.

(Suit le tableau.)

(Pl. 6, fig. 24).   **CAHIER** des calculs des contenances des parcelles par numéros du plan

DEPARTEMENT   d'épreuve levé par M.

d

Portion du territoire de la commune d   *l'échelle du plan et des calculs est celle de* **1 à 4,000.**

NUMÉROS du plan.	INDICATION des triangles.	FACTEURS.	PRODUITS.	Contenances des PARCELLES.	NUMÉROS du plan.	INDICATION des triangles.	FACTEURS.	PRODUITS.	Contenances des PARCELLES.	NUMÉROS du plan.	INDICATION des triangles.	FACTEURS.	PRODUITS.	Contenances des PARCELLES.
			h. a. c.	h. a. c.				h. a. c.	h. a. c.				h. a. c.	h. a. c.
11	a	125×5	06 25				Report...	»	13 48 50			Report...		27 24 09
	b	119.94	1 11 80		13	a	119×27	32 13		16	a	89×62	55 18	
	c	84.40	08 40			b	119.42	49 98			b	118.81	95 58	
	d	185.41	76 00			c	110.32	32 00			c	118.37	43 66	
	e	226.26	58 76			d	122.18	24 96					1 94 42	97 24
	f	151.22	33 88			e	117.12	14 04						
	g	102.36	36 72			f	134.42	56 28		17	a	88×42	36 96	
	h	337.86	2 89 82			g	134.117	1 56 78			b	109.49	53 44	
	i	357.48	64 26			h	176.18	31 68			c	62.28	17 36	
	k	62.24	14 88			i	187.15	28 05			d	53.16	08 48	
	l	113.53	75 79			k	223.23	51 09			e	127.20	25 40	
	m	119.56	83 44					4 73 99	2 37 00		f	84.25	21 00	
	n	368.94	3 34 88								g	125.63	78 75	
	o	368.125	4 60 00		14	a	242×120	2 90 40			h	127.41	52 07	
	p	315.40	1 26 00			b	242.54	1 30 68			i	209.38	79 42	
	q	95.50	47 50			c	227.117	2 65 59			k	209.123	2 57 07	
	r	97.29	28 43			d	227.98	2 22 46			l	180.33	59 40	
	s	292.81	2 36 52			e	224.140	3 34 50					6 89 32	3 44 66
	t	252.69	1 73 88			f	224.94	2 01 44						
			22 66 94	11 33 45		g	159.63	1 00 47		18	a	214×21	44 94	
						h	208.51	1 06 08			b	176.84	1 47 84	
12	a	78×24	11 82			i	158.6	09 48			c	149.88	1 04 72	
	b	122.45	48 30			k	208.113	2 35 04			d	61.32	19 52	
	c	115.27	34 05			l	147.28	41 16			e	39.47	06 63	
	d	97.20	19 40			m	137.52	71 24			f	149.43	51 17	
	e	98.10	09 80			n	120.28	33 60			g	46.8	03 68	
	f	100.11	11 00			o	127.24	30 48			h	96.46	45 36	
	g	102.16	16 32			p	137.41	52 07			i	57.13	07 41	
	h	160.68	86 40			q	94.44	41 36					4 04 27	2 00 64
	i	166.19	24 75					24 62 42	40 84 24			Total...	»	33 66 60
	k	166.80	1 32 80											
	l	138.26	35 88		15	a	151×27	40 77						
	m	102.29	29 58			b	151.49	73 99						
			4 30 10	2 15 05				1 14 76	57 38					
		A reporter	13 48 50				A reporter	»	27 24 09					

313. Il est interdit de faire usage pour le calcul des parcelles d'une corne transparente divisée en petits carrés d'un are ou moins.

314. L'aire d'un quadrilatère dans lequel deux côtés sont parallèles, et qu'on nomme pour cette raison *trapèze*, se mesure par la moitié du produit de la somme des deux côtés parallèles, multipliée par la hauteur, qui est la perpendiculaire comprise entre ces deux côtés parallèles.

Les deux côtés parallèles sont les bases du trapèze.

315. On peut calculer l'aire d'un triangle lorsqu'on connaît les trois côté, au moyen d'une formule qui peut présenter aux géomètres d'utiles cas d'application dans les opérations de détails isolés.

Soit A l'aire du triangle; a, b, c les trois côtés; $a+b+c = 2S$ ou $\frac{1}{2}(a+b+c) = S$ on a :

$$A = \sqrt{s(s-a)(s-b)(s-c)}$$

APPLICATION DU CALCUL.

Soit dans un triangle ABC, le côté $a = 124$ m ; $b = 156$ m ; $c = 138$ m.

$2S = 418$ m ; $S = 209$ m.

$$A = \sqrt{209-124 \times 209-156 \times 209-138} = \sqrt{85 \times 53 \times 71}$$

Log. 85. . . . . 1.929419
Log. 53. . . . . 1.724276
Log. 71. . . . . 1.851258

Total. 5.504953

dont moitié pour la racine carrée. . . . . 2.752476 $=$ 56 ares 55 cent.

316. L'aire d'un cercle a pour mesure la moitié du produit de la circonférence par le rayon.

317. La circonférence du cercle dont le diamètre est 1, $= 3.14159265$.

318. Il suffit donc de multiplier 3.14159265 par le diamètre d'un cercle donné pour avoir la valeur de la circonférence. Un cercle dont le diamètre serait de 19^m 75 c. aurait pour valeur de sa circonférence 62.0464, et pour expression de son aire, $\frac{1}{2}(62.0464 \times 9.8750)$.

319. L'aire du cercle est égale au carré du rayon multiplié par le rapport de la circonférence au diamètre.

320. On a déduit de ces principes des tables au moyen desquelles on peut obtenir sans calcul les aires, et les circonférences de tous les cercles de diamètres de 1 jusquà tel nombre que l'on désire. Le petit tableau suivant peut suffire pour tous les cas ordinaires qui peuvent se présenter dans la pratique; et il serait facile d'y suppléer si les cercles sur lesquels on avait à opérer excédaient ces limites.

(Suit le tableau).

TABLE

DES CERCLES DES DIAMÈTRES DE 1 A 10, DE LEURS AIRES, DE LEURS CIRCONFÉRENCES ET DE LA LONGUEUR
DU COTÉ D'UN CARRÉ ÉQUIVALANT (1).

DIAMÈTRE.	AIRE.	CIRCONFÉRENCE.	CÔTÉ d'un carré équivalant.	DIAMÈTRE.	AIRE.	CIRCONFÉRENCE.	CÔTÉ d'un carré équivalant.
1.00	0.7853981	3.1415926	0.8862269	6.00	28.2743338	18.8495559	5.3173615
.25	1.2271846	3.9269908	1.1077836	.25	30.6796157	19.6349540	5.5389182
.50	1.7671458	4.7123889	1.3293403	.50	33.1830724	20.4303322	5.7604750
.75	2.4052818	5.4977871	1.5508971	.75	35.7847038	21.2057504	5.9820317
2.00	3.1415926	6.2831853	1.7724538	7.00	38.4845600	21.9911485	6.2035884
.25	3.9760782	7.0685834	1.9940103	.25	41.2824909	22.7765467	6.4251452
.50	4.9087385	7.8539816	2.2155673	.50	44.4786466	23.5619449	6.6467019
.75	5.9395736	8.6393797	2.4371240	.75	47.1729771	24.3473430	6.8682586
3.00	7.0685834	9.4247779	2.6586807	8.00	50.2654824	25.1327412	7.0898153
.25	8.2957681	10.2101761	2.8802375	.25	53.4561624	25.9181393	7.3113721
.50	9.6211275	10.9955742	3.1017942	.50	56.7450173	26.7035375	7.5329288
.75	11.0446616	11.7809724	3.3233509	.75	60.1320468	27.4889357	7.7544855
4.00	12.5663706	12.5663706	3.5449076	9.00	63.6172512	28.2743338	7.9760423
.25	14.1862543	13.3517687	3.7664644	.25	67.2006303	29.0597320	8.1975990
.50	15.9043428	14.1371669	3.9880211	.50	70.8821842	29.8451302	8.4191557
.75	17.7205460	14.9225651	4.2095778	.75	74.6619429	30.6305283	8.6407125
5.00	19.6349540	15.7079632	4.4311346	10.00	78.5398163	31.4159265	8.8622692
.25	21.6475368	16.4933614	4.6526943	»	»	»	»
.50	23.7582944	17.2787595	4.8742480	»	»	»	»
.75	25.9672267	18.0641577	5.0938048	»	»	»	»

(1) J'ai pensé que le petit tableau ci-dessus deviendrait utile aux contrôleurs des contributions directes, depuis que la nouvelle législation des patentes les met dans le cas de calculer la capacité des fosses des tanneurs. Ces fosses étant assez ordinairement circulaires, pour avoir leur capacité, il faut multiplier l'aire du cercle formant leur base, ou l'aire du cercle moyen si elles sont à fond de cuve, par leur hauteur. Exemple : Une fosse a 3 m. 25 c. de diamètre, et 3 m. 75 c. de profondeur. On trouve à la table ci-dessus que l'aire d'un cercle de 3 m. 25 c. = 8, 29. On aura pour le nombre de mètres cubes de la fosse 8, 29 × par 3, 75 = 31, 08 mètres cubes.

321. L'espace renfermé entre deux rayons formant un angle quelconque, et l'arc du cercle compris entre ces deux rayons, se nomme *secteur de cercle*. La partie du secteur de cercle, comprise entre l'arc et la corde qui le sous-tend, se nomme *segment de cercle*.

322. L'aire du secteur de cercle se mesure par la moitié du produit de la longueur de l'arc multiplié par le rayon. On calcule l'aire du segment en retranchant de celle du secteur, l'aire du triangle formé par la corde et les deux rayons.

323. Il se présente rarement l'occasion, dans les opérations d'arpentage, de faire des opérations sur des cercles ou sur des secteurs de cercle; cependant, pour quelques sinuosités, on peut avoir à calculer des segmens de cercle, et l'on peut se borner à multiplier la corde par la perpendiculaire menée du milieu de l'arc sur la corde, et la moitié de ce produit donnera l'aire du segment, à peu de chose près.

VÉRIFICATION PAR LE CALCUL DES MASSES.

324. Il y a plusieurs procédés pour vérifier l'exactitude des calculs des contenances.

Le calculateur, d'après la perpendiculaire et la méridienne établies sur le plan, trace sur ce même plan des carrés de cinq cents, de quatre cents, de deux cent cinquante ou de deux cents mètres; même de cent ou de cent vingt-cinq mètres, selon que le plan est construit à l'échelle de 1 à 5,000, de 1 à 4,000, de 1 à 2,500, de 1 à 2,000, de 1 à 1,000, ou enfin, de 1 à 1,250. Les carrés étant déterminés, il place verticalement des lettres, par ordre alphabétique, aux extrémités de gauche et de droite, et par conséquent à tous les carrés établis sur la même ligne horizontale. Il numérote la série des carrés dans la ligne verticale, de manière que la combinaison de cet ordre alphabétique et numérique lui donne les moyens de désigner tous les carrés par A^1, A^2, A^3, B^1, B^2, B^3, etc. Chacun de ces carrés représente vingt-cinq hectares à l'échelle de 1 à 5,000; seize hectares à l'échelle de 1 à 4,000; six hectares et vingt-cinq ares à l'échelle de 1 à 2,500; quatre hectares à l'échelle de 1 à 2,000, etc.

Le calculateur établit la contenance des carrés, considérant comme carrés pleins, ceux qui, placés sur la limite du plan, n'en contiennent cependant qu'une partie.

Il calcule ensuite la contenance de la partie de ces carrés qui déborde le perimètre du plan; additionnant les contenances de tous les carrés, et déduisant celle de tous les vides, il a la contenance totale du plan.

325. On peut encore enfermer le plan dans un grand triangle ou dans un trapèze, tangentiellement aux angles ou coudes les plus saillans du périmètre, calculer la surface entière de ce triangle ou trapèze, en déduire les portions qui excèdent le plan.

326. Enfin, le procédé prescrit par les règlemens du cadastre consiste à considérer chacun des cantons, triages ou lieux-dits, chacune des grandes enclaves de chemins, comme formant une vaste parcelle, dont on calcule la contenance de la même manière qu'il a été démontré n° 309, pour les véritables parcelles.

327. Plusieurs triages ou lieux-dits peuvent être compris dans le même article de masse, de manière

14

cependant que chacun de ces grands polygones présente une contenance qui ne soit pas ordinairement au-dessous de 15 hectares, ni au-dessus de 30 hectares.

328. On compare ensuite la somme totale des contenances de ces grandes masses avec celle des contenances des parcelles, et si les deux sommes sont les mêmes, les calculs sont justes.

Ce procédé a sur les autres l'avantage que, si les deux sommes diffèrent, le calculateur, comparant le résultat de chaque grande masse avec les résultats des parcelles qu'elle contient, peut plus facilement découvrir d'où proviennent les erreurs.

329. Si la comparaison, entre les contenances totales données par les deux opérations, produit une différence qui n'excède pas le *trois-centième*, cette différence est tolérée.

Dans le cas contraire, le calculateur doit rechercher l'erreur et recommencer ses opérations.

OBSERVATIONS GÉNÉRALES SUR LE LAVIS DES PLANS.

330. On a considérablement simplifié le dessin et le lavis des plans depuis que l'on a commencé à s'occuper des opérations cadastrales. Autrefois les plans étaient surchargés de dessins conventionnels qui n'étaient ni du paysage, ni de la topographie, mais qui exigeaient cependant une grande habileté de main. On dessinait les haies, on couvrait les parcelles boisées de petits arbres, de masses feuillées séparées par des clairières; on indiquait les vignobles par une multitude de petits ceps de vignes, etc., etc., puis, on coloriait, on donnait de l'effet à tous ces détails par des touches vigoureuses; on accusait vivement les parties opposées à la lumière, et l'on dissimulait si bien sous ce bariolage les traits et les contours du plan qu'il était presque impossible de s'y reconnaître.

331. Les abus et les inconvéniens de cette méthode, où le dessinateur de plans prétendait s'élever à la hauteur du peintre paysagiste, firent adopter l'usage de teintes conventionnelles pour désigner les diverses natures de culture. Ces teintes furent préférées surtout, parce que leur nuance claire laissait apparaître bien distinctement les traits et les contours du plan.

332. Ces teintes qui doivent avoir partout la même valeur se nomment des *teintes plates*, et elles exigent beaucoup d'habitude et de dextérité, lorsqu'il s'agit de les étendre sans marbrures, sans taches et sans reprises sur un vaste polygone. Il faut bien prendre garde de ne pas dépasser les traits, ce que l'on nomme *babocher;* il faut également faire en sorte que la couleur touche parfaitement les lignes qui la bordent.

333. On emploie aussi pour les grandes parcelles ce que l'on nomme des *teintes fondues*, c'est-à-dire des teintes dont la nuance s'adoucit et se dégrade insensiblement à mesure qu'elle s'éloigne du contour du périmètre.

334. Les teintes conventionnelles ne sont pas soumises à une règle absolue et invariable, cependant voici quelques-unes de celles qui sont le plus généralement adoptées. On désigne les terres labourables par une couleur jaunâtre mélangée d'un peu de bistre. .

Les vignes reçoivent une couleur rouge.

Les bois sont indiqués par une teinte d'un vert foncé.

Les prairies par une nuance un peu plus claire que les bois.

Les landes par une teinte d'un vert pâle semée de touches avec du bistre, etc., etc.

Les bâtimens couverts en chaume reçoivent une teinte jaune, tandis qu'on doit passer une légère teinte de carmin sur ceux qui sont couverts en tuiles.

335. J'engage ceux qui seraient dans le cas d'avoir à colorier des plans à s'inspirer d'après ceux qui ont été produits par les agens du cadastre, pendant la période de 1838 à 1840. Ils y trouveront d'excellens modèles à consulter, et pourront suppléer au vague et à l'insuffisance des préceptes que je viens de généraliser (1).

(1) Voici la description de l'échelle dont j'ai parlé plus haut, n° 446. Elle consiste en une règle en cuivre sur laquelle est tracée une ligne droite portant les divisions proportionnelles à son rapport avec le mètre. Une rainure longitudinale parallèle à cette ligne, sert à faire mouvoir, tangentiellement à l'échelle, une seconde échelle mobile dont une longueur égale à 100 parties de la première, est divisée en 101 parties. La dernière division porte un petit style indicateur pour marquer le point où s'arrête une mesure prise sur la première des deux échelles, et l'on fait à cet effet mouvoir la seconde échelle, jusqu'à ce que la pointe du compas rencontre avec précision le point indicateur du style de foi. La division de l'échelle mobile qui coïncidera bien exactement avec l'une des divisions de la première, marquera le nombre des subdivisions de l'unité, de la même manière que pour les subdivisions du degré dans l'observation des angles au moyen du *nonius*. L'on obtiendra ainsi sur le papier la mesure précise d'une ligne à tel degré d'approximation que l'on voudra.

On pourra s'adresser, pour se procurer des échelles d'après ce système, à M. Bodeur, ingénieur fabricant d'instrumens pour les sciences, quai Conti, n° 5, à Paris. On pourra également se pourvoir auprès de lui de trigonomètres, lorsque l'expérience aura démontré l'avantage de cet instrument.

LIVRE V.

———

DES PARTAGES.

336. Lorsqu'une propriété territoriale vient, par suite d'un évènement quelconque, à passer au pouvoir de plusieurs héritiers, qui prétendent en jouir chacun individuellement et aux clauses et conditions stipulées dans l'acte qui les appelle à en prendre possession, il faut procéder au *partage* de cette propriété.

337. Le partage doit déterminer avec la plus rigoureuse précision la quote-part qui forme le *lot* de chacun d'eux.

338. Les actes testamentaires, les successions, donnent lieu à des partages plus ou moins compliqués en raison du nombre des ayant-parts, surtout dans les lignes collatérales. La portion ou le lot de chaque co-partageant doit être non seulement l'expression bien réelle de l'acte qui lui en donne la propriété, mais il faut encore que la division opérée à cet effet sur le terrain soit aussi exactement la traduction des stipulations écrites.

339. Il arrive assez ordinairement que chacun des co-partageans prétend à une portion de certaines pièces de terres, tandis qu'il veut aussi posséder une part dans tel vignoble, dans telle prairie. Il faut combiner ces diverses exigences avec la nécessité de conserver à chacun les abords de sa propriété, les passages nécessaires à l'exploitation, la configuration la plus favorable pour ne pas gêner le labourage, etc. Or, les subdivisions à opérer sur ces diverses parcelles présentent des difficultés qui se compliquent de l'obligation d'en distraire une contenance donnée dans des conditions inflexibles.

340. Ces divisions exigent d'abord un plan bien exact de la propriété à partager, et c'est sur ce plan que l'on doit d'abord figurer les divisions qui résultent des clauses et des conditions contenues dans l'acte de partage. Dans ce qui précède, j'ai enseigné à rapporter sur le papier les opérations et les observations

relevées sur le terrain, ici il s'agit au contraire d'appliquer sur le terrain, les calculs et les opérations faites sur le papier.

341. Lorsqu'il s'agit de retrancher par une ligne parallèle à l'un des côtés d'une parcelle, une contenance donnée, on est arrêté par la difficulté de déterminer la distance qui doit séparer les deux côtés parallèles, c'est-à-dire la hauteur du trapèze. En divisant la contenance connue par le côté connu de la parcelle, on obtiendra bien la hauteur d'un premier triangle qui, s'appuyant sur un des côtés latéraux de la parcelle, aura pour base le premier côté connu, et dont l'aire sera équivalente à la moitié de la contenance donnée. On peut ensuite, prenant pour base d'un second triangle la diagonale qui a formé le premier, en déduire sa hauteur et déterminer le point où son sommet doit s'appuyer au côté opposé de la parcelle pour compléter un quadrilatère équivalent à la contenance donnée. Mais il faut une nouvelle opération pour parvenir à compenser les différences par une parallèle au côté connu, dont la section avec le côté du quadrilatère, doit laisser en-dehors un triangle équivalent à celui qu'elle ajoute en-dedans.

342. Je n'étendrai pas davantage l'analyse des opérations à faire pour diviser l'aire d'un polygone en un certain nombre de parties d'une contenance donnée, on a toujours le moyen d'y parvenir avec la plus rigoureuse précision au moyen de triangles dont ont obtient la hauteur en divisant la contenance donnée par la base connue. Si la figure est très-irrégulière, on peut commencer par calculer la contenance des triangles formés par les diagonales qui relient deux à deux les sinuosités, et lorsqu'on est parvenu à un développement plus favorable à la division que l'on doit opérer, on retranche la contenance de tous ces petits triangles de la contenance donnée, et l'on opère sur ce reste jusqu'à ce que l'on ait établi ses limites dans les conditions voulues.

343. Les divers calculs sur lesquels sont basés les partages sont déduits d'une opération d'arithmétique connue sous le nom de *règle de société*.

Son but est de partager un nombre proposé, en parties qui aient entre elles des rapports donnés (1).

344. Supposons qu'il s'agit de partager 5,400 en trois parties, qui aient entre elles les mêmes rapports que 4, 3, 2; l'énoncé de la question fournit ces deux proportions:

4 : 3 :: la première partie, est à la seconde.

4 : 2 :: la première partie, est à la troisième. Ou encore :

4 est à la première partie :: 3 est à la seconde.

4 est à la première partie :: 2 est à la troisième.

De sorte qu'on a ces trois rapports égaux; 4 est à la première partie :: 3 est à la seconde :: 2 est à la troisième.

Or, comme on peut dire la somme des antécédens de ces rapports égaux, est à la somme de leurs

(1) La règle de société est fondée sur ce principe que, si l'on a plusieurs rapports égaux, la somme de tous les *antécédens*, c'est-à-dire les premiers termes des rapports, est à la somme de tous les *conséquens*, c'est-à-dire les seconds termes, comme l'un des antécédens, est à son conséquent.

Par exemple, si on a les rapports égaux 4:12 :: 7:24 :: 2:6 :: 9:27, on peut dire :

4+7+2+9:12+24+6+27 :: 4:12 ou comme 9:27 ou mieux :

22:66 :: 4:12 :: 9:27.

conséquens, comme un antécédent est à son conséquent. Les antécédens sont 4, 3, 2, dont la somme égale 9. La somme des conséquens est 5,400, quantité à partager; ainsi, l'on peut trouver chacun des conséquens inconnus par les règles de trois suivantes :

$$9 : 5400 :: 4 : x \quad ; \quad x = \frac{5400 \times 4}{9} = 2400$$
$$9 : 5400 :: 3 : x \quad ; \quad x = \frac{5400 \times 3}{9} = 1800 \left.\right\} = 5400$$
$$9 : 5400 :: 2 : x \quad ; \quad x = \frac{5400 \times 2}{9} = 1200$$

345. Mais il peut se présenter des cas où la combinaison du partage se complique de manière à ne pas permettre l'application de la règle précédente sans une préparation qui consiste à rendre la même, dans chaque rapport donné, la partie proportionnelle de l'une des parties données. Il s'agit, par exemple de partager 6500 en trois parties dont la première soit à la seconde comme 5 : 4, et dont la première soit à la troisième comme 7 : 3. On multiplie les deux termes de chaque rapport par le premier terme de l'autre rapport : ainsi les deux rapports 5 : 4 et 7 : 3, seront ramenés à avoir un même premier terme, en multipliant les deux termes du premier par 7, et les deux termes du second par 5, ce qui n'en change pas la valeur (1), on a les rapports 35 : 28 et 35 : 15 ; en sorte que la question se réduit à partager 6500, en trois parties qui soient entre elles comme les nombres 35,28 et 15. Ce qui se résume dans les règles de trois suivantes :

$$78 : 6500 :: 35 : x \; ; \; \text{ou } x = 2916,67$$
$$78 : 6500 :: 28 : x \; ; \quad x = 2333,33 \left.\right\} = 6500$$
$$78 : 6500 :: 15 : x \; ; \quad x = 1250,00$$

346. S'il fallait partager un nombre en quatre parties, dont la première fût à la seconde comme 5 : 4, la première à la troisième comme 9 : 5, et la première à la quatrième comme 7 : 3; on réduirait ces rapports à avoir un même premier terme, en multipliant les deux termes de chacun par le produit des premiers termes des deux autres ; ainsi, dans cet exemple, on changerait ces trois rapports en ces trois autres, 315 : 262; 315 : 175; 315 : 155; en sorte que la question se réduit à partager le nombre proposé, en quatre parties qui soient entre elles, comme les nombres 315, 252, 175 et 135.

Soit 165800 à partager dans ces conditions. La somme des parties proportionnelles sera 877 ; et l'on en déduira les règles de trois suivantes :

$$877 : 165800 :: 315 : x \; ; \quad \text{ou } x = 59551,88$$
$$877 : 165800 :: 252 : x \; ; \quad \text{ou } x = 47641.51 \left.\right\}= 165800$$
$$877 : 165800 :: 175 : x \; ; \quad \text{ou } x = 33084,37$$
$$877 : 165800 :: 135 : x \; ; \quad \text{ou } x = 25522,24$$

(1) Un rapport géométrique ne change point quand on multiplie ou quand on divise ses deux termes par un même nombre; car le rapport géométrique consistant dans le quotient de la division de l'antécédent par le conséquent, est une quantité fractionnaire qui ne change pas par la multiplication ou la division de ses deux termes par un même nombre. Ainsi le rapport 3:9 est le même que celui de 6:18 que l'on a en multipliant les deux termes du premier par 2; il est le même que celui de 1:3 que l'on a en divisant par 3.

Cette propriété sert à simplifier les rapports lorsqu'ils se compliquent de fractions. Soit le rapport $6\frac{3}{4} : 10\frac{2}{3}$, en réduisant le tout en fraction, ce rapport est encore le même, sous cette forme $\frac{27}{4} : \frac{32}{3}$, réduisant au même dénominateur, il est encore le même sous cette nouvelle forme $\frac{81}{12} : \frac{128}{12}$, ou enfin, en supprimant les deux dénominateurs, ce qui revient au même que de multiplier les deux termes du rapport, on a 81:128, qui est encore le même rapport.

347. Les partages peuvent encore nécessiter l'emploi de la règle qu'on nomme de *fausse position*. On l'applique souvent à résoudre des questions qui appartiennent à la règle de société ; dont elle diffère, en ce qu'au lieu de prendre les parties proportionnelles telles qu'elles sont données par l'énoncé de la question, elle en prend une arbitrairement et y subordonne les autres conformément à la question ; ce qui rend le calcul plus facile.

Soit, par exemple, une succession liquidée en capital à la somme de 43500 fr., à partager entre trois héritiers dont le second ait le quadruple du premier, et le troisième deux fois et un tiers autant que les deux autres ensemble.

On prend arbitrairement, pour représenter la première partie, un nombre quelconque 3, dont on puisse obtenir sans fractions le tiers.

La première partie étant 3, la seconde sera 12, et la troisième sera 35.

La question se réduit maintenant à partager 43500 en trois parties, qui soient entre elles comme les trois nombres 3,12 et 35 ; c'est-à-dire :

$$50 : 43500 :: 3 : x \; ; \quad \text{ou premier lot.} = 2610 \text{ f.}$$
$$50 : 43500 :: 12 : x \; ; \qquad 2^e \quad \text{lot.} = 10440 \quad \left\} = 43500 \text{ fr.} \right.$$
$$50 : 43500 :: 35 : x \; ; \qquad 3^e \quad \text{lot.} = 30450$$

348. Les règles que je viens d'analyser et qui font partie des élémens d'arithmétique peuvent recevoir de nombreuses applications dans les divers cas de partage, lorsqu'il s'agit de déterminer les portions de contenances à distraire dans les divisions de parcelles.

D'après les clauses d'un acte de partage, une pièce de terre labourable d'une contenance de 3 hectares 58 ares et 40 centiares doit se diviser entre trois héritiers de manière que le second ait, de plus que le premier, et enclavée dans sa portion, une petite parcelle de chénevière comprise dans la pièce, de la contenance de 6 ares 40 centiares, et que le troisième ait autant que les deux autres et 20 ares de plus.

Sans cette clause des 6 ares 40 centiares et des 20 ares, il ne s'agirait que de partager 3,58,40 en parties proportionnelles aux nombres 1, 1 et 2, mais puisqu'il faut prélever sur cette contenance 06,40 pour le second héritier et 26,40 pour le troisième, il est évident qu'il n'y a qu'une partie de la contenance proposée à partager en parties proportionnelles à 1, 1 et 2 : comme cette partie qui est facile à trouver, peut l'être beaucoup moins dans d'autres circonstances, on suivra la méthode suivante :

Supposons pour la première part tel nombre qu'on voudra, par exemple 1 are ; la seconde part sera $1,00 + 6,40$ ou $6,40$; et la troisième sera $1,00 + 6,40 + 20,00$ ou $27,40$. La somme de ces parts est 35,80.

S'il n'eût été question que de partager en parties proportionnelles à 1,1 et 2 ; la première part étant toujours supposée 1, la seconde serait 1, et la troisième serait 2, et la totalité serait 4, dont la différence avec 35,80, c'est-à-dire 31,80, est ce qu'il faut prélever sur la contenance proposée, ce qui la réduit à 3,26,60. Il reste donc plus qu'à partager 3,26,60 en parties proportionnelles à 1, 1 et 2, selon les règles précédentes ; et ayant trouvé pour la première part 81,65, on en concluera pour la seconde 87,05, et pour la troisième 1,89,70, dont la somme forme en effet 3,58,40.

349. La première opération dans un partage d'immeubles sera donc de lever un plan parcellaire

bien exact de la propriété, ou de se procurer, si on le préfère, un extrait du plan cadastral. Sur cette donnée on procèdera à l'évaluation en capital de chacune des parties du domaine, afin de former la masse en capital et pouvoir opérer d'après les diverses règles que j'ai analysées, l'application de toutes les clauses et conditions du partage.

350. Il arrive fréquemment, surtout dans les partages importans, que l'on évite autant que possible le fractionnement trop multiplié des parcelles; mais comme ce fractionnement est ce qui présente le plus de difficulté, je vais donner un exemple de partage qui suffira je pense pour tracer la marche à suivre, même dans des cas beaucoup plus compliqués. Je suppose ici que chacun des co-partageans a exigé sa portion sur chacune des parcelles de la propriété.

351. Le domaine de Beaulieu, situé à   est échu en partage par suite du décès de Dumas (André), à ses quatre enfans : Pierrre, Thérèse, Jacques et Antoine.

MASSE DE LA SUCCESSION D'APRÈS LE PLAN PARCELLAIRE, PL. 7, Nº 25.

INDICATION		CANTON ou LIEU-DIT.	NATURE de CULTURE.	CONTENANCE.	CONFRONTATIONS.				ÉVALUATION en capital d'après l'estimation des experts.
de la section.	du numéro du plan.				NORD.	LEVANT.	MIDI.	COUCHANT.	
				h. a. c.					fr
D	22	Beaulieu.	Landes.	4 . 78 . 60	Route royale.	Terre de Beaul.	Chemin.	Landes com.ᵉˢ	4500 00
	33	—	Terre.	4 . 05 . 50	—	Vigne de —	—	Landᵉ de Beaul.	3500 00
	34	—	Vigne.	3 . 74 . 90	—	Pré de —	—	Terre de —	4000 00
	35	—	Pré.	1 . 46 . 20	—	Ruisseau.	Jard. de Beaul.	Vigne de —	4000 00
	36	—	Jardin.	28 . 10	Pré de Beaulieu	Pâture de —	Maison de —	—	400 00
	37	—	Maison et cᵗ	08 . 50	Jardin de —	—	Pâture de —	—	4000 00
	38	—	Pature.	49 . 20	Maison de —	Ruisseau.	Chemin.	—	200 00
			TOTAL . .	14 . 58 . 00					14200 00
			Le mobilier a été évalué d'après l'inventaire qui en a été dressé, à.						3800 00
			TOTAL de la masse de la succession						18000 00

CLAUSES TESTAMENTAIRES.

D'après les clauses du testament, Pierre Dumas doit prendre sur les immeubles un tiers de plus que sa sœur Thérèse. Jacques est avantagé d'un quart sur cette même portion de Thérèse, et enfin Antoine doit aussi avoir un avantage d'un cinquième sur sa sœur.

Le mobilier, au contraire, doit se partager de manière que Pierre aura le double de la portion de Jacques ; qu'Antoine aura une moitié en sus de cette portion, et enfin que Thérèse aura à elle seule autant que ses trois frères.

C'est ici le cas d'appliquer la règle de fausse position analysée n° 347, et l'on en déduira les résultats suivans :

PIERRE aura pour sa part sur la valeur capitalisée des immeubles. . 3958 f. 00 ⎫
      Sur la valeur du mobilier 845   00 ⎭ 4803 f. 00

THÉRÈSE aura sur la valeur des immeubles 2969   00 ⎫
      Sur la valeur du mobilier 1900   00 ⎭ 4869   00

JACQUES aura sur la valeur des immeubles. 3710   00 ⎫
      Sur la valeur du mobilier 422   00 ⎭ 4132   00

ANTOINE aura sur la valeur des immeubles. 3563   00 ⎫
      Sur la valeur du mobilier 633   00 ⎭ 4196   00

        Somme égale au capital de la masse. 18000   00

Pour déterminer la portion de contenance qui revient sur chaque parcelle à chacun des héritiers, on peut se servir du même procédé (347,348), et l'on sera à même alors d'opérer sur le plan les subdivisions qui assigneront à chacun la partie qui lui revient. Ces résultats sont résumés dans le petit tableau suivant :

INDICATION de la section.	du numéro du plan.	NATURE de LA PROPRIÉTÉ	CONTENANCE DE LA PORTION APPÉRENTE A CHACUN DES HÉRITIERS.				CONTENANCE totale par numéro du plan.
			LOT DE PIERRE.	LOT DE THÉRÈSE.	LOT DE JACQUES.	LOT D'ANTOINE.	
D	32	Landes.	1.33.50	1.00.20	1.24.80	1.20.40	4.78.60
	33	Terre.	1.13.05	1.84.77	1.03.96	1.01.72	4.03.50
	34	Vigne.	1.03.65	.77.75	.97.20	.93.30	3.71.90
	35	Pré.	.32.40	.34.30	.30.30	.29.20	1.16.20
	36	Jardin.	.07.85	.05.87	.07.35	.07.05	28.40
	37	Maison et c'	.02.34	.04.77	.02.22	.02.15	08.50
	38	Pature.	.13.70	.10.30	.12.85	.12.35	49.20
		TOTAL. .	4.06.49	3.04.96	3.80.68	3.65.87	14.58.00

DISPOSITIONS GÉNÉRALES.

Le petit chemin de service qui règne sur la limite de séparation des parcelles n^{es} 34 , 35 et 37 , sera d'un usage commun entre les co-partageans pour l'exploitation de ces diverses parcelles. On conservera également à l'usage commun le chemin qui règne entre les deux parcelles n°s 34 et 38 , pour donner accès aux diverses habitations.

———————

352. Avant de développer l'analyse de la méthode à employer pour opérer sur le plan l'application des résultats consignés dans le tableau précédent , il ne sera pas hors de propos d'expliquer les procédés au moyen desquels on peut éviter une partie des tâtonnemens que j'ai signalés plus haut , n° 341.

353. *Partager l'aire d'un triangle en deux portions équivalentes par une ligne droite parallèle à l'un des côtés du triangle.* Soit le triangle ABC, pl. 7 , fig. 26. On prendra au moyen de l'échelle la mesure du côté AC ; on multipliera cette mesure par la moitié de sa valeur, et la racine carrée de ce produit donnera la distance du point C au point où la parallèle cherchée doit couper le côté AC. Prenant donc sur l'échelle la longueur donnée par cette opération et la portant de C vers A sur le côté AC , on arrêtera le point f , et de ce point menant une droite fg parallèle à AB , on aura divisé l'aire du triangle ABC en deux portions fCg et $AfgB$ qui seront équivalentes, et qui représenteront par conséquent chacune une contenance équivalente à la moitié de l'aire de ABC (1).

APPLICATION.

Le côté AB $=$ 242^{m} ; $\frac{1}{2}$ AB $=$ 121^{m} ; AB$\times$ $\frac{1}{2}$ AB $=$ 29282 ; C$f=\sqrt{29282}$.

Log. 29282.....4.466601 , dont moitié pour la racine carrée......2,233301 ; ou C$f =$ 171^{m}. 12^{c}.

354. La parcelle ACDEB, fig. 27, a une contenance de 4 h. 77 a. 40 c. ; il s'agit de la diviser en deux portions équivalentes par une ligne droite parallèle à AB. La subdivision contiguë à AB aura donc une contenance de 2 h. 38 a. 70 c. Pour construire sur AB un triangle équivalent à la moitié de cette contenance, il faudra diviser 2 h. 38 a. 70 c. par AB, ce qui déterminera la hauteur de ce triangle, car le produit de la base par la hauteur d'un triangle, est égal au double de son aire. Or, AB $=$ 198 ^{m} ; $\frac{2,38,70}{198} =$ 120 ^{m} 55 ^{c}. Si l'on marque sur le côté AC un point n, formant l'extrémité d'une perpendiculaire de 120 ^{m} 55 , élevée sur le prolongement de AB, et que l'on joigne ce point n avec le point B par nB,

_____

(1) La démonstration de cette opération est fort simple , le côté Cf doit être moyenne proportionnelle entre Cd et CA. En effet , si du point d pris sur le milieu de AC on mène de parallèle à AB , le triangle Cde sera semblable au triangle CAB , et en sera en même temps le quart. Le nouveau triangle que doit former la parallèle cherchée , sera aussi semblable à Cde et à CAB ; mais dans les triangles semblables , les côtés homologues étant proportionnels , il faudra que Cf soit moyenne proportionnelle entre Cd et CA ; il faudra qu'on puisse dire Cd : Cf :: Cf : CA d'où l'on déduit C$d \times$ CA $=$ $\overline{Cf}^{2}$ ou C$f = \sqrt{Cd \times CA}$. Mais l'aire du triangle Cde est à l'aire du triangle CAB :: 1 : 4 , par conséquent les aires des trois triangles seront dans le rapport 1 : 2 :: 2 : 4 ; c'est-à-dire que Cfg sera équivalent à la moitié de CAB.

on aura le triangle A*n*B, dont la contenance sera de 1 h. 19 a. 35 c. Mesurant ensuite B*n*, pour servir de base à un second triangle, d'une contenance équivalente à A*n*B, on la trouve de 285 ^{m}. Divisant 2.38.70 par 285, on a pour quotient la hauteur de ce second triangle, qui servira à déterminer le point *m* sur DE, et menant ensuite la droite *mn* de *m* en *n*, on aura le quadrilatère A*nm*B, dont la contenance sera la moitié de la contenance totale de la parcelle. Il ne reste plus qu'à ramener ce côté *mn* à être parallèle à AB, en conservant toujours la même contenance, pour avoir satisfait à la question proposée. Par le point *o*, pris sur le milieu de *mn*, on fera passer *sr*, parallèle à AB, et la division demandée sera opérée. Car A*nm*B = A*sr*B + *orm* — *ons*. Mais *orm* = *ons* comme ayant des bases et des hauteurs égales, par conséquent A*sr*B = A*nm*B = 2 h. 38 a. 70 c.

355. La parcelle ACDB, fig. 28, est traversée par un chemin de service *vmo*; elle a une contenance de 3 h. 55 a. 05 c. qu'il s'agit de partager en trois portions, de manière que l'une appuyée sur AC soit de la contenance de 1 h. 18 ares 35 c.; que la seconde prise à la suite, ait la moitié de cette contenance, et enfin que les trois divisions qui résulteront de cette opération soient distribuées de manière que chacune d'elles puisse faire usage du chemin de service *vmo*. On calculera d'abord la contenance du triangle A*mo*, que l'on déduira de la contenance 1.18.35 du premier lot. Ce reste, par la même opération que dans l'exemple précédent n° 354), servira à déterminer d'abord le point *u*, puis le point *n*, et à construire enfin la figure A*srmo* qui aura la contenance demandée, et qui s'appuiera dans toute sa longueur sur le chemin de service *vmo*. Si l'on calcule la contenance du quadrilatère C*rsv* et qu'on la déduise de 59 a. 17 c., contenance du second lot, le reste déterminera la quantité *rvD t* que l'on doit prendre sur l'autre côté du chemin pour compléter ce second lot, et, comme le démontre la figure, chacune des divisions aura la contenance voulue, tout en conservant le libre usage du chemin d'exploitation *vmo*.

356. Ces trois exemples suffiront pour rendre bien intelligibles les différens procédés à suivre pour opérer sur un plan les divisions d'après les conditions des contenances et les nécessités de position.

357. On a fait sur le plan, fig., 25, pl. 7, l'application des résultats du partage résumé dans le tableau précédent. Chaque subdivision en est l'expression bien exacte, soit sous le rapport de la contenance, soit sous celui des conditions communes aux co-partageans; il ne reste plus qu'à en faire l'application sur le terrain en plaçant les bornes qui doivent fixer les limites de chaque nouvelle parcelle. Sur la ligne *ab*, qui termine la parcelle de lande, on marquera le point *c* à 102^m du point *a* et le point *m* à 52^m du point *s* et l'on aura borné la parcelle qui forme le lot de Pierre, dans la lande n° 22. On bornera successivement de la même manière les lots suivans, et cette opération rapportée du petit au grand sur le terrain, reproduira des polygones exactement semblables à ceux du plan, et par conséquent de la contenance exprimée dans les conditions du partage. Il en sera de même pour toutes les autres subdivisions, elles doivent être toutes la reproduction proportionnelle des figures tracées sur le plan, et des bornes placées bien exactement aux points de rencontre des lignes qui en forment les côtés, en détermineront les limites d'une manière invariable.

358. Je n'ai dû m'occuper dans ce rapide aperçu sur les partages, que de la manière de traduire sur le terrain, à l'aide d'un plan, les diverses clauses sur lesquelles il est basé. J'ai cherché à rendre moins longs et moins sujets à erreur, les tâtonnemens auxquels se livrent beaucoup d'experts arpen-

teurs pour parvenir à opérer les divisions de parcelles dans des conditions qui leur présentent parfois de l'embarras.

359. Les cinq livres de cet ouvrage contiennent à peu près tout ce qu'il est important de savoir, lorsqu'on est appelé à se livrer à des travaux géodésiques, quelle que soit leur importance ; quelles que soient les difficultés qu'ils puissent présenter. J'y ai analysé toutes les méthodes qu'on peut employer avec sécurité ; et tout en me proposant de venir en aide à l'inexpérience de ceux qui aspirent à entrer dans la carrière administrative ou qui prétendent à prendre une part active aux gigantesques travaux d'utilité publique qui s'exécutent sur tous les points de la France , je me suis vivement préoccupé du désir de contribuer à rendre sérieux l'accomplissement du règlement du 31 janvier 1834. J'ai cherché à faire prévaloir la nécessité de soumettre les plans d'épreuve à des vérifications réelles afin que l'administration supérieure , éclairée sur les progrès de ses divers agens , n'éprouve aucune incertitude lorsqu'il s'agit de juger et d'apprécier soit leur mérite , soit leurs droits à sa bienveillance paternelle. J'ai voulu surtout faciliter à mes collègues les moyens de remplir convenablement une tâche qui , sans être aussi redoutable qu'elle le paraît , ne doit pas cependant être envisagée avec ce dédain qui a pu faire supposer parfois , qu'il suffisait de savoir copier et rapporter un plan sur le papier, pour être parfaitement en état d'opérer sur le terrain , et que cette preuve seule pouvait tenir lieu de toutes les autres. Si j'ai atteint le but que je me suis proposé, si j'ai réussi à me rendre utile au corps auquel je suis fier d'appartenir, mes obscures études auront obtenu la plus noble des récompenses qu'il me fût donné d'ambitionner.

FIN.

TABLE DES MATIÈRES.

LIVRE PREMIER.

LIVRE II.

LIVRE III.

LIVRE IV.

LIVRE V.

DES PARTAGES.

FIN DE LA TABLE.

Niort.—Morisset, impr.

ÉCHELLES DES CORDES.

LE RAYON DES CORDES EST DE 5,00000.   LE RAYON DES SINUS EST DE 10,00000.

GRADUATION DES ARCS	VALEUR NUMÉRIQUE		GRADUATION DES ARCS	VALEUR NUMÉRIQUE		GRADUATION DES ARCS	VALEUR NUMÉRIQUE		GRADUATION DES ARCS	VALEUR NUMÉRIQUE	
	des cordes de degré en degré.	d'une minute du degré de différence.		des cordes de degré en degré.	d'une minute du degré de différence.		des cordes de degré en degré.	d'une minute du degré de différence.		des cordes de degré en degré.	d'une minute du degré de différence.
1	2	3	4	5	6	7	8	9	10	11	12
0°	0,00000	0,004455	45°	3,82680	0,001342	90°	7,07106	0,001024	135°	9,23879	0,000551
1	0,08726	1455	46	3,90732	1336	91	7,13250	1015	136	9,27483	539
2	0,17452	1455	47	3,98749	1331	92	7,19340	1005	137	9,30446	527
3	0,26177	1454	48	4,06736	1323	93	7,25373	0,000996	138	9,33582	515
4	0,34899	1453	49	4,14693	1320	94	7,31352	987	139	9,36673	503
5	0,43649	1453	50	4,22617	1314	95	7,37278	978	140	9,39693	491
6	0,52336	1452	51	4,30511	1310	96	7,43144	968	141	9,42643	479
7	0,61048	1451	52	4,38371	1304	97	7,48955	959	142	9,45517	467
8	0,69756	1450	53	4,46197	1299	98	7,54710	949	143	9,48323	455
9	0,78459	1449	54	4,53994	1293	99	7,60407	939	144	9,51054	444
10	0,87156	1448	55	4,61748	1286	100	7,66044	930	145	9,53747	431
11	0,95845	1447	56	4,69460	1283	101	7,71625	921	146	9,56304	419
12	1,04528	1445	57	4,77159	1275	102	7,77150	910	147	9,58820	407
13	1,13203	1444	58	4,84808	1269	103	7,82607	900	148	9,61262	395
14	1,21869	1443	59	4,92423	1263	104	7,88011	890	149	9,63634	382
15	1,30526	1441	60	5,00000	1256	105	7,93354	884	150	9,65926	370
16	1,39173	1439	61	5,07535	1250	106	7,98637	869	151	9,68149	357
17	1,47809	1437	62	5,15038	1243	107	8,03853	860	152	9,70295	346
18	1,55434	1435	63	5,22498	1237	108	8,09046	850	153	9,72374	333
19	1,65045	1433	64	5,29949	1230	109	8,14415	839	154	9,74369	321
20	1,73648	1431	65	5,37300	1223	110	8,19452	829	155	9,76297	308
21	1,82235	1429	66	5,44638	1216	111	8,24426	818	156	9,78147	296
22	1,90809	1428	67	5,51937	1209	112	8,29036	808	157	9,79925	283
23	1,99368	1426	68	5,59193	1202	113	8,33886	797	158	9,81627	274
24	2,07911	1423	69	5,66406	1195	114	8,38669	787	159	9,83254	259
25	2,16440	1421	70	5,73576	1187	115	8,43392	777	160	9,84807	246
26	2,24951	1418	71	5,80702	1180	116	8,48047	766	161	9,86286	233
27	2,33445	1415	72	5,87785	1173	117	8,52644	754	162	9,87688	224
28	2,41921	1409	73	5,94823	1165	118	8,57169	743	163	9,89015	209
29	2,50380	1406	74	6,01815	1158	119	8,61628	733	164	9,90268	198
30	2,58819	1403	75	6,08760	1150	120	8,66026	722	165	9,91445	183
31	2,67238	1399	76	6,15660	1142	121	8,70356	711	166	9,92545	171
32	2,75635	1396	77	6,22515	1134	122	8,74620	699	167	9,93570	158
33	2,84015	1392	78	6,29320	1126	123	8,78818	688	168	9,94520	145
34	2,92371	1388	79	6,36079	1119	124	8,82946	677	169	9,95395	133
35	3,00706	1385	80	6,42783	1110	125	8,87010	666	170	9,96193	120
36	3,09016	1380	81	6,49446	1102	126	8,91006	654	171	9,96915	108
37	3,17300	1378	82	6,56059	1090	127	8,94934	643	172	9,97563	0,000095
38	3,25568	1373	83	6,62624	1084	128	8,98793	632	173	9,98134	82
39	3,33806	1370	84	6,69130	1076	129	9,02585	620	174	9,98627	70
40	3,42020	1366	85	6,75590	1068	130	9,06308	608	175	9,99047	57
41	3,50215	1358	86	6,81996	1059	131	9,09960	597	176	9,99390	44
42	3,58367	1355	87	6,88354	1051	132	9,13543	586	177	9,99658	31
43	3,66504	1351	88	6,94659	1042	133	9,17061	574	178	9,99804	19
44	3,74606	1345	89	7,00909	1033	134	9,20504	562	179	9,99962	0,000006
45	3,82680	1342	90	7,07106	1024	135	9,23879	551	180	10,00000	»

Niort.—Morisset, imprimeur.

APPENDICE AU LIVRE III.

DE L'ARPENTAGE PAR ALIGNEMENS OU PAR DIRECTION.

360. J'ai cru devoir ajouter à ce traité de l'Art de lever les Plans, et sous forme d'appendice pour le compléter, l'analyse d'une méthode qui est aujourd'hui en faveur dans un grand nombre de départemens, parmi les géomètres du cadastre; c'est celle de l'arpentage par alignemens ou par direction. Cette méthode présente en effet de tels avantages lorsqu'on opère sur un terrain découvert et dégagé d'accidens ; les procédés en sont tellement expéditifs, et les résultats, avec la condition expresse sur laquelle je ne saurais trop insister, de s'appuyer sur une bonne triangulation, offrent de telles garanties d'exactitude, que je conseillerai d'y recourir de préférence toutes les fois qu'on se trouvera sur un sol assez heureusement disposé pour que l'œil puisse embrasser et suivre le développement de longues lignes et en poursuivre indéfiniment le prolongement.

361. La méthode d'arpentage par alignemens est extrêmement simple. Elle repose sur le principe que deux points suffisent pour déterminer une ligne droite quelque prolongée qu'on la suppose, et se combine aussi avec le principe que, d'un point pris hors d'une ligne droite, on ne peut mener qu'une seule perpendiculaire à cette droite. Elle exige la plus rigoureuse précision dans le mesurage à la chaîne, mais elle serait fautive et incertaine, si les points principaux qui servent à déterminer les grandes lignes de direction n'étaient pas le résultat d'opérations trigonométriques préalables poussées au plus haut degré d'exactitude possible. Enfin elle est tellement facile dans son application que les arpenteurs les plus étrangers aux premières notions de la géométrie en conçoivent rapidement le mécanisme. Il importe principalement de disposer les lignes de construction de manière que dans leurs directions et leurs prolongemens elles permettent, soit par leur rencontre avec le contour des polygones ou parcelles,

soit par de courtes perpendiculaires à ces lignes , soit enfin par quelques constructions intermédiaires , de recueillir les données nécessaires pour rapporter sur le plan tous les détails du
territoire sur lequel on opère. Ces lignes de direction doivent toujours s'appuyer sur des points
précisés avec certitude par la triangulation , ou du moins déterminés par des opérations rattachées aux
points trigonométriques. On conçoit que ces grandes lignes rapportées sur le plan y figureront d'une
manière proportionnelle et dans une situation parfaitement identique avec leurs homologues sur le
terrain , ainsi que tous les points marqués sur leurs directions , ou reliés à ces lignes par de courtes
perpendiculaires.

362. La ligne imaginaire qui joint deux points sur le terrain , est la plus courte distance de l'un de
ces points à l'autre. Pour mesurer exactement cette distance, on doit avoir le soin de placer dans l'intervalle qui les sépare , quelques jalons disposés ainsi que je l'ai indiqué plus haut en expliquant le
jalonnage. Ces jalons , par leur alignement , marquent sur le terrain le tracé ou la direction de la ligne
droite. Ils servent également à marquer le point où une nouvelle ligne peut se rattacher sur la direction
de la première. Si l'on prolonge l'alignement au-delà du point où s'arrête cette première ligne droite ,
et que , par suite d'un jalonnage parfaitement disposé dans la direction des deux points qui ont déterminé
la position de la ligne figurée , on porte son extrémité aussi loin que l'exige la configuration du sol , cette
extrémité sera marquée sur le plan rapporté par une mesure proportionnelle à celle que l'on aura relevée sur
le terrain avec la chaîne , et tous les points de cette ligne se rapporteront exactement à ceux qui auront
été observés et annotés dans le mesurage de cet alignement prolongé. Il en sera de même des détails qu'on y
aura rattachés. L'exemple suivant analysé d'après les constructions figurées à la planche 8 , suffira pour
rendre cette méthode suffisamment intelligible et pour en faciliter l'application dans la pratique.

363. Soit le terrain figuré dans la planche 8 , fig. 29. On a déterminé par les opérations trigonométriques de la triangulation la position des points A , O , F , E, B , P , X et Q , et il s'agit de relier à
ces points des lignes droites dont ils préciseront avec certitude les directions lorsqu'elles passeront par
deux de ces points connus , et de distribuer ces lignes droites de manière que , dans leurs directions ou
leurs prolongemens , elles puissent parcourir tous les points à l'aide desquels il soit possible de relever les
détails du parcellaire.

Pour dessiner convenablement le croquis visuel sur lequel on doit annoter les obervations et les données
à l'aide desquelles il s'agit de rapporter le plan, on fera bien d'établir préalablement sur son papier , au
moyen du procédé indiqué n° 250, la position exacte des points trigonométriques qui doivent y figurer.
On pointillera les lignes qui les relient, et l'on y marquera des divisions de cent en cent mètres, de
sorte qu'à l'aide de cette charpente , le croquis pourra recevoir toute la précision désirable dans la distribution approximative des détails.

Rendu sur le terrain et commençant par les signaux placés aux trois points B, E, F, par exemple,
on chaînera les trois côtés BE, EF et FB, dont la longueur déjà connue par suite des calculs trigonométriques, donne le moyen de s'assurer de l'exactitude du mesurage. En mesurant ces lignes, on aura eu
soin de relever toutes les divisions de parcelles, et l'on aura planté des piquets à deux points S et C,

qui ont paru convenables pour servir de rattachement à d'autres lignes d'opération sur la direction BF. Un piquet planté au point T, sur la direction FE, servira également à rattacher une ligne de direction qui, partant du point C, aura sa position déterminée par ce second point T, et qui, par son prolongement, pourra fixer la place du point D. De ce point T, une ligne déterminée par la position des deux points T et B, complète les constructions à l'aide desquelles on peut figurer sur le croquis les données nécessaires pour rapporter les détails qui se relient aux points a, b, c, C, e, f, g, h, D de la parcelle n° 24. On mesurera également DE et la longueur de cette distance cotée sur le croquis fournira, lorsqu'on rapportera le plan, un moyen de vérifier l'exactitude de l'opération par laquelle on a déterminé la position du point D par le prolongement de la ligne de direction CT.

On mesurera également la ligne qui est déterminée par les deux points D et F, afin de pouvoir rattacher à cette ligne, soit par sa rencontre avec les contours de la parcelle n° 7, soit par de courtes perpendiculaires les détails qui se relient aux points m, n, v; et cette ligne sera encore un moyen de vérification de la position du point D (1).

Je ne crois pas devoir entrer dans des explications plus détaillées sur les diverses opérations dont les résultats doivent être annotés sur le croquis, les constructions figurées à la planche 8 et les diverses analyses que j'ai données précédemment me paraissent suffisantes pour les rendre parfaitement intelligibles pour les commençans les plus inexpérimentés.

On mesurera le côté BO formé par la direction passant par ces deux points trigonométriques, et son prolongement porté jusqu'au bord du chemin, donnera le moyen de déterminer un point L, auquel on pourra fixer le point de départ d'une ligne dont la direction sera précisée par le point trigonométrique F, et servira à relever les mesures et les annotations nécessaires pour figurer le tracé du chemin qui borne les parcelles n°s 7, 8, 9 et 10.

On a sur la direction BO marqué un point Y qui, avec le point S de la direction BF, donne la position de la ligne SY qu'on a prolongée jusqu'en S, et au moyen de laquelle on a relevé et annoté les données nécessaires pour rapporter les détails qui s'y rattachent.

Le point C pris sur la direction BF, et le point trigonométrique O détermineront la direction d'une ligne CO, qui, prolongée jusqu'en H, précisera la position exacte de ce dernier point, et servira de base d'opérations pour relever et annoter les données nécessaires pour reproduire toute cette partie du contour du périmètre de la parcelle n° 22.

En mesurant la ligne déterminée pour les deux points A et B, on arrêtera sur cette direction deux points U et I destinés à servir de points de départ pour de nouvelles lignes de construction. L'une appuyée sur ce point U et sur le point H donné par le prolongement de la direction CO, passera par ces deux points et, continué jusqu'au chemin au point G, servira de base aux opérations de détails qui se relient à cette direction. La mesure de la distance du point G au point L servira à vérifier l'exactitude de l'opération.

(1) On me reprocherait sans doute d'avoir indiqué sur le croquis figuré à la planche 4, quelques perpendiculaires dans des conditions qui sortent de la tolérance; mais loin de les avoir données comme un exemple à suivre, j'en ai pris occasion de démontrer (219) les graves inconvéniens qui en ont motivé l'interdiction.

L'autre, partant du point U, aura sa direction déterminée par ce point et par un second point arrêté en K, pris sur l'alignement qui joint les deux points trigonométriques E et Q. Son prolongement fixera la position du point R, sur la berge du ruisseau.

Enfin, le point I servira à déterminer la direction de la ligne IP qui joint ce point pris sur la direction AB, avec le point trigométrique P.

Les points L et V, M et N, pris sur les directions IP et UR, ont servi à déterminer la position de deux lignes secondaires pour relever les détails qui s'y rattachent.

La direction PQ, donnée par les deux points trigonométriques P et Q, prolongée jusqu'en A', a fourni les données nécessaires pour relever cette partie de détail, et ce point A' est devenu lui-même un point connu pour pouvoir préciser la direction et la position d'une nouvelle ligne A'R qui sert à relever le cours du ruisseau, et dont la longueur fournira, en rapportant le plan, un moyen de vérification.

Deux points C' et B', pris, l'un sur la direction MN, l'autre sur la direction QE, ont servi, en précisant la position et la direction d'une ligne B'C', à arrêter le point e de la parcelle n° 28, et à compléter les constructions dont le tracé indiqué sur la figure ne peut laisser aucune incertitude.

Une ligne de direction déterminée par les deux points R et E, et prolongée jusqu'en k précise la position des points l et k et, par conséquent, cette partie du cours du ruisseau.

364. L'arpentage par direction ou par alignemens rend inutile le mesurage des angles qui a pour objet de déterminer, lors du rapport du plan, l'inclinaison que les lignes doivent avoir entre elles; procédant toujours par le rattachement des lignes à des points connus, on conçoit que leur position dans le plan se trouve toujours exactement établie, puisque c'est un axiome fondamental en géométrie que deux points suffisent pour déterminer la position d'une ligne droite. Par conséquent, ce mode d'opérer sur le terrain doit, avec raison, paraître préférable à tous ceux que des études préparatoires n'ont pas initiés aux sciences mathématiques, et qui ont nécessairement adopté avec enthousiasme les moyens les plus expéditifs pour accomplir la tâche qui leur est imposée.

365. Ainsi qu'on a pu en juger par la simplicité des opérations que j'ai analysées, on voit que cette méthode est aussi facile dans son application que rapide dans ses procédés. Elle offre les meilleures garanties d'exactitude, puisque les alignemens sur lesquels elle s'appuie sont fixés par des points dont la position a été déterminée par une bonne triangulation, et que les points arrêtant les contours des parcelles sont précisés par de courtes perpendiculaires menées de ces points aux lignes de direction, ou par la rencontre des lignes de direction avec les limites des parcelles. Avec un peu d'expérience pratique on acquerra, en peu de temps, assez de promptitude et de sûreté dans le coup-d'œil, pour disposer avec méthode, les alignemens dans l'ordre le plus favorable à l'exactitude et à la célérité de l'opération. Mais j'insisterai de nouveau sur la rigoureuse nécessité d'appuyer, au moins, les principales lignes de direction, sur une triangulation faite et calculée avec le plus grand soin; sans cette précaution on tomberait infailliblement dans les plus graves erreurs, ainsi que je l'ai démontré plus haut (216).

366. Cependant, quelque séduisante que soit cette méthode d'arpentage, on concevra qu'elle n'est praticable que dans ces régions qui offrent de vastes plaines où la culture est peu variée, où les parcelles

ne sont pas bornées par les clôtures boisées et presque impénétrables, que l'on rencontre dans certains départemens, où l'on peut enfin prolonger indéfiniment les alignemens sur lesquels on appuie les travaux de détail. Dans ces contrées, la tâche du géomètre est facile; il ne lui faut qu'un peu d'intelligence dans la distribution de ses lignes de construction. Si la triangulation est bonne, s'il ne néglige aucune des précautions qu'exige l'emploi de la chaîne dans le mesurage des distances (1), il opèrera avec rapidité et avec toutes les garanties désirables d'exactitude. Mais il est des contrées tourmentées par des accidens de terrain, couvertes d'arbres, sillonnées par des vallées ou de profonds ravins, où cette méthode, si chère aux débutans, se trouverait frappée d'impuissance, et il faut alors recourir aux procédés que j'ai analysés en expliquant l'usage de la planchette ou de la boussole.

367. Le tracé des alignemens sur le terrain exige le plus grand soin et la plus rigoureuse précision, car la plus légère déviation suffirait pour entraîner dans des erreurs considérables, puisque ces alignemens qui figurent des lignes droites imaginaires sur le terrain, sont reproduits sur le plan rapporté par de véritables lignes droites. C'est surtout dans le jalonnage qui porte le prolongement d'une direction de beaucoup au-delà des points sur lesquels elle est appuyée, qu'il serait encore plus dangereux de s'écarter du véritable alignement, parce qu'alors l'extrémité où il s'arrêterait, ne serait pas exactement représentée par le point qui terminerait la ligne droite tracée sur le plan. Aussi, doit-on user sobrement de cette faculté de prolonger les lignes de direction, et ne les prolonger que jusqu'à des points assez rapprochés.

368. L'équerre dont on se sert pour arrêter le pied des perpendiculaires menées des points extérieurs à la ligne de direction, peut s'employer avec avantage à faciliter la pose des jalons et à assurer leur parfait alignement. Cette opération est très-simple; il suffit de planter l'équerre de manière qu'elle se trouve bien exactement sur la verticale passant par le point où l'on veut rattacher le prolongement de la ligne de direction; on la fait mouvoir jusqu'à ce que, par les deux mires opposées, on rencontre le signal placé à l'autre extrémité ou à l'un des points de la ligne que l'on veut prolonger; puis, plaçant l'œil à la mire opposée à celle par laquelle on vient de regarder, on fait disposer le jalonnage de manière qu'il se confonde parfaitement avec le rayon visuel passant par cet axe de l'équerre. On obtiendra ainsi avec autant de facilité que de précision l'alignement cherché. Lorsque le terrain est découvert, il est facile, en se plaçant à l'une des extrémités de la ligne, de s'assurer à l'œil si le jalonnage est bien exactement disposé. Dans un cas pareil, lorsque les deux premiers jalons sont placés, un géomètre qui a un peu d'expérience établit, en marchant vers l'autre extrémité, son jalonnage sans tâtonnement et en se guidant simplement sur ces deux premiers jalons.

369. Les mêmes opérations de construction figurées à la planche 8 peuvent s'employer avec avantage, lorsqu'il s'agit de rapporter un plan d'une échelle à une autre; il faut seulement apporter le plus grand soin dans l'établissement des points sur lesquels doivent s'appuyer les grandes lignes.

---

(1) Si j'ai conseillé l'emploi du décamètre en toile imperméable (156), c'est uniquement pour pousser aussi loin que possible l'exactitude du mesurage de la base pour les opérations trigonométriques. Dans tous les autres cas, on doit préférer la chaîne ordinaire dont j'ai expliqué l'usage (79 à 82 et 185 à 188).

370. On rencontre souvent dans les travaux d'arpentage de grandes enclaves boisées et impénétrables, formant de vastes polygones, dont on ne peut relever le périmètre qu'en opérant sur le contour extérieur. Soit que l'on se serve du graphomètre, soit que l'on emploie la boussole pour déterminer les directions des côtés de ces polygones, dont on mesure et dont on annote la longueur sur le croquis d'une station à l'autre (209), on a toujours, lorsqu'on fait le rapport du plan, plusieurs moyens de vérification pour s'assurer de l'exactitude de l'opération.

371. Si l'on a relevé l'ouverture des angles extérieurs au moyen du graphomètre, on fera la somme de toutes ces valeurs, et le total doit donner autant de fois 180 degrés qu'il y a de côtés au polygone moins deux. Car le polygone (5), pouvant se décomposer en autant de triangles qu'il a de côtés moins deux, et les angles de ces triangles résultant tous de la subdivision des angles compris entre les côtés du polygone, on conçoit que la somme de ces derniers doit former autant de fois 180 degrés qu'il y aurait de triangles. Après avoir relevé tous les angles du contour du polygone, il est facile de vérifier l'exactitude de l'opération, mais comme la configuration de la parcelle peut quelquefois donner lieu à des angles rentrans, on aura soin alors de retrancher la valeur de l'angle rentrant de 360 degrés et de prendre le reste pour la valeur à ajouter à celle des autres angles dont on fait la somme.

372. On peut aussi avec la boussole relever la valeur des angles extérieurs et les soumettre à la même vérification.

373. Enfin, on a observé avec toute la précision désirable l'ouverture des angles qui déterminent les directions des côtés du polygone, mais il s'agit en outre de vérifier l'exactitude du mesurage de ces côtés. Si, après avoir construit la figure à l'aide des données établies sur le croquis, on fait passer deux droites se coupant à angles droit par un des sommets du polygone et, qu'au moyen du procédé analysé, page 62, pour les calculs des distances des points trigonométriques à la méridienne et à sa perpendiculaire, on détermine par de semblables calculs les distances des sommets du polygone aux deux axes rectangulaires qu'on a tracés sur la figure rapportée, on pourra vérifier si ces distances se rapportent exactement à celles qui résultent de la construction du polygone au moyen de la valeur des angles et des côtés mesurés sur le terrain.

APPENDICE AU LIVRE IV.

DU TRACÉ DES CARRÉS.

374. Lorsqu'il s'agit de rapporter le plan, on éprouverait une difficulté insurmontable pour établir la position des points trigonométriques, d'après leurs distances aux deux axes rectangulaires formés par la méridienne et par sa perpendiculaire passant l'une et l'autre par un même point du territoire, surtout pour les parties du plan qui doivent se trouver sur des feuilles séparées. J'ai dit (243) qu'on devait tracer sur chaque feuille une méridienne et une perpendiculaire, placées l'une et l'autre à une distance, en nombre rond, de 200 mètres, si l'on fait usage de l'échelle, de 1 à 2,000.

Pour assurer l'exactitude de l'opération du rapport des points trigonométriques, et pour fournir un moyen de constater le retrait ou l'extension du papier, les deux axes rectangulaires qu'on a tracés, servent à construire sur chaque feuille, des carrés de 400 mètres de côtés, si l'on emploie l'échelle de 1 à 2,000, et de 500 mètres si l'échelle est de 1 à 2,500.

375. Le tracé des carrés demande beaucoup de soin et de précision, c'est pourquoi je crois devoir ajouter ici quelques explications pour aplanir autant que possible les difficultés que présente cette opération.

Il faut nécessairement être pourvu d'une grande règle parfaitement droite. On préfère ordinairement celles en cuivre et l'on obvie à l'inconvénient qu'elles ont de salir le papier, en recouvrant la surface qui doit s'appuyer sur le plan, d'un papier mince et bien uni qui se fixe très-bien sur le cuivre par divers procédés, notamment au moyen du *mordant* qu'on emploie pour transporter sur bois des dessins lithographiques.

Après avoir tracé la ligne indéfinie PP, fig. 30, pl. 8, passant par le point N, de ce point N on marquera deux points *o* et *r* pris sur cette ligne arbitrairement à l'égale distance du point N ; et de ces points, comme centre, et d'une ouverture de compas quelconque mais beaucoup plus grande que *or*, on décrira en dessus et en dessous de PP des arcs de cercle en *s* et en *s'*, dont l'intersection déterminera la position de la méridienne MM, passant par le point N. On placera la règle tangentiellement aux points *s* N *s'*, qui doivent se trouver parfaitement sur la même ligne droite, et l'on tracera la méridienne que l'on prolongera indéfiniment tant en dessus qu'en dessous de la ligne PP.

Prenant ensuite une ouverture de compas de 400 mètres sur l'échelle, on marquera des divisions de cette mesure sur toute la longueur MM, en partant du point N, et l'on marquera de la même manière des distances égales à droite et à gauche du point N sur la ligne PP.

De chacun des points de division de la méridienne MM, et toujours avec la même ouverture de compas de 400 mètres, on décrira à droite et à gauche un arc de cercle. Puis, du premier point de division de la ligne PP, décrivant aussi un arc de cercle en dessus et en dessous de cette ligne, leurs intersections avec les arcs décrits de la première division de MM, détermineront les points où l'on doit porter successivement la pointe du compas pour décrire l'arc qui doit former une intersection avec l'arc décrit de la division suivante de MM, et ainsi de suite tant en dessus qu'en dessous de PP, et tant à droite qu'à gauche de la méridienne MM. Ces points d'intersection détermineront la position des parallèles à la méridienne et à sa perpendiculaire, qui formeront par leur rencontre des carrés dont les côtés auront 400 mètres. Si, en plaçant la règle sur les points d'intersection des arcs, il s'en trouvait quelqu'un qui ne concordât pas parfaitement avec les autres, soit dans le sens vertical, soit dans le sens horizontal, il y aurait une erreur qui pourrait provenir ou du tracé des axes rectangulaires, ou de quelques parties de l'opération, qu'il serait indispensable alors de reprendre et de vérifier. On s'assurera encore de l'exactitude du tracé des carrés en plaçant diagonalement la règle de A en D par exemple; elle doit passer parfaitement par tous les points d'intersection qui se trouvent sur cette direction.

Cet exemple sera suffisant pour faire comprendre qu'en continuant de la même manière on construira autant de carrés que la feuille peut en contenir. J'indique ce procédé comme l'un des plus commodes par son extrême simplicité, et comme le plus à la portée de la plupart des géomètres qui ne sont pas toujours bien fournis d'intrumens de précision.

———

376. La démonstration que j'ai donnée (11) pour le cas où, deux côtés d'un triangle et un angle opposé à l'un des côtés étant connus, il s'agit de reconstruire le triangle, présentant deux solutions qui pourraient embarrasser principalement ceux qui font usage de la planchette, je crois nécessaire de les développer ici.

Soit *d* et *a* les deux côtés connus et A l'angle connu opposé au côté *a*, pl. 8, fig. 31.

Dans le cas où l'angle A serait droit ou obtus, le côté opposé *a* devrait être plus grand que le côté *d*, par la raison que dans tout triangle les plus grands côtés sont opposés aux plus grands angles.

Si l'angle A est aigu et que a soit plus grand que d on n'aura encore qu'une seule solution ; mais si le côté a est plus petit que le côté d, ainsi que dans la figure 31, pl. 8, le problème présente une double solution qui satisfait également à ses conditions.

En effet, si à l'extrémité A d'une droite AB, qu'on a faite égale à la mesure donnée d, on construit un angle BAC égal à l'angle donné A et, que du point B, comme centre et d'un rayon égal au côté donné a, on décrive un arc de cercle DC, il coupera le côté AC de l'angle BAC en deux points D et C; si du point B on mène les deux droites BD et BC, elles formeront deux triangles BDA et BCA qui satisferont tous les deux aux conditions du problème.

Ainsi donc, à moins que le côté donné a ne soit plus grand que le côté d, on fera bien de mesurer le troisième côté, à moins que la configuration du terrain ne permette de reconnaître à l'œil et de le noter sur le croquis que l'angle opposé au côté d est un angle obtus.

RÉSOLUTION DES TRIANGLES RECTANGLES.

377. Je n'ai donné, page 33, que quelques-unes des formules au moyen desquelles on peut opérer la résolution des triangles rectangles ; cependant il y en a plusieurs autres qu'on peut employer avec avantage et que je vais analyser pour clore cet appendice.

378. Soit, comme précédemment (49), A l'angle droit, B et C les deux angles aigus, BC l'hypoténuse et AC et AB les côtés opposés aux angles B et C, et R le rayon $= 1$.

Les deux angles aigus étant complément l'un de l'autre, on peut, suivant les différens cas, prendre sin. C $=$ cos. B ; sin. B $=$ cos. C et pareillement tang. B. $=$ cot. C; tang. C $=$ cot. B.

379. *Premier cas.* Étant donnés l'hypoténuse BC et un côté AC, trouver le troisième côté AB et les deux angles aigus.

On a vu plus haut (54) que BC et AC étant connus, on obtenait l'angle B par la formule sin. B $= \frac{AC}{BC}$ On peut trouver directement le second angle par cette formule cos. C $= \frac{AC}{BC}$ déduite de cette proportion BC : AC :: R : Cos. C.

La valeur du troisième côté, indépendamment de la formule AB $= \sqrt{\overline{BC}^2 - \overline{AC}^2}$, peut s'obtenir ainsi : après avoir trouvé l'angle B, on a la proportion R : cot. B :: AC : AB, d'où l'on déduit AB $=$ cot. B $\times$ AC.

380. *Deuxième cas.* Étant donnés les deux côtés AB et AC de l'angle droit, trouver l'hypoténuse BC et les deux autres angles aigus B et C.

L'angle B peut s'obtenir par la proportion AB : AC :: R : tang. B. D'où l'on déduira tang. B $= \frac{AB}{AC}$ et pour l'angle C, tang. C $= \frac{AB}{AC}$.

Connaissant ainsi l'angle B, on trouvera l'hypoténuse BC par la proportion sin. B : R :: AC : BC, d'où l'on déduit BC $= \frac{AC}{\sin. B}$. Cette formule se prête mieux au calcul logarithmique que celle donnée au n° 48.

48

381. *Troisième cas*. Étant donnés un côté AC de l'angle droit avec l'un des angles aigus, trouver l'hypothénuse BC et l'autre côté AB.

Connaissant l'un des angles aigus, l'on peut déterminer l'autre qui est son complément ; ainsi on peut supposer connu l'angle C opposé au côté donné AC, et pour trouver BC et AB, on aura les proportions :

$$\text{Sin. B : R :: AC : BC} \quad ; \quad \text{R : Cot. B :: AB : AC, d'où l'on déduit}$$
$$BC = \frac{AC}{\sin. B} \qquad\qquad AB = AC \times \text{Cot. B}$$

APPLICATION DU CALCUL DES LOGARITMES.

Premier cas. Soit, comme à la fig. 7 pl. 1, BC = 557 m. 35 ; AC = 357 m.

on a sin. $B = \frac{AC}{BC}$; cos. $C = \frac{AC}{BC}$; AB = cot. $B \times AC$.

Log. AC ou 357 m. 2.552668
Compl. arith. log. BC ou 557.35 . . . 7.253871

                Total. . . . . . . 9.806539 = sin. B = 39° 50' = cos C = 50° 10'

Log. cot. B ou 39° 50' 0.078752
Log. AC ou 357 m. 2.552668

                Total. . . . . . . 2.631420 = AB = 428 m.

Deuxième cas. Soit, AB = 428 ; AC = 357

on a tang. $B = \frac{AC}{AB}$; tang. $C = \frac{AB}{AC}$; $BC = \frac{AC}{\sin. B}$

Log. AC 2.552668
Comp. arith. log. AB 7.368571

                Total. . . . . . . 9.921239 = tang. B = 39° 50'

Log. AB. 2.631420
Comp. arith. log. AC. 7.447332

                Total. . . . . . 0.078752 = tang. C = 50° 10'

Log. AC. 2.552668
Comp. arith. log. sin. B, 39° 50' . . . 0.193461

                Total. . . . . . . 2.746129 = BC = 557 m. 35 c.

Troisième cas. Soit AC = 357 ; B = 39° 50' et par conséquent C = 50° 10'

on a $BC = \frac{AC}{\sin. B}$ comme ci-dessus et AB = AC × cot. B

Log. AC 2.552668

Log. cot. B 0,078752

Total. . . . . . . 2.631420 = AB = 428 m.

---

382. Le procédé que j'ai analysé (97) pour obtenir sur le terrain la valeur exacte des angles, sans le concours des instrumens de précision, pouvant devenir précieux lorsqu'on se sera familiarisé par la pratique, avec son emploi, dans des opérations trigonométriques aussi peu développées que celles qu'exigent les plans d'épreuve, je crois utile, d'ajouter ici, un second moyen de vérification qui peut garantir à chaque observation l'exactitude de l'opération.

383. Si l'on prolonge le côté d'un angle au-delà de son sommet, ce prolongement forme un second angle qui est le supplément du premier, et les deux angles réunis valent 180 degrés (17) ; or, si l'on mesure séparément, au moyen des cordes comprises entre leurs côtés, la valeur de chacun de ces deux angles, et qu'en les réunissant, on trouve que leur somme forme bien exactement 180 degrés, on aura la preuve que l'observation de chacun d'eux ne laisse rien à désirer, et l'on pourra annoter avec confiance la valeur de celui qu'il s'agissait de mesurer.

384. Soit, fig. 29, pl. 8, l'angle formé au point U, sur la ligne de direction AB, par l'alignement dirigé sur le point G. J'ai mesuré, par le procédé analysé plus haut (97), la corde de l'arc comprise entre les côtés de l'angle GUB, avec toutes les précautions que j'ai indiquées afin de tenir compte des moindres fractions. Si je mesure ensuite, avec le même soin, la corde comprise entre les deux côtés de l'angle GUA, supplément de l'angle GUB ; si la somme des angles déduits de ces deux cordes au moyen de la table de l'échelle des cordes que j'ai donnée détachée, pour pouvoir la porter avec soi sur le terrain ; si la somme de ces deux angles forme exactement 180 degrés, j'aurai la certitude que la valeur de l'angle GUB, qu'il s'agissait d'obtenir, ne laisse rien à désirer.

APPLICATION.

Le rayon des cordes a été fait de 5 mètres ; ainsi, l'extrémité des cordes a été prise sur GU, AU et UB à 5 mètres du sommet U.

La corde de l'arc compris entre les côtés de l'angle GUB, mesurée avec le plus grand soin, a été trouvée de 6,8587. Celle de l'angle GUA, supplément de GUB, a été trouvée de 7,2802. Cherchant à

la table des cordes la valeur des angles correspondans à ces mesures , on a obtenu les résultats suivans :

$$\text{Corde GUB} = 6,8587 = 55°\ 38'\ 16''$$
$$\text{Corde GUA} = 7,2802 = 124°\ 21'\ 44''$$

$$\text{Total.} \quad \ldots \ldots \quad 180°\ 00'\ 00''$$

385. Avec le concours du trigonomètre , instrument dont j'ai donné la description (94,105), on pro-
céderait avec la même certitude et la même célérité qu'avec le graphomètre ou le théodolite , et les
verifications seraient encore plus rigoureuses.

386. Au moyen du même procédé , on pourrait suppléer à l'emploi de la boussole , lorsque la disposition du terrain ne permet pas de faire usage de la méthode d'arpentage dite des alignemens. Il suffirait d'avoir une équerre munie d'une aiguille aimantée pour donner la direction magnétique , et l'on
pourrait , à chaque station , mesurer la valeur de l'angle d'azimut , au moyen de la corde comprise entre
ses côtés. Le trigonomètre simplifierait encore l'opération.

Niort. -- Morisset, impr. du Roi.

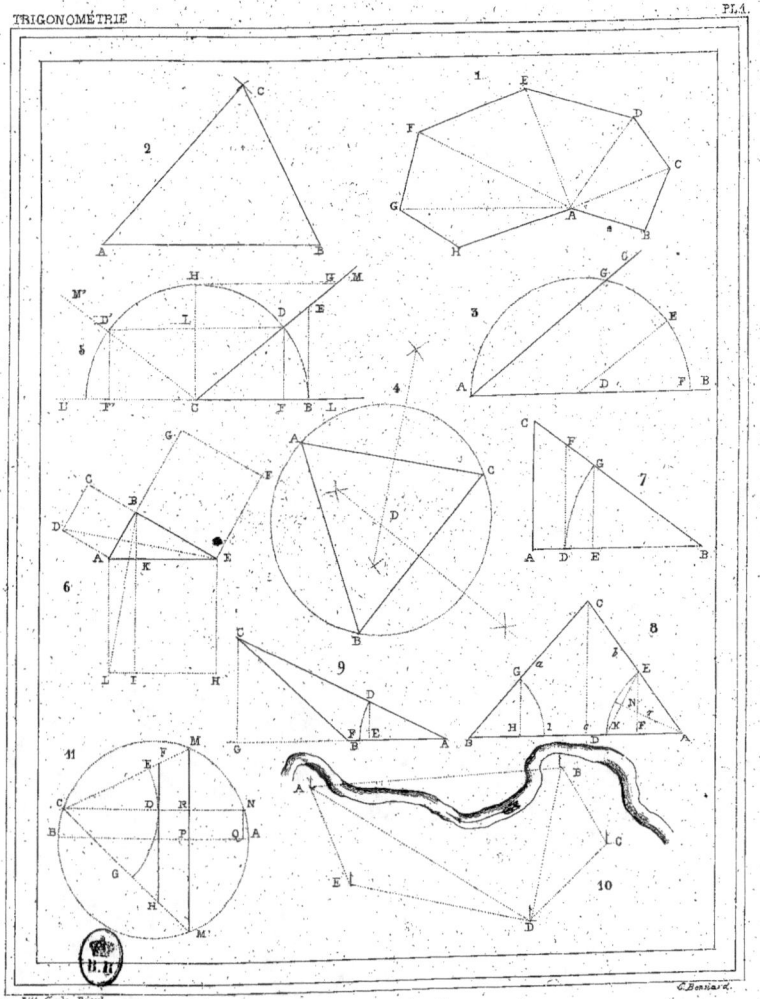

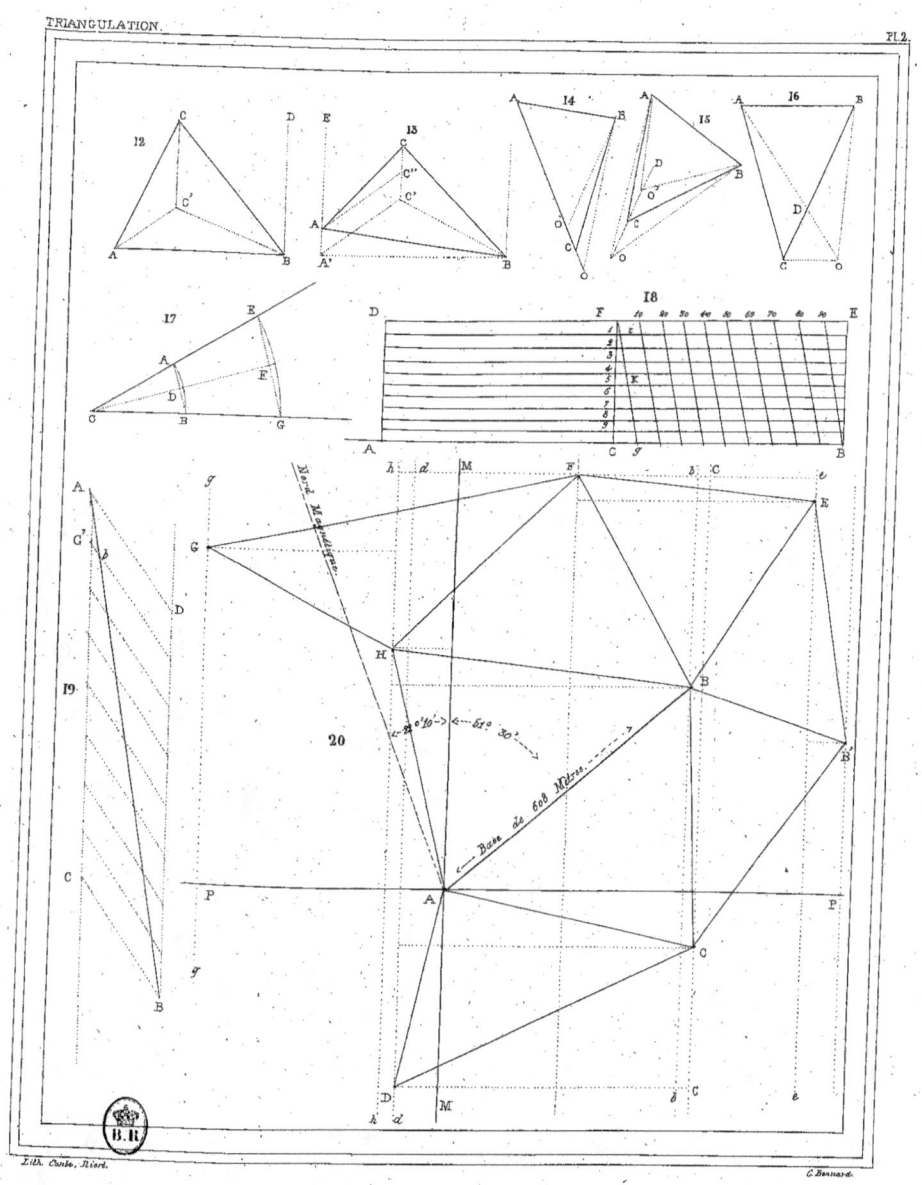

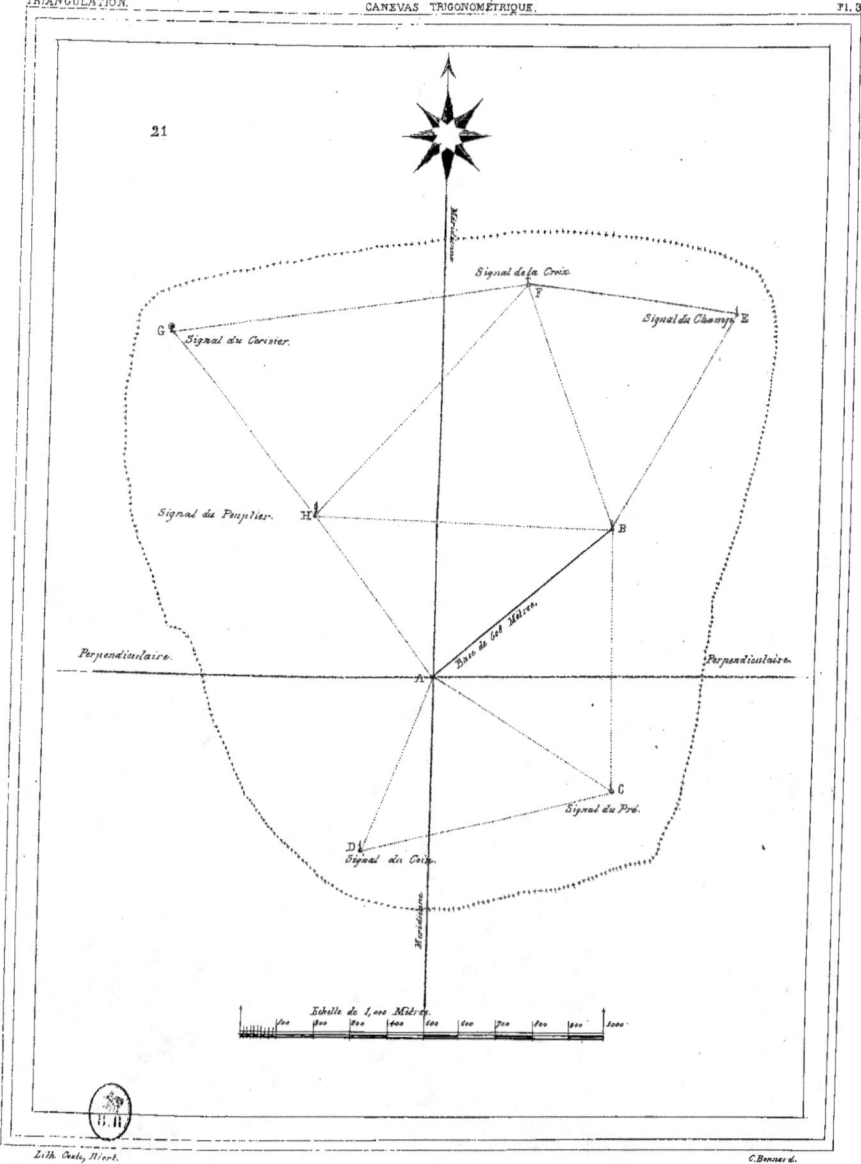

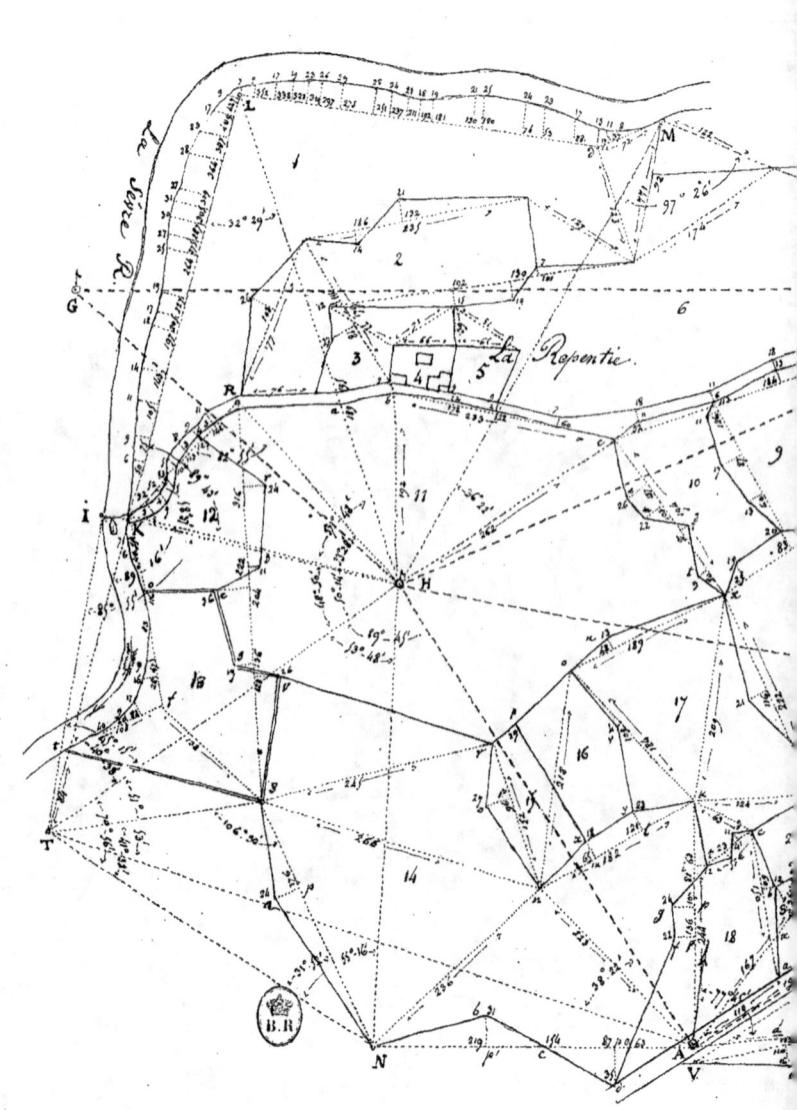

Pl. 4.

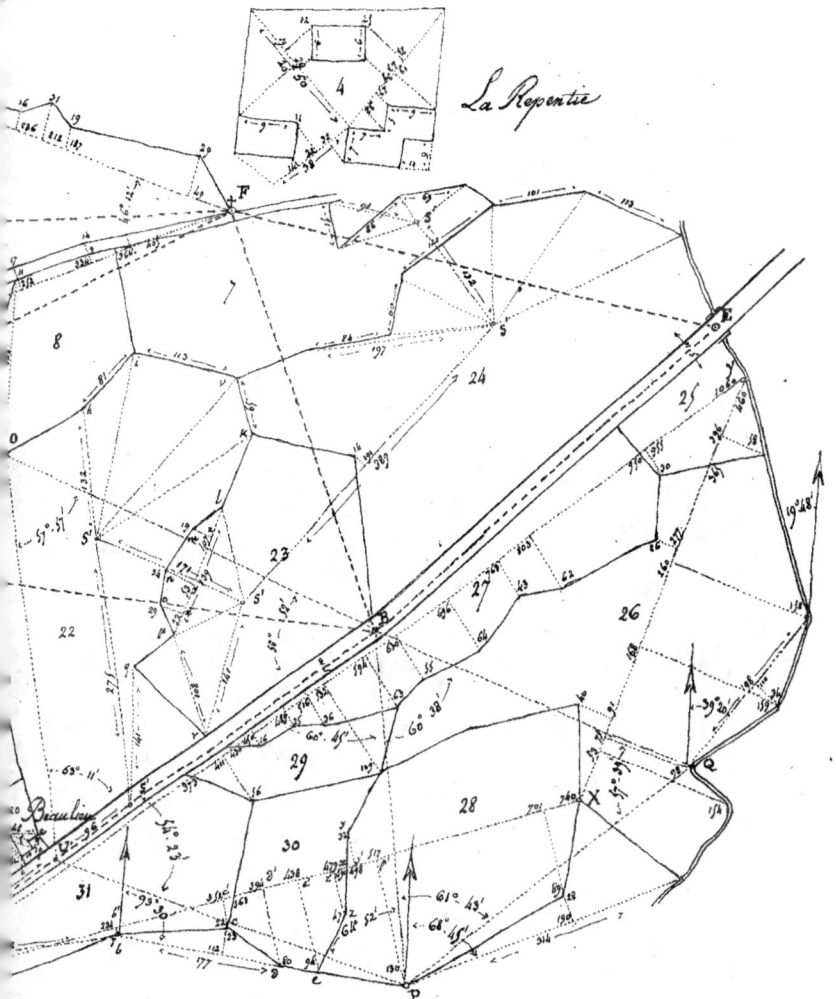

La Repentie

RAPPORT DES PLANS.

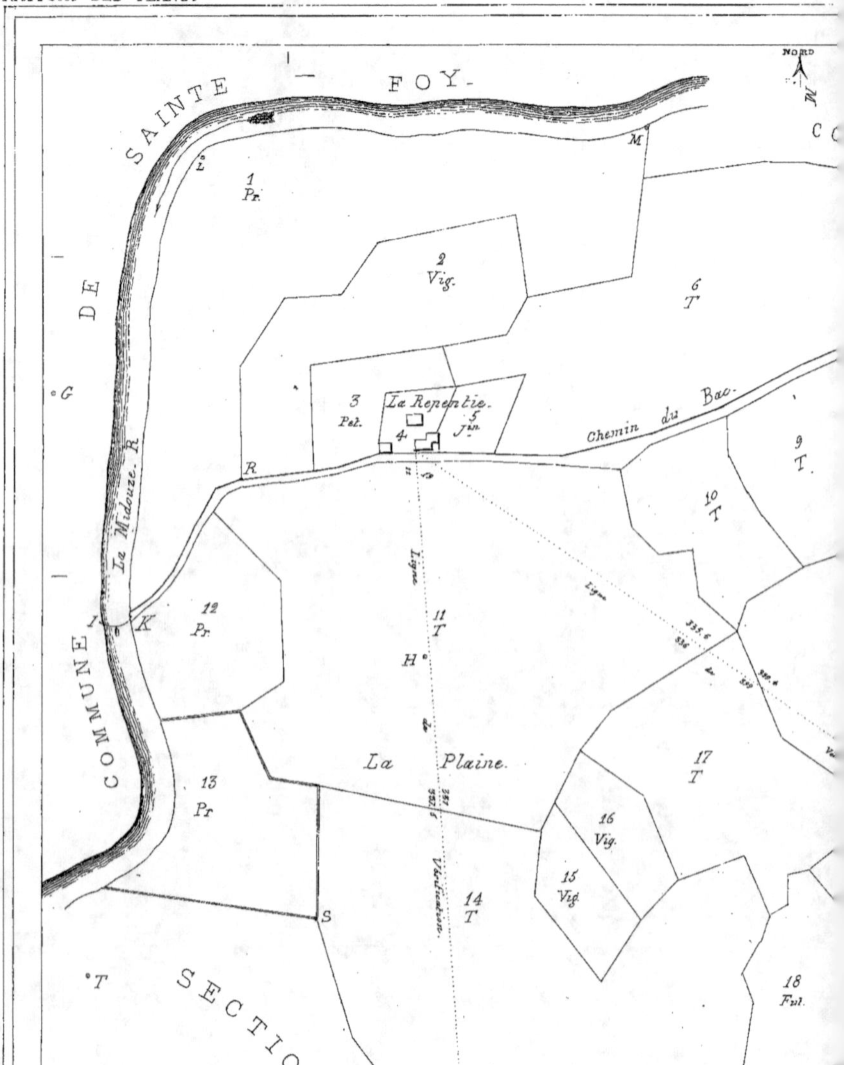

Lith. Conte, Niort.

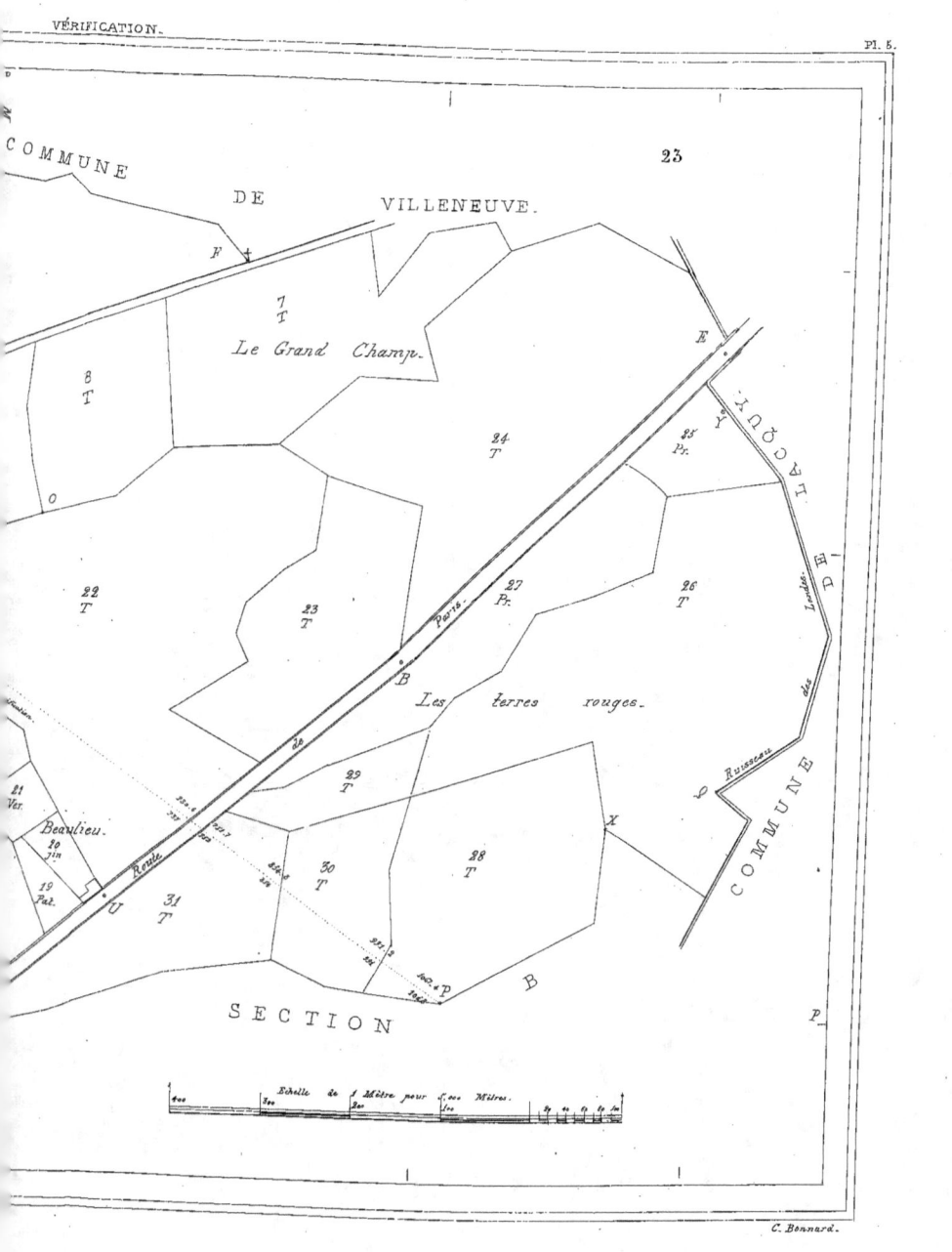

COMMUNE DE VILLENEUVE.

23

F

7
T

Le Grand Champ.

8
T

E

24
T

25
Pr.

O

22
T

23
T

27
Pr.

26
T

B

Les terres rouges.

Paris

de

29
T

21
Ver.

Beaulieu.

20
Jin

X

28
T

30
T

19
Pat.

Route

U

31
T

B

P

COMMUNE DE LAGNY.

Ruisseau des Loutes.

SECTION

P

Echelle de 1 Mètre pour 2,000 Mètres.

C. Bonnard.

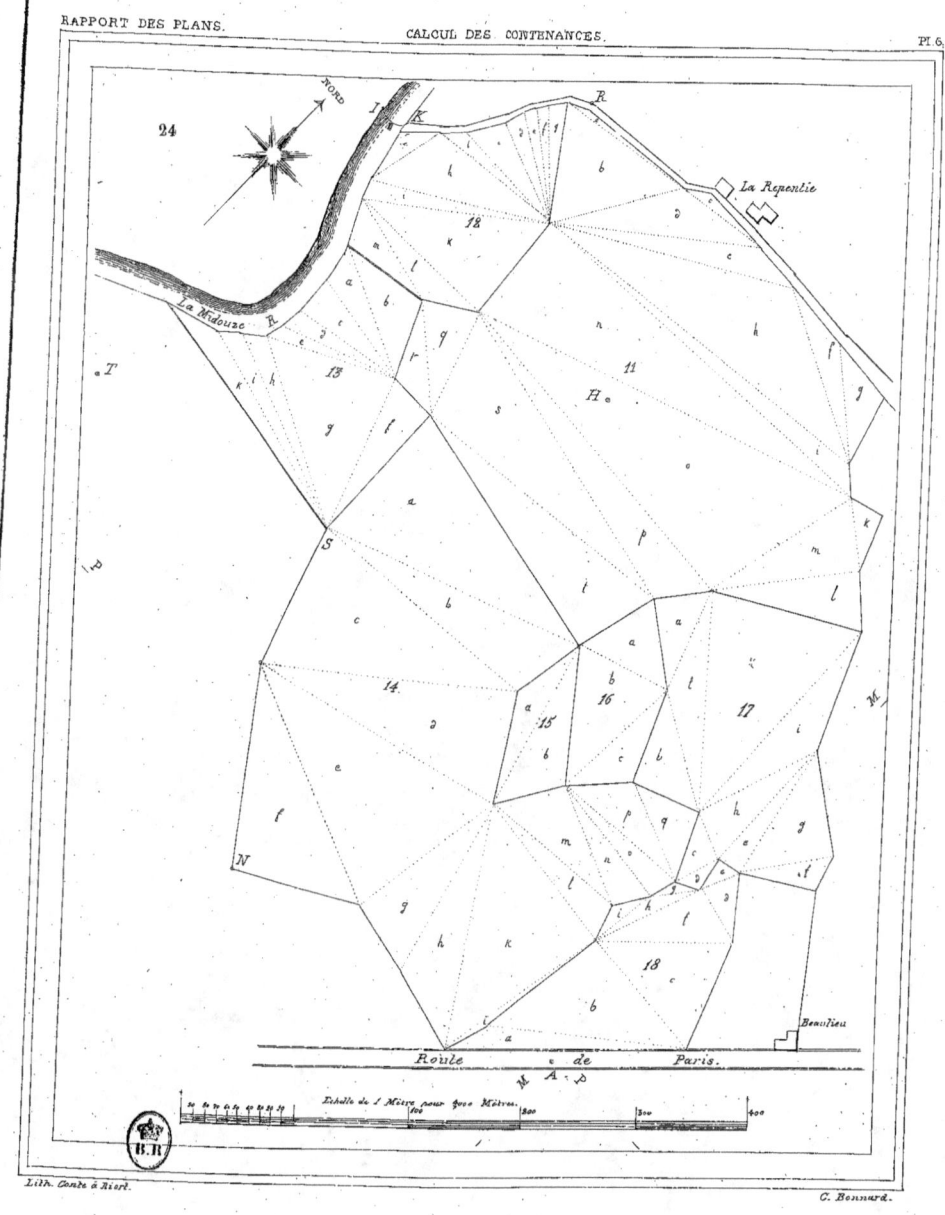

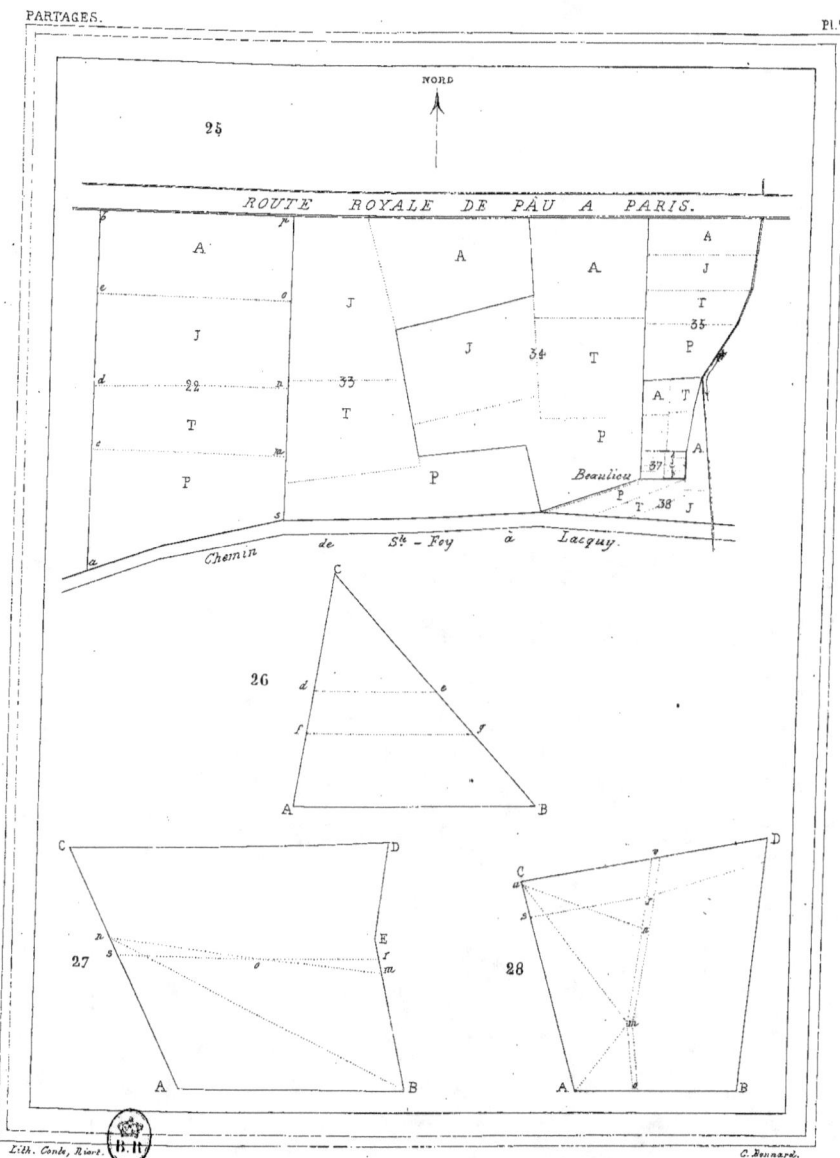

NORD

25

ROUTE ROYALE DE PAU A PARIS.

A
J
22
T
P

A
J
33
T
P

A
J
34
T
P

A
J
T
35
P
A T
P
A
Beaulieu 37
T 38 J

Chemin de S.te Foy à Lacquy.

26

27

28

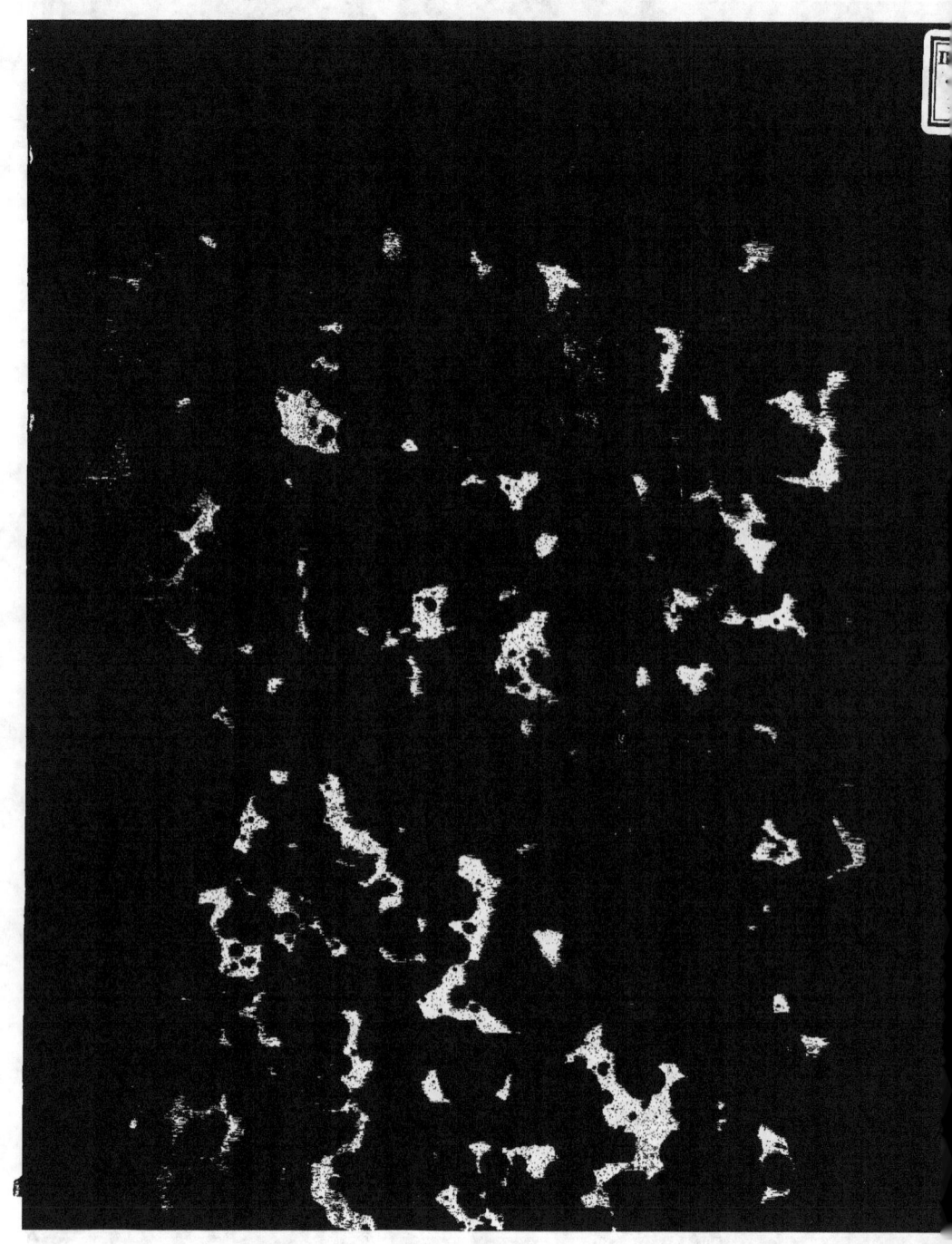

www.ingramcontent.com/pod-product-compliance
Lightning Source LLC
Chambersburg PA
CBHW051135260626
47170CB00005B/1820